부모와 아이의

마음을 잇는 대화

부모와 아이의
마음을 잇는 대화

이주연·오소혜·변진희·김연진·신다연
이한울·안민정·장성진·양현진 공저

프로방스

가족이 있는 어린 시절의 작은 세계는 세상의 모델입니다.
가족이 더 강렬하게 인격을 형성할수록
아이는 세상에 더 잘 적응할 것입니다.

-칼 융

서 문

9명의 엄마, 아빠들이 모였습니다.

아이들에게 어느 시기에 무엇을, 어떻게 해 주어야 할지 고민이 많으시죠? 그런데 그 고민을 잠시 내려놓고 부모 자신부터 돌보시라는 이야기를 드리고 싶어요. 그 방법에 대한 교육 프로그램이 있다고 하면 무척 궁금해들 하십니다.

그렇게 궁금한 마음으로 오신 엄마, 아빠들이 '나를 사랑하게 되는 부모교육' 프로그램을 함께 하며 마음 수다를 떨었습니다.

매 차시 수업을 진행하고 그 내용을 자신이나 생활에 적용해 보는 과제를 드렸습니다. 수업시간에 배운 이론, 개념을 실제 생활에 적용해 보아야 변화가 일어날 수 있으니까요. 감사하게도 모두 열정적으로 집중하셔서 실제 변화를 보여주시더군요. 자신의 변화가 자녀와 배우자에게도 울림을 주었다는 사례도 말씀하시고요. 이 소중한 사례들을 흘려보내고 싶지 않았습니다. 과정 중에 작성된 과제 중에서 소통에 관한 내용을 각자의 스토리텔링과 함께 정리해서 글로 남겨보기로 했습니다. 그래야 자기 자신의 경험과 알아차림도 기억되고 확장될 수 있으니까요.

육아 지옥이라는 말이 있죠. 육아가 잠깐이라도 지옥이 아니라 아이와 함께 평안하게 함께 하는 것이고 콘텐츠까지 만들 수 있는 소재가 될 수 있습니다. 그 과정을 생생하게 느끼실 수 있기를 바랍니다.

이 책은 모두 9장으로 구성되어 있습니다. 9인 9색으로 9명의 작가가 모였으니까요.

이들은 제주도에서 어린이집을 운영하시는 원장님, 공대생 아빠들, 교육현장에서 일하시는 중이거나 육아로 일을 쉬고 계시는 엄마들로 구성되어 있습니다. 모두 우리의 모습이기도 하죠.

Part 1은 개념을 안내하는 성격을 띠고 있습니다. Part 2 부터 Part 9까지 자신의 성장과 더불어 '소통의 방법'을 아이에게 적용한 사례로 풀어내었습니다. 공감 듣기와 말하기, 욕구와 감정 표현하기의 도구들을 활용해서 약속을 정하고 믿음을 키워나가는 과정에 대한 것입니다.

생후 1년이 안 된 영아부터 7세까지의 미취학 자녀들과 소통한 사례를 나이별로 나누어서 실었습니다. 가장 어린 자녀는 생후 6개월 아기입니다. 어떻게 돌도 안 된 아이와 소통을 할 수 있었느냐고요? 그 과정이 생생하게 표현되어 있습니다.

지식의 소비자에서 생산자가 된 9명의 엄마, 아빠들의 이야기를 들어보세요. 교육학 심리학 이론이 지식에만 그치지 않고 일상에 어떻게 적용했는지 디테일한 상황과 대화를 살펴보세요. 내용을 읽어보신 후에, 대화법에 관한 공부를 해야겠다고 생각하실 수도 있고, 나의 일상을 기록해 봐야겠다고 생각하실 수도 있습니다.

어떤 분은 '아, 이런 상황일 때는 이렇게 아이와 대화를 해 봐야겠다.'라고 말씀하실 수도 있어요. 그런데 그중에서 꼭 드리고 싶은 말씀이 있습니다. 우리 아이들은 아무리 어린 나이라도 그들만의 욕구가 있습니다. 그리고 그들이 어떤 행동을 한다면 그럴만한 이유가 있죠. 아이를 어른처럼 대하라는 맥락, 그들을 한 사람의 인격체로서 바라보셨으면 하는 것입니다.

인생의 내공과 청년 같은 젊음을 가지고 계시는 프로방스의 조현수 대표님께 감사드립니다. 계약서 작성 때문에 도곡동 연구실로 오셔서 하신 말씀이 가슴에 와닿습니다.

"인생은 사랑으로 나누면 자연스럽게 채워집니다."라고 하셨죠.

그렇게 사랑으로 나누는 이 과정의 모든 인연, 함께 한 분들의 노력과 열정에 대해 깊이 감사드립니다.

따뜻한 봄 햇살이 반짝이는 양재천을 바라보며

Director 주연(삶의 주연을 만들어주는 주연)

차례

서문 *7*

PART 1 작가와 부모로 동시에 살 수는 없을까?
이주연

프롤로그 *18*
아이를 어른으로 대한다는 것 *22*
아이들이 저를 작가님이라고 불러요 *27*
부모교육인데, 나를 사랑하게 된다고요? *32*
우리가 연결되는 방법 - 나 메시지 *39*
우리가 연결되는 방법 - 감정과 욕구 이전에 관찰 *44*
우리가 연결되는 방법 - 공감 듣기 *49*
연결 후, (습관 잡기는) 무패 방법(으로 실천해 볼까?) *53*

PART 2

엄마가 된 미술 심리상담사, 대화법을 바꾸다

오소혜 (생후 5개월 아이)

프롤로그 62

엄마가 된 K-장녀 65

좋은 엄마가 되고 싶어 69

색깔 감정 일기를 통해 내 마음의 기지개를 켜다 73

5개월 된 딸, 찰떡이를 관찰하면 알게 되는 것 79

초보 부부가 사랑하는 딸에게 전하는 '나 전달법' 83

PART 3

삶을 노래하라

변진희 (3세, 4세, 5세, 6세 아이)

프롤로그 90

창가에 서서 93

마음으로 듣는 노래 99

따듯한 세상을 꿈꾸며 124

PART 4

12년 차 보육교사지만 엄마는 처음이야

김연진 (2세, 6세 아이)

프롤로그 128

진짜 어른이 되어야 해 132

이 모습 또한 나야 나 137

이렇게 가족이 되었다 140

엄마와 자신감 147

나는 엄마사람 친구 151

실패와 무패 사이 155

수용하면서 기다려 주기 161

감정도 공부가 필요해 165

PART 5

두 아이와 식사시간, 평온한 마음 만들기

신다연 (3세, 6세 아이)

프롤로그 172

코로나로 더 힘든 삼시 세끼 식사 시간 176

천하무적이 될 무패방법 - 6세 사례 179

공감이 아이의 마음을 건강하게 한다 187

PART 6 남자 셋과 사는 종교 교사 이야기

이한울 (4세, 6세 아이)

프롤로그 194
나는 누구? 나는 어디에? 198
형형색색의 엄마들 202
호랑이 아빠와 캥거루 엄마 사이에서 자란 나 207
여섯 살 아들과의 팽팽한 욕구 줄다리기! 211
엄마와 아들이 평화로워지는 약속 정하기 215

PART 7 나와 달라도 너무 다른 아이, 어떻게 대화할까?

안민정 (6세 아이)

프롤로그 222
가깝고도 먼 너와 나 225
너와 나 거리 좁히기 232
내 마음을 읽는 시간의 소중함 248

부모를 긴장시키는 아이의 말, 나는 이렇게 대처했다

장성진 (안민정 작가님의 남편분, 6세 아이)

프롤로그 256

우리 가족의 마음이 궁금해 258

짱짱아 장난감이 갖고 싶어? 268

나는 너의 거울 273

아이 마음 채워 주고 출근하는 날 280

놀이터만 재밌는 건 아니란다 286

Shall we talk?! 291

부모는 진심 어린 관객

양현진 (3세, 6세 아이)

프롤로그 296

아무도 알려주지 않는 육아 299

감정을 관찰하고 인정하자 305

세상에 나쁜 욕구란 없다 312

욕구의 좌절을 좌절시켜라 318

(관찰)부모는 감독이 아닌 진심 어린 관객이다 322

Part 1

* 아이를 어른으로 대한다는 것
* 아이들이 저를 작가님이라고 불러요
* 부모교육인데, 나를 사랑하게 된다고요?
* 우리가 연결되는 방법_나 메시지
* 우리가 연결되는 방법_감정과 욕구 이전에 관찰
* 우리가 연결되는 방법_공감 듣기
* 연결 후, (습관 잡기는) 무패 방법(으로 실천해 볼까?)

작가와 부모로
동시에 살 수는 없을까?

이주연

프롤로그

첫째 아이의 초등학교 입학식 날, 왜 그리 가슴이 아리고 먹먹했는지 지금도 기억이 생생합니다. 아이가 제대로 학교생활을 하려나 싶은 걱정과 벌써 저렇게 컸구나 하는 대견한 마음이었죠. 입학식이 끝난 후, 가족 모임을 하면서 제가 아들에게 당부한 말이 있습니다.

"재윤아, 건강이 가장 중요하니까 무엇보다도 한 가지만 약속하자. 학교 앞 문방구에서 군것질은 절대 하지 말아야 해. 약속할 수 있지?"

이렇게 당부한 이유는 아이가 또래보다 체중이 많이 나갔기 때문입니다. 식욕조절을 하는 침도 맞아보고 운동을 시켜 보기도 했죠. 걷기 운동이라도 하고 오면 발목이 아프다고 해서 꼼짝을 못 하게 되고 또 그만큼 살이 찌는 일의 반복이었습니다.

아이가 입학하고 석 달 정도 흐른 5월의 따뜻한 봄날 오후, 중학교 교사였던 나는 학교 일정이 일찍 끝나서 기분 좋게 집에서 하교할 아이를 기다리고 있었습니다. 현관문이 열리고 아이가 들어오는데, 아이 입에 음식 먹은 흔적이 있더군요. 그것을 본 순간 아이가 학교 앞에서 군것질하고 왔을 거라는 생각이 순식간에 들었습니다. 곧이어 아이 등짝을 후려치면서 다음과 같이 이야기하고 말았어요.

"너는 엄마가 뭐라고 했어? 학교 앞에서 군것질만은 하지 말라고 했잖아?"

순식간에 울음바다가 되었어요. 뒤이어 알아보니 담임 선생님 주관하에 간식을 나누어 받아서 먹었다고 하네요. 그 말을 들으니 제 마음이 얼마나 찢어지게 아프던지요. 교육학 공부를 하고 교육계에 있어도 내 아이에게 이런 큰 실수를 저지르는구나 싶어서 얼굴이 화끈거리고 제가 하는 일에 대해 자괴감까지 들었습니다. 제 아이와 소통도 제대로 하지 못하는데 무슨 교육을 하겠다는 것인지 싶은 생각이 들었어요.

그 이후 공부한 이론이 머릿속의 지식으로만 남아있지 않도록 실생활에 적용하는 노력을 했습니다. 어떤 때는 아이의 반응이 예상대로 나오지 않아서 당황하기도 하고, 이런 상황에서 어떻게 반응을 해야 할지 몰라서 어리둥절하기도 했어요.

그렇게 시간이 흐르는 동안 20년 교직 경력을 끝으로 퇴직을 했고 학교 밖에서 교사와 학부모를 대상으로 부모교육을 한 지 10년이 흘렀습니다. 그동안 8살 초등학교 입학했던 아이도 27살의 대학원생이 되었어요. 고등학교 2학년부터 진로에 대해 적지 않은 방황을 한 끝에 결국 자신의 적성에 맞는 진로를 찾아 서울대 공대 대학원에 입학한 그 날 저녁, 아이는 저에게 이렇게 말했습니다.

"엄마, 엄마는 언제나 저를 있는 그대로 봐 주시고 제 마음을 이해해주셨어요."

이 말 한마디를 듣고 오래전 아이가 초등 1학년 시절 실수한 이후 적지 않은 시간 동안 노력해 왔던 것이 헛되지 않았다는 생각에 마음이 울컥했습니다.

그래서 저는 자신의 마음을 표현하고 상대방을 궁금해하면 일어나는 소통의 중요성을 꼭 말씀드리고 싶습니다. Part 1에서는 소통의 중요성, 소통이 일어나게 하려면 어떻게 할 것인지, 그리고 바른 생활습관, 공부습관을 잡는 약속 정하기 방법에 대한 개념과 제 이야기를 말씀드리고 있어요. 이것은 Part 2 부터 시작하는 8명의 작가님의 사례에서 나오는 개념과 용어를 이해하시는데에도 도움이 되기 때문입니다.

지금부터 부모의 마음과 아이의 마음이 이어지는 대화법에 대한 우리들의 이야기에 함께 해 보시겠어요?

우리의 이야기가 자연스러운 울림이 되길 바라며

2022년의 희망이 느껴지는 어느 봄 날, 이주연

아이를 어른으로 대한다는 것

부모교육 코칭전문가 1급 과정이 시작되는 날이다.

3세, 6세 두 남매의 엄마인 수강생 선생님이 수업을 시작하기 10분 전에 급하게 보내온 메시지에는 다음과 같이 적혀있었다.

"소장님, 오늘 아이들이 코로나 때문에 어린이집에 못 갔어요. 수업에 집중하지 못할까 봐 마음이 쓰이네요."

"그렇군요. 일단 해 보죠."

그렇게 시작되어 세 시간 동안 진행된 수업에서 세 분의 수강생 분과 나는 충분히 교감하고 이론을 정리하며 마쳤다. 그리고 그렇게 소통을 하고 난 후, 우리는 그 순간의 느낌을 담아 인증샷을 찍었다. 표정도 자유, 자세도 마음껏 잡는 바람에 사진을 찍고 나면 박장대소의 웃음소리가 줌(Zoom) 화면을 뚫고 나오는 듯하다.

그날도 인증사진을 찍으려고 하니 두 명의 아이가 자연스럽게 화면에 들어오고 엄마를 포옹하면서 자세를 취한다.

줌 화면 너머로 그 어린아이들이 엄마가 듣고 있는 수업에 세 시간 동안 신경을 쓰며 기다리고 있었다는 것이 느껴졌다. 나는 수업을 마치면 수강생 선생님들에게 우리들의 온라인 공간에 수업하면서 얻은 느낌, 깨달음, 상황 등등을 기록으로 남기시라고 말씀드린다. 그 이유는 대면 환경이 최선이라고 생각했던 시대는 이미 지났기 때문이다. 온라인 공간은 언제든 열려있다. 대면환경과 비대면 환경의 각각의 장점을 살리는 프로그램을 만드는 것이 중요하다. 그래서 대면 수업과 줌(Zoom) 수업을 병행하면서 언제 어디서나 접속할 수 있는 온라인 공간인 한국심리적성협회 카페와 블로그를 네이버 플랫폼에 만들어 사용 중이다. 그 공간에 여러 이야기를 올려놓으면 수강생뿐만 아니라 누구라도 접속해서 연결될 수 있다.

특히 대면이나 비대면으로 우리가 교육프로그램을 진행하고 난 후에 느끼는 바를 올려놓은 것은 강의 시간에 느낀 에너지의 연결이며 즉각적인 피드백이 된다. 또한 프로그램을 이끌고 가는 나로서는 수강생 선생님들이 어떻게 느끼는지를 구체적으로 파악해야 일대일로 피드백을 다시 드릴 수 있다는 장점도 있다. 그날 수업 이후 우리들의 온라인 공간에 아이들이 갑자기 어린이집에 가지 못해서 수업에 집중하지 못할까 봐 걱정이었던 수강생 선생님이 다음과 같은 글을 올렸다.

온라인 카페에 올리신 글을 그대로 소개해 본다.

-그 외 이야기: 두 아이와 함께한 셋이 함께한 수업-

오늘 아이가 다니는 어린이집에 원아가족중 확진자가 나와 갑자기 임시폐쇄되어 6살, 3살 아이와 함께한 수업이었다. 평소 아이에게 엄마가 하고 싶은 공부가 있어 교육을 하고 있다고 이야기 했었고, 어린이집에서도 회의를 통해 소방관 아저씨나, 보건소 선생님과의 교육을 통해 어떤 식으로 이루어지는지 경험해봤기 때문에 익숙한듯 지켜보았다.

아이의 관점: 네 분의 사진을 보고 누구인지 묻고, 이경진 선생님의 셋째 자녀 신생아를 데리고 교육에 참여하는 모습이 인상 깊었는지 다양한 질문을 하였다. 아기가 아주 작아, 몇살일까? 저 전생님은 이야기를 많이 못하셨어, 아기를 돌봐야 해서 그런거지? 그럼에도 불구하고 열정을 갖고 함께 하시는 모습을 아이와 함께 이야기 나누었다. 엄마인 내가 교육을 듣고 메모하고, 자신의 생각을 이야기 하고 이런 모습을 보고, 자기도 옆에 앉아 무언가 쓰겠다고 했다. 한글을 아직 능숙하게 쓰지 못하는 아이가 같이 교육을 들으며 옆에서 A4 종이 3장에 한글을 열심히 썼다며 자랑을 하였다.

그리고 수업이 마칠 시간이 되자 아무런 말없이 슬쩍 엄마 옆으로 와서 안아준다. 둘째 3살은 3시간 동안 엄마를 안고 싶은걸 얼마나 참았던 걸까. 열심히 참여한 엄마 모습이 좋았던 걸까. 사랑스럽게 안아주고, 다함께 사진을 찍었다.

중요한 첫 수업시간, 엄마의 집중력을 흐트려 놓친 않을까 걱정이 앞섰지만 그래도 6살, 3살 아이 수준에서 보면 생각보다 수업에 큰 방해없이 잘 있어 주었다. 내가 생각하는 가장 중요한 첫 수업시간, 중요하다고 느끼는 순간에 가족이 함께하고 있음에 감사했다. 더 힘이 났고, 응원받는 기분이었다. 그리고 내가 성장하고자 하는 다짐이 더 분명해졌다.

다음은 수업 후, 그날의 분위기가 고스란히 느껴지는 사진이다. 세 시간 동안 엄마 주위를 맴돌며 자연스레 엄마와 함께한 6세, 3세 아이, 수업 내내 세 시간 동안 엄마 품에 안겨서 잠들어 있는 백일 된 아기와 함께 하는 우리들의 모습이다. 엄마가 공부하면서 그 공부로 아이를 잘 키우고 나만의 콘텐츠를 만들 수 있다는 것을 다시 한번 구체적으로 실감하게 되었다.

부모교육코칭전문가 1급 과정 Zoom 수업 직후 인증샷

이런 과정에서 문구 하나가 생생하게 살아서 우리의 일상에서 증명되는 것을 느낀다. 그 문구는 바로 '아이들을 어른으로 대하라'이다.

우리는 흔히 3세, 6세 된 아이들이 상황이나 엄마 마음을 어느 정도까지 이해할 수 있을지에 대한 그 구체적인 접점을 모를 수 있다. 아이의 자율권을 인정하라는 교육을 받지만, 그 이론을 어느 선까지 실제 상황에 꼼꼼하게 적용할지 확신이 서지 않는 경우가 많다. 그런 의미에서 3세 아이가 얼마나 자기 나름의 생각을 하고 있고 상황을 관찰하고 있는지 구체적으로 느낄 수 있는 사례이다.

'아이를 어른처럼 대하라' 부모역할훈련(PET) 프로그램을 만든 토머스 고든이 한 말이다.

이 하나의 문장에 많은 의미가 담겨있다. 아이를 어른처럼 대하면 그 아이의 마음을 단정하지 않고 질문하게 된다. 섣불리 내가 부모니까 이렇게 해 주는 것이 최선이라는 생각에서 한 발짝 물러서게 된다.

아이들이 저를 작가님이라고 불러요

부모라는 이름으로 일을 할 수는 없을까?

우리는 부모이기 이전에 인간이다. 특히 엄마도 인간이다. 엄마들은 학교에 다닐 때까지는 여자이니까 공부를 하지 않아도 된다거나 여자라서 할 필요 없다는 이야기는 대체로 듣지 않고 성장을 했다.

그렇게 20년, 30년에 가까운 삶을 살아오던 여자들이 결혼하고 아이를 낳게 되면 그 모든 가치가 아이 양육으로 바뀌게 된다. 여자아이에서 여자 어른이 된 엄마들은 이제까지와는 다른 생활방식으로 들어간다.

카페에서 커피 한 잔을 놓고 과제를 하기도 하고 넋 놓기도 했던 시간은 어디로 가고 육아로 화장실도 마음대로 갈 수가 없다.

지금은 27세의 공대 대학원생 청년인 첫째 아이가 생후 8개월 쯤 되던 주말 오후가 생각난다. 그날따라 집 안에는 아무도 없고 화장실은 가야 하는데, 한창 기어 다니던 아이는 낮잠을 잘 생각을 하지 않는다. 할 수 없이 화장실 문을 열고 아이를 눈에 보이게 위치를 잡았다. 그런데 기어서 현관 쪽으로 기어가는 우리 아들, 현관 쪽으로 기어가는 것을 보니 가만히 있을 수도 없어서 화장실을 뛰쳐나왔던 적이 있다.

아이가 너무나 소중하지만, 생리현상도 마음대로 할 수 없는 현실이 버겁게 느껴지기도 한다.

수강생분들이 이런 말씀을 하기도 한다.

"아이가 잘 커나가는 것에 집중하고 살기로 분명히 마음먹었는데 아이는 잘 크고 있는데 왜 내 마음은 이렇게 답답한지 모르겠어요."

"아이 낳기 전까지는 제가 꽤 괜찮은 사람이고 자기 인식을 꽤 하는 줄 알았어요. 그런데 아이를 양육하다 보면 왜 갑자기 낯선 모습의 내가 튀어나올까요?"

"저는 배우자와 아들이 먹는 것만 봐도 배가 부릅니다."

수강생분들의 말씀에는 온전한 '나'라는 존재와 부모라는 역할 사이의 경계선에서 혼란스러움이 느껴지기도 한다.

나는 생후 1년이 안 된 아들이 있을 때, 남편은 공부를 계속해야 하는 상황이어서 주말 부부를 해야 했다. 시댁으로 아이와 함께 거주를 옮겼다. 그 이후로 계속 시부모님과 함께 살게 되었는데 어쩌면 20년 동안의 교직 생활을 지속할 수 있었던 상황이 자연스럽게 만들어졌다. 적어도 아이 양육 때문에 내 경력을 포기해야 하는 상황은 만들어지지 않은 셈이다. 그런데 시간이 흘러 아이들이 중학생이 되었을 때, 아이들 때문만은 아니지만, 그때까지의 삶의 경력을 모두 내려놓는 전환점이 생겼다. 20년 교직을 퇴직했다. 충청도와 서울을 출퇴근한 지 3년이 지나니 건강상의 이유만으로도 도저히 출퇴근할 수가 없었기도 했다. 퇴직 후 아이들이 젖먹이는 아니지만, 아이들의 교육에 집중하게 된 5년 동안의 시간이 수강생분들이 한 말씀과 내 상황이 딱 들어맞는다.

괜스레 공부를 성실히 잘하는 아이들을 보면 대견하기도 하지만 괜스레 답답한 양가감정이 올라왔다. 이어서 생기는 죄책감 같은 혼란스러운 마음이 들었다. 하지만 인생은 칼로 두부 자르듯이 시원하게 결정되는 게 없는 듯하다. 그러니 당장 지금 할 수 있는 일을 하는 수밖에 없었다. 퇴직하고 답답한 마음에 심리학 공부를 하면서 아이들의 교육에 집중했다. 아이들을 위해 자기 주도 학습이 잘 될 수 있도록 아이들의 일정을 정리하는 데 도움이 필요하다고 하는 일을 했다. 아이들 스스로 할 수 있다는 마음의 에너지가 떨어지지 않도록 응원해 주었다. 그리고 도시락이 필요하다고 하면 도시락을 싸서 차 안에서 먹이며 자연스럽게 아이의 일상에 첨벙 뛰어들었다.

드디어 둘째가 대학입학이 결정되면서 확연히 알아 차려진 것이 있었다. 공부하는 방법에 관한 내용이다. 학교에서 교사이자 교육학을 공부해 오던 학생이며 두 아이의 엄마로서 살아온 나의 삶이 차곡차곡 쌓여있다가 둘째의 공부와 일상에 뛰어드는 상황이 알아차림의 불씨가 되었다. 불씨를 꺼뜨리지 않고 집중하려고 노력했다.

그리고 둘째 아이가 대학을 들어간 그해 2017년 5월에 「10분 몰입법」이 출간되면서 부모교육전문가로 본격적으로 활동했다. 바로 엄마라는 이름으로 내 일상을 아이에게 집중한 결과가 콘텐츠로 나온 순간이다. 내가 가지고 있던 교사와 교육학을 공부했다는 그 정체성과 아이 뒷바라지라면 뒷바라지인 시간이 어우러져 콘텐츠가 나온 셈이다. 그 이후로 난 여전히 부모 각자의 정체성과 존재 그리고 자녀 양육의 일상을 콘텐츠로 만들 수 있는 비전을 제시하고 도와드리고 있다.

수강생 작가님 중의 한 분은 엄마가 줌(zoom)으로 공부를 하고 공저를 하는 것을 보더니 자신의 6세 아이가 엄마를 작가님이라고 부른다고 한다. 그리고 아이 자신도 책을 쓴다고 자랑하며 그림과 글로 연속되는 이야기를 쓴 내용을 보여주신 적이 있다.

공저 원고를 쓰는 엄마 따라 자신도 작가가 되겠다고 연속적인 이야기를 쓴 6세 아이의 그림책

부모가 공부하는 것이 아이에게 소홀한 것이 아니다. 아이에게 집중하면서도 그 교육경험을 콘텐츠로 만들 수 있다. 이때 중요한 것이 부모님들이 자신을 먼저 성찰하는 시간이 필요하다. 나를 사랑하게 되면 아이가 보이고 가족이 보인다. 그래서 '나를 사랑하게 되는 부모교육'이다.

부모교육인데, 나를 사랑하게 된다고요?

부모교육인데 나를 사랑하게 된다는 의미는 무엇인지에 대한 질문을 받는다. 지금은 부모가 된 나, 동시에 나의 부모님의 자녀이기도 하다. 그 연속선 상에서 부모라는 이름으로 헌신해야 하는 것과 부모이기 이전에 한 사람으로서의 '나'가 그 어디쯤 있을까 하는 깊은 질문을 가지고 살아왔다.

부모교육코칭 전문가 자격증 과정은 이 질문에 대한 답을 찾아가는 과정에 만든 결과물이다. 내가 공부하고 경험하고 변화한 내용을 토대로 하고 있다. 수강생분들에게 아이들 양육과 자신들의 커리어를 분리하지 않는 경력의 발판을 만들어 드리고 싶은 '나를 사랑하게 되는 부모교육' 콘텐츠다. 그리고 이 책은 이 과정을 통해서 만난 사람들의 성장기이다.

"사람들과의 관계에 집중하다 보면, 나를 잃어버리는 것 같아요."

"나부터 생각하자니 이기적인 것 같고, 주변을 챙기자니 마음의 힘이 없어져요."

나의 내면을 탐색하는 시선과 주위를 돌아보고 역할에 충실한 관점 중, 그 어딘가가 궁금했다. 그 균형을 어떻게 잡을까에 대해서 문제의식을 느끼고 살아왔다. 자신의 내면으로 집중해 보는 존재에 대한 의문은 타인과의 연결, 공동체 의식과 어디까지 접점을 이루어야 할지에 대한 부분도 연결된다.

나의 내면, 존재로 시선을 돌리면 나라는 사람의 무의식까지 돌아보게 된다. 인간의 무의식에 있는 욕망을 서슴없이 말했던 프로이트, 무의식의 창조적인 에너지를 강조하며 프로이트와 결별한 칼 융, 그리고 무의식에 관한 관심을 초기 기억으로 정리한 아들러. 이 3명의 심리학자는 어쩌면 내면으로의 시선과 외부로 돌리는 관점 사이의 그 무엇인가를 각자의 관점에서 말하고 있다. 그래서 이 세 명의 심리학자를 두고 늘 궁금한 마음이었다. 3명 중 외부로 돌리는 관점, 즉 공동체 의식을 강조했던 아들러에 대해서는 더욱 궁금했다. 살아계신다면 찾아가서 물어보고도 싶었다.

당신이 말하는 공동체 의식, 열등감을 우월의식으로 승화시키라는 그 말이 지나치게 관계 지향적으로 해석될 수 있지 않으냐고 질문하고 싶은 적이 있었다.

그 궁금함에는 자신의 내면으로 집중하고 성찰하는 것이 이기적이거나 고립된다거나 공동체에 어긋나는지 대해서도 궁금했기 때문이다. 그러던 중, 아들러가 말하는 공동체 의식이 표면적인 관계지향이나 단순히 열등감을 극복해서 공동체에서 우뚝 서라는 말 이상의 깊은 의미가 있다는 것을 알아차리게 되었다. 아들러가 말하는 공동체 의식이란 자기 내면 깊이를 성찰하고 자신을 사랑하게 되면 그 마음이 다시 공동체로 깊이 연결된다는 것을 온 마음과 경험으로 이해하기 시작했다.

자신의 내면을 성찰하고 사랑하게 되어 다시 공동체로 연결되기 위해서는 무엇이 필요할까에 대한 궁금증이 생겼다. 그리고 이론에 그치지 않고 내가 변하려면 나아가 우리가 함께 변화하려면 어떤 부분에 집중해야 할까에 대하여도 늘 화두처럼 문제의식을 느끼고 살아왔다. 이때 나에게 찾아온 분이 마셜 로젠버그이다. 비폭력 대화를 이야기했던 마셜 로젠버그는 비폭력은 우리 안에 잠재한 긍정적인 면이 밖으로 나타날 수 있도록 하는 것이라고 했다. 지금 이 세상이 경제적 성공만이 중요하고, 민족 간 다툼으로 피를 흘리는 상황에서 살아남으려면 우리가 좀 더 냉혹해져야 한다는 관점에 동의하지 않는다고 하고 있다. 이 세상은 우리가 만들어 놓은 것이어서 우리가 변하면 이 세상도 바꿀 수 있다고 말한다.

그런 관점으로 가정을 돌아보자. 내가 변하면 아이가 보이고 남편이 보인다. 나를 알면 세상이 보인다.

한국심리적성협회에서 운영하는 '나를 사랑하게 되는 부모교육'은 부모교육코칭 전문가 자격증 과정의 별칭이다. 부모이기 이전에 한 인간이었던 나를 찾는 과정부터 시작한다. 그 과정 후에는 아이에게로 시선을 돌려서 아이의 발달단계를 이해하고 대화와 소통의 주제를 다룬다. 그리고 체계, 즉 시스템(system)으로서의 가족을 돌아보는 과정으로 이어진다. 가족은 현 가족과 원 가족으로 나눈다. 지금 현재 가족의 모습을 보면서 원 가족을 탐색해 보면 다시 관점이 나로 돌아온다. 버지니아 사티어는 「원가족 삼인군」을 다룬다. 우리 각자의 부모 두 분과 나 사이에 과거 성장 과정에서 어떤 역동이 일어났는지 직면할 필요성이 있다고 한다.

나를 사랑하는 성찰의 시간으로 시작하여 가족 체계 이론으로 마무리되지만, 그 안에서 다시 나의 깊은 존재로 돌아오는 부모교육 프로그램이다. 그래서 '나를 사랑하게 되는 부모교육'이다.

프로그램을 진행한다는 것은 나와 수강생뿐만 아니라 수강생들 간의 만남으로 이루어진다. 만나서 소통하고 서로 깨우치는 과정이다.

줌 수업이 익숙해진 요즘, 줌으로 수업을 하다 보면 아이들이 아빠나 엄마가 줌 화면 앞에 앉아있는 것을 궁금해하는 아이들이 많다. 줌 화면 앞으로 와서 누가 있는지도 궁금하고 아빠나 엄마가 무엇을 하는지도 궁금하다.

이재영 수강생 선생님(가명)은 누가 봐도 열심히 공부하시는 분이다. 그런데 수업을 하다 보면 갑자기 얼굴이 굳어지는 경우가 있다. 음 소거가 되어있을 때도 표정만으로 짐작하건대, 아이들이 방문을 두드리고 있는 것을 짐작할 수 있다. 한편 같은 수업을 받는 김태진님(가명)의 아이는 수업이 시작되기 전에 수강생분들에게 인사하려고 기다린다. 그래서 이름을 불러주고 손을 흔들어 주고 지금 어른들이 공부를 열심히 할 거라고 이야기를 해 주면 줌 화면에서 쏙 사라지고 우리는 줌 강의에 집중하게 된다.

그래서 이재영 선생님과 김태규 선생님을 자연스레 줌에서 만나도록 자리를 마련했다. 그리고 그 이야기가 나오도록 질문하고 자리를 마련해 드리니 서로 하하 호호 이야기를 나누신다.

부모가 줌 수업 중인데 그 방 안으로 들어오려고 하거나 컴퓨터 가까이 오려고 하는 아이에게 저리 가라고, 가 있으라고만 이야기하는 경우 아이가 느낄 단절감을 생각해 보라는 김태진 선생님의 말씀에 이재영 선생님은 고개를 끄덕끄덕한다.

사실 아이가 느낄 단절감을 생각해 보시라는 말씀을 내가 할 수도 있다. 내가 노력하는 부분은 이론을 핵심적으로 알려드리면 수강생들이 그들의 대화 속에서 서로 배움이 일어나게 하고 싶다.

나의 역할은 전체 프로그램을 이끌고 가면서 지식적인 개념과 함께 스스로 알아차릴 수 있는 장(場)을 마련해 드리는 일이다. 이것이 칼 융이 말하는 "의식의 개성화"를 할 수 있는 적절한 교육과 경험의 실천 편이다. 또한, 코칭 기법이기도 하다.

이제 아는 것으로 그치지 않고 변화할 수 있다면 어떨까? 이런 모든 과정을 아는 것으로 그치지 않고 실제로 변화하는 과정이 필요하다.

그렇다면 우리를 바꾸기 위해서는 어떻게 해야 할까?

우리 자신을 바꾸는 것은 우리가 매일 쓰는 언어와 대화 방식을 바꾸는 것에서 시작한다.

나의 내면에 있는 욕구와 감정을 궁금해하고 알아차리는 시선, 그것을 표현하는 것, 그리고 상대방에 대해서도 상대방의 욕구와 감정을 궁금해하는 마음을 갖는 것이 실천방법이다. 나 자신의 감정과 욕구를 알아차리고 표현하고, 그와 같은 원리로 상대방의 감정과 욕구를 들어주면 음과 양이 조화를 이루게 되는 이치와 같다.단순한 대화의 기술이 아니라 솔직함으로 감정과 욕구를 표현하고 들을 수 있을 때 우리의 대화와 소통은 비로소 완성될 수 있다.

그것이 바로 우리의 내면에 대한 성찰과 동시에 공동체 의식으로 확장할 수 있는 실천적 방법이라고 생각한다. 그래서 함께 공부하고 실생활에 적용하고 변화하기 위해 노력하고 있다. 그 변화가 흘러넘쳐서 이렇게 공저를 쓰고 있다. 공저 작가님들의 내면 이야기와 실제 적용사례로 구성되어 따듯한 소통의 장이 펼쳐질 것이다.

그리고 그에 앞서 지금부터는 사례에 나오는 나 메시지, 감정과 욕구를 표현하는 것과 듣는 것, 그리고 무패 방법에 대한 개념을 안내하려고 한다.

우리가 연결되는 방법

나 메시지

부모역할 훈련이나 리더십에서의 소통을 이야기했던 토머스 고든(Thomas Gordon, 1918. 3. 11 ~ 2002. 8. 26)은 미국의 심리학자이다. 그는 효과적인 의사소통과 갈등 해결을 결합한 '고든 모델'(Gordon Model) 또는 '고든 방식'(Gordon Method)을 제시하였다. 그가 이야기한 의사소통 방식에는 우리에게 익숙한 '나 메시지'가 있다.

나 메시지는 나의 관점으로 이야기하라는 것이 요점이다. 어쩌면 자꾸 하게 되는 상대방 탓을 자신에 대한 관점으로 돌리라는 철학적 배경이 보인다. 토머스 고든은 나 메시지에 행동과 감정 그리고 영향, 이 3가지를 담고 있어야 한다고 한다. 나 메시지를 다시 풀어서 이야기하면 상대방에게 이야기할 때는 지금 행동에 대한 설명, 그리고 나의 감정, 마지막으로는 상대방의 행동이 나에게 미치는 실제적이고 구체적인 영향을 표현하라는 것이다.

예를 들어 학교가 끝나면 오는 것으로 알고 있는 상황에서 아이가 전화도 하지 않고 두 시간 늦게 집으로 들어왔다고 해 보자. 나-메시지가 아닌 너-메시지로 이야기하게 되면, "너 때문에 내가 얼마나 힘들었는지 아니?"

"약속도 지키지 않는 무책임한 아이"라고 아이를 단정 짓고 몰아붙이게 될 수 있다. 그런데 관점을 나로 돌리면 아이와 연락이 되지 않을 때 나는 실제로 어떤 감정이 드는 걸까? 걱정이 되는 걸까? 불안한 걸까? 아니면 내가 다른 일을 하고 싶은데 이 아이 때문에 하지 못하게 되는 것에 대해 언짢은 마음이 드는 것을 걱정한다는 말로 포장하는 걸까? 와 같이 자신의 내면으로 시선을 돌리게 된다.

아이가 학교에서 아무 말 없이 두 시간이나 늦게 왔을 때, 다음과 같이 말할 수 있다.

"바로 집에 돌아오지 않았는데, 전화해서 늦을 거라고 말해 주지 않아서 걱정했다. 걱정되어 엄마가 일을 못 했어."라고 말하는 경우를 분석해 보자.

여기에는 3가지의 요소가 있다.

첫째는 지금 행동에 대한 설명이다. 바로 집에 돌아오지 않았는데 전화해서 늦을 거라고 말해 주지 않은 행동에 대한 설명이다.

둘째는 자신의 감정이 걱정되었다는 것이다.

셋째는 구체적인 영향을 말하라는 것인데, 여기에서는 걱정이 되어서 엄마가 일을 못 했다는 것이다.

이렇게 지금 행동에 대한 설명, 그리고 나의 감정, 마지막으로는 상대방의 행동이 나에게 미치는 실제적이고 구체적인 영향을 표현하라는 이야기이다.

토머스 고든의 나 메시지는 마샬 로젠버그의 비폭력 대화와 어떤 점이 다를까? 토머스 고든과 마샬 로젠버그(1934~2015)을 비교해 보자면 마샬 로젠버그는 욕구를 강조하고 있다. 비폭력 대화에서 다음과 같은 내용이 나온다.

밤에 가로등 아래에서 무엇인가를 찾는 한 남자의 이야기입니다.

근처를 지나던 경찰관이 그에게 물었다.

"무얼 하십니까?"

취기가 있어 보이는 남자가 말했다.

"제 자동차 열쇠를 찾고 있습니다."

"열쇠를 여기서 떨어뜨렸습니까?"

“아니요. 열쇠는 저쪽 골목길에서 잃어버렸어요.”

이상하게 쳐다보는 경찰관의 눈길을 느낀 남자가 덧붙였다.

“하지만 저 골목길보다 여기가 훨씬 밝아요.”

우리의 문화적인 조건과 환경은 내가 원하는 것을 찾을 수 없는 곳에 우리 관심의 초점을 두도록 가르친다. 관심의 초점-의식의 빛-을 내가 추구하는 것을 얻을 가능성이 있는 곳에 비추는 훈련 방법으로 나는 NVC[1]를 개발했다. 삶에서 내가 원하는 것은 가슴에서 우러나와 서로 주고받을 때 나와 다른 사람 사이에서 흐르는 연민이 된다. (「비폭력 대화, P27, 마샬 로젠버그 저, 한국 NVC센터」)

바로 욕구에 대해서 초점을 두고 그 욕구를 알아차리고 표현하고 들어보자는 마샬 로젠버그의 관점은 토머스 고든의 나 메시지에 욕구가 첨가되고 있다.

“바로 집에 돌아오지 않았는데(행동), 전화해서 늦을 거라고 말해 주지 않아서 걱정했다(감정). 걱정되어 엄마가 일을 못 했어(상황).”

---

1 NVC는 Nonviolent Communication, 비폭력대화의 약자를 말한다. 마샬 B 로젠버그가 이야기한 의사소통 방식이다. 관찰, 감정, 욕구, 부탁의 4단계를 거쳐서 자신의 마음을 표현하고 같은 맥락으로 상대방을 관찰하고 감정, 욕구, 부탁을 궁금해하고 읽어주는 방식의 의사소통을 의미한다.

나 메시지에 욕구를 첨가하고 비폭력 대화로 이야기하면 어떨까?

"바로 집에 돌아오지 않았는데, 전화해서 늦을 거라고 말해 주지 않아서(관찰) 걱정했다(감정). 너의 일정을 알고 싶고 내 마음이 불안해지고 싶지 않았어(욕구). 다음부터는 예정보다 늦을 때는 미리 연락했으면 좋겠어(부탁)"

나 메시지와 비폭력 대화의 관계를 수식으로 나타내 보라고 한다면 비폭력 대화가 나 메시지를 포함하고 있다. 비폭력 대화에는 나 메시지를 포함하여 욕구를 더 강조하고 있다. 그리고 하나 더 '나'뿐 만 아니라 상대방의 욕구과 감정도 궁금해하는 공감 듣기를 비폭력 대화는 포함하고 있다.

마음과 마음이 연결된다는 것은 서로의 감정과 욕구가 만나는 것으로 표현할 수 있다.

토머스 고든의 부모 역할 훈련 이후 나 메시지에 대한 여러 교육자료에서 이미 감정과 욕구를 이야기하고 있기도 하다. 여기에서는 우리가 익히 알고 있는 나 메시지의 관점을 살펴보고, 그것이 욕구를 표현하는 비폭력 대화와 어떤 연결고리가 있는지 함께 정리해 보았다.

우리가 연결되는 방법

감정과 욕구 이전에 관찰

대화는 주고받는 시스템이다. 마음을 주고받는 것을 표현하는 것을 대화법이라고 할 수 있다. 그 마음이라는 것이 나의 마음인 나의 감정과 욕구를 표현하고 그와 같은 마음으로 상대방의 감정과 욕구를 궁금해하는 마음으로 들어보는 것이다.

비폭력 대화에서 마샬 로젠버그는 마음을 표현하는 대화법에 4단계(관찰, 감정, 욕구, 부탁)를 거쳐서 진행해 보라고 권하고 있다. 그 첫 단계가 관찰하는 단계이다.

관찰의 핵심은 평가를 분리하는 것이다.

예를 들어 "너는 너무 바빠"와 "너는 일주일에 3번 이상을 저녁을 먹고 들어오네"라고 말할 때 관찰과 평가가 분리되지 않은 표현이 무엇일까? 무엇이 비난으로 들리는 표현인지 느껴보시길 바란다.

지금은 27살 청년이 된 첫째 아이가 초등학교에 입학한 지 얼마 안 되었을 때의 어느 따뜻한 봄날 오후의 사건이 내가 관찰과 평가를 분리하지 못해서 일어난 사건이었다. 지금도 마음 한쪽이 먹먹한 미안함으로 기억된다.

중학교 교사였던 나는 학교 일정이 일찍 끝나서 기분 좋게 집에서 하교할 아이를 기다리고 있었다. 현관문이 열리고 아이가 들어오는데, 아이는 평소 없었던 엄마가 있으니 살짝 놀라는 표정이다. 그런데 아이 입에 음식 먹은 흔적이 있다. 뒤이어 나는 아이가 학교 앞에서 군것질하고 왔을 것이라는 생각을 하게 되었고 순간적으로 아이 등짝을 후려치면서 다음과 같이 이야기했다.

"너는 엄마가 그렇게 군것질만은 하지 말라고 했잖아?"

이렇게 내가 예민하게 행동한 이유는 아이의 체중이 또래 아이들보다 많이 나가서 늘 건강이 걱정되었기 때문이었다. 운동을 시켜야 한다고 해서 걷기 운동이라도 하고 오면 발목이 아프다고 해서 꼼짝을 못 하게 되고 또 그만큼 살이 찌는 일의 반복이었다.

순식간에 엄마가 학교에서 일찍 와 있어서 즐겁게 시간을 보낼 수 있었던 오후가 아이는 울고 나는 속상해서 함께 울었던 기억이 난다.

현관문을 열고 들어온 아이의 입가에 묻어 있는 음식 먹은 흔적은 학교에서 단체로 간식 먹을 일이 있어서 먹었다고 했다. 그 말을 나중에야 들으니 아이에게 어찌나 미안한지, 아직도 그 생각을 하면 가슴 한쪽이 저려온다. 이 상황에서 내가 아이의 모습을 그저 판단하지 않고 "관찰"만 했다면 어떠했을까? 조용히 관찰하고 궁금한 것은을 물어보면 아무것도 아닐 일을 0.1초도 안 되는 순간에 나의 섣부른 판단으로 아이와 울고불고하는 사태로 이어지게 했다.

비폭력 대화에서 다음과 같은 내용이 있다.

"크리슈나 무르티는 '평가가 들어가지 않는 관찰은 인간 지성의 최고 형태'라고 말한 적이 있다. 그 글을 처음 읽었을 때 '말도 안 되는 소리'라는 생각이 내 머릿속을 스치고 지나갔다. 그리고서 곧 나 자신이 평가했다는 사실을 깨달았다. 이처럼 우리 대부분은 판단이나 비판, 또는 다른 형태로 분석하지 않으면서 다른 사람이나 그들의 행동을 관찰하기가 쉽지 않다. (「비폭력 대화」, p27, 마샬 로젠버그, 한국 NVC센터)."

다음의 문장을 읽고 함께 살펴보면 좋겠다.

"그녀는 디자이너다."는 관찰일까 판단이 들어가는 문장일까?

다소 중립적이긴 하나 구체적이고 객관적인 표현이라고는 할 수 없다. 어떤 분야인지도 불분명하다.

그렇다면 "그녀는 패션디자이너다."라고 한다면 관찰일까? 판단이 들어간 것일까?

패션디자이너라는 표현보다 '사람의 치수를 재고, 옷감을 자르고, 상의와 하의의 길이, 모양 등을 다양하게 만드는 사람'이라고 객관적인 사실로 표현하면 어떨까?

"그녀는 안민정이다."

"그녀는 안민정이라고 불리우는 사람이다."

"그녀는 안민정이라는 이름으로 불리는 43세 여자이다."

이 3개의 문장 중에서 어떤 문장이 객관적인 관찰의 완성도가 높을까?

관찰을 잘 한다는 것은 철학적인 관점과도 맞닿아 있다.

우리가 어떤 사람일지에 대해 알아보는 활동 중에서 자신이 어떤 사람인지 표현해 보라고 하면 이름, 직업 등으로 자신을 표현한다. 이름이나 직업으로 자신을 표현하는 것이 진정 자신의 존재를 있는 그대로 온전하게 나타내고 있는 것일까?

이렇게 질문과 성찰을 하고 표현을 하는 과정을 통해 우리는 자기 인식에 이어서 변화 성장할 수 있다. 이 변화의 도착점은 깊이 있는 '관찰'이라는 출발점과 맞닿아 있다.

그러니 우리가 판단하지 않고 관찰하고자 노력할 때 얼마나 많은 것을 볼 수 있을지는 실제 일상에서 적용해 보면 알 수 있다.

비폭력 대화의 4가지 단계 중 첫 번째 단계인 관찰이 되지 않으면 두 번째인 감정, 세 번째 단계인 욕구표현 단계로 넘어가기 어렵다. 그 감정과 연관된 내 마음속 욕구를 알아차리고 또 그것을 표현하며 대화로 연결되면 마음의 연결이 될 수 있는데 말이다.

마치 현관문을 열고 들어오는 아들을 '관찰'하지 않고 판단하고 속단하여 등 짝 스매싱을 날린다면 그다음 감정이나 원하는 바를 말할 수도 들을 수도 없게 되는 것처럼 말이다. 열 마디의 말보다 어떠한 평가도 들어가지 않는 사랑 어린 관찰이 출발점이다.

우리가 연결되는 방법

공감 듣기

상대방의 마음을 헤아리고 그 마음을 어떻게 표현하느냐에 대한 100마디의 말보다 그 의미를 잘 전달해 주는 그림책이 있다.

「가만히 들어주었어」이다. 자신이 쌓아놓은 블록이 무너져서 울고 있는 주인공에게 친구들이 찾아온다. 각각 자신들이 해 줄 수 있는 말을 하고 떠나는 친구들, 그 중의 토끼는 다가올 때도 조심조심 조금씩 다가온다. 그리고 말없이 옆에 앉아있어 준다.

그 후 주인공의 이야기를 남김없이 들어준다. 그러는 내내 토끼는 테일러 곁을 떠나지 않고 함께 한다. 어떠한 조언도 충고도 하지 않는다. 그리고 마침내 주인공이 무너진 블록을 다시 만들어 보려고 하는 자신의 마음을 표현했을 때도 토끼는 고개를 끄덕여 줄 뿐이다.

공감 듣기는 자신의 관찰, 느낌, 욕구 그리고 부탁을 표현했듯이 이번에는 상대방의 그 4가지를 귀 기울여 들어보는 것이다. 특히 상대방의 감정과 원하는 바가 무엇인지 궁금해하며 들어주는 것이다.

공감듣기에 대해 교육하다 보면 다음과 같은 질문을 하시는 경우가 있다.

"공감 듣기를 '잘 들어주는 것'이라고 이해했어요. 그래서 잘 듣고만 있었더니 왜 안 듣고 있느냐고 하더라구요. 어떻게 하면 잘 들어줄 수 있는 것일까요?"

지금은 25세 숙녀가 된 둘째인 딸이 한창 사춘기일 때 많이 하던 말이 있다.

"엄마 나 살이 너무 쪘지?"

사실 이 말은 나이를 불문하고 많은 여자가 하는 말이기도 하다.

"어휴, 네가 살이 뭐가 쪘다고 그러니? 너무 예뻐. 지나가는 사람들을 좀 봐봐, 네가 얼마나 날씬한가."

이와 같은 답변을 내 입장에서는 애가 타도록 이야기한 적이 있다. 내가 이렇게 말하면 아이는 오히려 화를 내고 토라지기까지 했다.

엄마가 진심으로 이야기하는데 왜 저렇게 못 알아듣나 싶어서 야속하기도 했다. 아이는 아이대로 토라진다. 그것으로 모녀의 대화는 끝이 나곤 했다.

그런데 이때, 이렇게 말하면 어떨까?

"지윤아, 네가 지금 살이 쪘다고 생각하니까 우울하니? 오늘 네 모습이 마음에 안 들어?"

내가 이런 식으로 대답하기 시작하면서 모녀간의 대화가 더 깊이 있고 즐거움으로 이어졌다.

또 다른 모녀가 있다. 나와 나의 친정엄마의 이야기다.

친정어머니가 돌아가신 지 3개월 정도 남짓 지났다. 엄마가 1년 6개월 정도 암 투병으로 아프실 때, 이렇게 말씀하시곤 했다.

"이제 나를 더는 붙잡지 마라."

예전 같으면 나는 이렇게 말했을 것이다.

"엄마, 우리가 잘할게. 걱정하지 마세요."

"엄마, 병원에서 하라는 대로 치료 잘 받으면 되지. 왜 그렇게 약한 말씀을 하세요?"

그러나 이제는 이렇게 말씀드렸다.

"에구, 우리 엄마가 많이 아프구나."

공감듣기는 상대방의 마음을 궁금해 하고 그 마음을 읽어주려고 노력하는 것이다.

그 가운데, 내 관점에서 관찰하고 나의 감정과 욕구를 표현하는 것이 말하기라면 공감 듣기, 즉 들어주는 과정이기 때문에 그 과정을 그대로 상대방에게 적용하는 원리이다. 상대방을 관찰하고 상대방의 감정과 욕구를 궁금해한다. 그리고 판단하지 말고 상대방에 대해서 관찰한 사항과 내가 추측한 너의 감정과 욕구를 물어봐 주는 것이다.

그 사람이 마음이 어떤지, 무엇을 원하는 건지 궁금해하는 마음으로 있어 주면 절반은 성공인 셈이다.

진정한 공감은 그 자리에 머물러 있어 주는 것, 존재 자체로 들어주는 것, 그 사람의 마음에 함께 있어 주는 것이다.

연결 후, (습관 잡기는)
무패 방법(으로 실천해 볼까?)

한창 습관을 잡아주어야 하는 아이들을 어떻게 대할 지에 대해 많은 부모님들이 궁금해 하신다.

아이가 잠자는 시간을 제대로 지키지 않아서 아침에 일어나려고 하지 않을 때, 밥 먹을 때마다 식탁에 올라가려고 하거나 돌아다니며 먹으려고 할 때, 유튜브나 게임을 하려고 할 때 어떻게 해야 할지 질문들을 많이 하신다.

또한 아이의 진로에 대해서도 궁금해하는 부모님들도 많다. 결국, 진로도 공부습관과 연결된다. 그 이면에는 아이의 공부습관을 잡아서 공부해 보면서 어떤 공부의 결이 자신에게 맞는지를 알아가는 과정이라는 것을 함께 짚어야 한다. 공부에도 습관이 필요하다. 생활습관, 취침 습관, 식사습관 등 생활 속에는 크고 작은 습관을 자리 잡아 가면서 성장하느냐가 중요하다.

결국, 우리가 살아가는 데에는 바른 습관과 크고 작은 약속을 정하는 것이 중요하다. 만약 아이가 잠을 자지 않으려고 하고 아침에는 늦잠을 자서 어린이집이나 학교를 보내는 것이 어려운 상황에서 아무리 아이를 억지로 재우려고 하거나 어르고 달래도 효과가 크게 나아지지 않는다. 이때 서로 대화로 약속 정하기를 하면 어떨까? 대화에는 상황을 관찰하고 서로의 감정과 욕구를 표현하고 어떻게 했으면 좋겠다는 요구를 한다. 그 방법으로 단계를 밟아보자는 것이 토머스 고든의 무패 방법이다.

무패 방법을 다시 정의하면 아무도 지는 사람이 없도록 공감대화를 통한 약속 정하는 방법이라고 할 수 있다. 부모와 아이 사이에 '서로 아무도 지지 않는 약속 정하기 대화법'이다. 그 적용은 부부 사이일 수도 있고 친구 사이일 수도 있다. 또한, 직장에서도 적용할 수도 있다. 직장 내에서는 PDCA라는 업무 사이클을 사용하기도 한다. 계획을 세우고(Plan), 행동하고(Do), 평가하고(Check), 개선한다(Act)는 일련의 업무 사이클이다.

다음은 무패 방법을 사례와 함께 단계별로 안내해 드리고자 한다.

무패 방법은 6가지 단계로 이루어져 있다.

1단계 : 갈등을 확인하고 정의한다.

2단계 : 가능한 여러 해결책을 생각해 낸다.

3단계 : 각 해결책을 평가한다

4단계 : 가장 좋고 만족스러운 해결책을 결정한다.

5단계 : 결정된 것을 실천할 구체적 방법을 마련한다.

6단계 : 이후 결과가 어떠했는지를 확인한다.

1단계는 갈등을 확인하고 정의하는 단계이다.

우선 함께 이야기하는 환경을 조성한다. 이렇게 갈등을 인지하고 서로의 감정과 욕구를 확인해 본 후, 이야기할 공간과 시간을 정한다.

보통 집에 있는 가족이기 때문에 배우자는 말을 들으려고 하지 않을 수 있고 서로 바쁘다 보니 그래도 듣기라도 하겠지라는 마음으로 혼자 이야기하는 경우가 많다. 그렇게 되면 남편(또는 아내)은 자기 방으로 훌쩍 들어가고 상대방의 이야기는 공허한 메아리가 되기 쉽다. 시작조차도 되지 않는다. 그래서 이야기하고 싶은 사항을 뚜렷하고 간결하게 이야기하면서 가능한 시간과 장소도 의논한다. 집 밖에서 따로 시간을 내어 데이트하면서 시간을 만들 수도 있다.

2단계는 가능한 해결책을 생각해 낸다.

이제 시간과 공간을 정했다. 토요일 오전에 여유 있는 시간으로 정해도 좋다. 아침 식사를 하고 이야기를 나눌 수 있다. 또는 집 밖으로 나가서 서로가 좋아하는 음식을 정해서 먹으면서 이야기해도 좋다. 이 경우 모두 1단계에서 시간과 약속을 서로 합의로 정한 과정이 필요하다.

이제 본격적으로 이야기를 시작할 단계이다. 이때는 다양한 해결책을 서로 이야기한다. 가능한 만큼 꺼내 놓는다. 공감 듣기로 잘 듣는 것이 필요하다.

이때 조심해야 할 것은 공감 말하기를 3단계에서 하고 자유롭게 의견을 말하고 상대방의 말을 공감 듣기를 해야 한다.

2단계에서는 해결책을 정리하거나 조율하지 않고 자유롭게 각자의 의견을 내놓는 단계이다. 이제 3단계는 그 해결책에 대해 논의하는 단계이다.

3단계는 각 해결책을 평가한다.

2단계에서는 해결책의 좋고 나쁨을 판단하지 않고 모두 꺼내 놓는다는 느낌으로 진행을 한 후 3단계에서는 해결책을 정리한다는 느낌이 필요하다.

“우리가 만족할 만한 해결 방법이 무엇일지 같이 찾아볼까?”

“아까 나온 이 해결 방법을 실천하려면 어떤 점이 어려울 수 있을까?”

“이 방법은 나에게 불공평하다고 느껴져요.”

“이렇게 하면 엄마가 힘들어질 수 있어.”

이런 대화로 이어나갈 수 있다. 이때 특히 이 결정이 상대방만을 위한 것이라는 맥락이 아니라 부모님의 의견, 감정, 욕구를 솔직히 표현하는 것이 필요하다.

4단계는 최선의 해결책을 결정한다.

앞으로 실천할 해결책을 정해본다. 그 해결책이 한 번 정하면 절대 바꿀 수 없는 것이 아니라 1주일 또는 2주일 정도 단위, 시간적 단위는 상황에 따라 변할 수 있다. 다시 평가하는 단계가 있다는 것을 염두에 둔다.

5단계는 결정된 것을 실천할 구체적 방법을 마련한다.

결정된 사항을 구체적으로 정할수록 실천의 의지가 높아진다.

6단계는 결과가 어떠했는지를 확인한다.

실제로 해 보니 어려운 점은 없었는지 구체적으로 이야기하고 수정할 수 있는 사항은 다시 합의하여 정한다.

무패 방법이라는 단어에서 짐작이 되듯이 서로 누가 이기고 지는 관계가 아니다. 서로의 마음과 원하는 바를 표현하고 들어주면서 조절하고 약속을 정한다. 한 번 정한 약속을 계속 고집하는 것이 아니라 1주일 또는 2주일 정도의 시간을 실행해 본 후 다시 평가의 단계로 들어간다.

'나를 사랑하게 되는 부모교육'에서 만난 우리는 이미 그렇게 자기만의 콘텐츠를 만들어 가고 있다. 그러니 지금 이렇게 공저를 쓰는 중이다.

워라밸[2]의 시대, 저출산 고령화 사회에서 이제 더는 출산과 양육이 누구의 시간을 온전히 빼앗는 분리의 개념이 아니다. 이렇듯 공과 사, 그리고 일과 삶은 분리할 수 없을 뿐만 아니라, 분리하는 것이 반드시 옳다고 볼 수도 없다

하지만 일과 삶의 균형을 이야기하는 '워라밸'은 기본적으로 공과 사, 그리고 일과 삶이 분리돼 있다는 전제에서 출발한다. 밸런스, 즉 균형을 맞추기 위해서는 균형을 맞춰야 하는 두 개 이상의 대상이 있어야 한다. 과거엔 일(공)을 위해서 개인의 삶(사)을 포기하는 것이 당연하게 여겨졌다. 하지만 지금은 개인의 삶을 포기하고 일에 헌신하는 직원들을 회사가 책임지지 않듯, 회사가 요구하는 일을 위해 개인의 삶을 포기하는 직원도 찾아보기 어렵다.

---

2 '일(Work)과 삶(Life)의 균형(Balance)' 이라는 뜻으로 '워라밸'이라고도 표기한다.(출처:네이버사전)

누가 현실의 내 생활에 접목하고 실천을 하느냐의 문제다.

그런 의미에서 우리 공저 작가님들은 이미 공과 사, 일과 삶, 부모라는 역할과 나의 존재를 분리하지 않고 접목하고 있다.

여러분들은 이론과 실제 생활을 접목하며 좌충우돌 엄마들의 성장기 현장에 함께 하실 것이다. 구체적인 사례로 감정과 그들이 바라는바, 그리고 어떤 마음으로 상대방의 이야기를 듣는지와 약속을 정하고 지키는 과정에서 성숙함이 요구되고 또 성숙해지는 이야기가 있다. 일상에서 어떻게 적용하는지에 대한 사례를 볼 수 있다. 자신이 직접 느끼고 변화해 가는 과정의 디테일을 관찰해보시길 바란다.

우리는 삶의 긴 맥락 속 같은 연장선 위에 있다. 저마다의 속도가 다르지만 누가 먼저고 나중이랄 것 없이 살고 있다. 그 연장선 속에서 타인의 이야기가 곧 나를 볼 수 있는 거울이 될 수 있다. 가슴 따뜻한 사랑이 담긴 거울을 여러분들에게 선물하고 싶다.

Part 2

* 엄마가 된 K-장녀
* 좋은 엄마가 되고 싶어
* 색깔 감정 일기를 통해 내 마음의 기지개를 켜다
* 5개월 된 딸, 찰떡이를 관찰하면 알게 되는 것
* 초보 부부가 사랑하는 딸에게 전하는 '나 전달법'

엄마가 된 미술심리상담사, 대화법을 바꾸다

오소혜

프롤로그

50일 된 찰떡이와 함께한 가족사진

코로나로 인한 3년 동안 일상생활의 무너짐을 견뎌오며 2022년을 새롭게 시작하고 있다. 육아에 초보인 나와 남편은 나름대로의 육아 공부를 했지만 매번 알 수 없는 상황의 연속이었다. 그래도 계속 아이의 발달상황에 대해 찾아보고 시행착오를 겪어나가며 육아를 하는 중이다.

요즘 매스컴을 보면 아이를 낳는다고 다 부모가 되는 것이 아니라는 말을 많이 체감하게 된다. 나 또한 출산 후 육아를 시작했지만, 도대체 어떻게 해야 좋은 부모가 되는지 잘 몰랐다. 작년 5월 말, 조리원에서 몸을 회복하던 3주간의 시간은 금세 지나갔다. 육아를 잘 할 수 있을지에 대한 걱정을 가득 안은 채, 바깥세상으로 무거운 발을 내딛으며 막막했던 그때의 기억이 아직도 새록새록 하다. 그러나 부모교육코칭전문가 자격증 과정을 밟은 후 내 인생은 큰 전환점을 맞이하였다. 이 과정을 통해 나에 대해 조금 더 알게 되었고, 그 덕분에 지금은 아이도 남편도 타인도 조금씩 이해해 가는 중이다. 아이를 키우는 데는 기본 20년의 세월이 걸린다고 한다. 막 첫걸음을 뗀 지난해부터 2041년까지 딸의 양육에 최선을 다하고자 한다.

유난히도 더웠던 여름의 끝자락에서 부모교육코칭전문가 자격증 과정을 시작하였다. 울긋불긋한 단풍잎이 떨어지는 가을까지 한 계절이 지나며 시험과 과제로 마무리를 했다. 이제는 따뜻한 온기가 필요한 겨울을 지나 벚꽃이 피려 하는 봄이 슬슬 다가오고 있다.

글을 쓰며 느낀 것은 이 글을 읽고 계시는 분들에게 나의 사례가 한 분에게라도 조금이나마 도움이 된다고 한다면 참 감사한 마음이 들 것 같다. 의미 있고 뜻깊은 효과적인 의사소통 방식을 알려주시며 짧다면 짧고, 길다면 긴 3개월간의 열정적인 강의를 해 주신 소장님과 함께 공부한 선생님들에게도 고맙단 인사를 드린다. 마지막으로 나의 성장을 위한 공부와 글쓰기에 집중할 수 있도록 도움을 준 사랑하는 가족 특히 남편, 딸 찰떡이, 친정 식구들과 시부모님에게도 감사함을 표한다.

이 글에서는 주로 나의 이야기와 딸을 관찰하며 느낀 부분을 쓰게 되었다. 다음과 같이 구성되어 있는데 내 감정과 욕구를 들여다본 후, 아이를 관찰하고 나의 감정과 욕구를 전달하는 대화법 중의 하나인 '나 전달법'으로 마무리된다. 현재 미술심리상담사로 일한지 4년 차이고 가정으로 돌아오면 아내이자 엄마가 된다. 부모교육코칭전문가 자격증 과정을 시작할 때 4개월이던 아이가 지금은 벌써 반년쯤 지나 '엄마, 아빠!' 하는 11개월이 되었다. 가족에게 마음표현이 서툴고 살갑지 못했던 내가 아이와의 관계를 바꿔나가는 소통법을 여러분들과 나누고 싶다.

엄마가 된 K-장녀

찰떡이는 2020년 8월 15일 광복절에 생겼다. 나는 한 아이의 엄마가 된 지 1년 남짓도 안 된 새내기 엄마다. 작년 내가 가장 좋아하는 계절인 따뜻한 봄이 지난 후, 초여름에 가까운 5월 말이었다. 결혼기념일을 5일 앞두고 선물 같은 딸이 나에게 찾아왔다. 출산하던 날의 기억을 되살려보자면 기억하고 싶지 않을 만큼 너무나 힘들었지만 예쁜 딸이 온 것에 대한 감사함이 더 컸다.

나에 대한 소개를 간단히 하자면 가정환경은 교육자 부모님의 밑에서 태어났고, 4살 터울의 조용한 남동생이 있다. 요즘 말로 해서 'K-장녀' 로 나를 설명할 수 있다. 책임감, 겸손함, 습관화된 양보를 한다는 Korea의 앞글자 K와 장녀의 합성어라고 한다. 맞벌이하시는 부모님 대신 동생을 많이 돌봤다. 나는 어린 시절 부모님의 사랑을 남동생과 나눠 가져야 하다 보니 부족함을 느꼈다. 그래서인지 집에 손님들이 놀러 오신 후, 가야 할 시간이 되면 그렇게 가지 못하도록 울었다고 한다. 남자였지만 너무나도 귀여웠던 동생을 많이 놀아주고 예뻐하기도 했다. 그러나 4년 동안 외동딸로 살다가 남동생이 생겼던 터라 엄마의 사랑을 독차지할 수 없었다. 남동생을 질투하기도 하고 미워하는 감정도 들었다. 친가와 외가에서 가장 먼저 태어나 친척들의 사랑을 듬뿍 받았지만 그래도 항상 본질적으로 채워지지 않는 무엇인가가 있었다. 30년 정도의 지난날들을 돌이켜 보면 늘 다른 사람에게서 인정을 받으려 무던히도 애를 썼다. 또한, 애정을 충족하기 위해 노력하며 살아왔다.

중학교 때까지는 별 반항 없이 학생의 주어진 본분인 공부를 충실히 하며 자랐다. 친구들에게 인기가 있어 반장, 부반장도 여러 번 해봤고 상위권의 성적을 유지했다. 고등학교에 들어가면서부터 사춘기가 시작되어 공부에 소홀하였다. 나의 주장이 세지다 보니 부모님과 갈등을 자주 빚곤 했다. 남들보다 뒤늦은 시작이었지만, 미술에 대한 나의 진가를 알아봐 주신 고등학교 미술 선생님 덕분에 입시 미술을 시작하게 된다. 생각해보면 어릴 적부터 만들기나 그림그리기에 소질이 있어 나름 상도 받곤 했다. 수행평가로 그렸던 고등학교 교정의 풍경 그림 하나가 나를 미술학원에 다니게 하는 계기가 되었다. 공부도 하고 밤늦게까지 미술학원에 다니며 디자이너가 되겠단 꿈을 꾸면서 열심히 다녔다. 하지만 다른 친구들에 비해 나의 노력이 부족했던 것이었을까? 통학할 수 있는 거리 내의 대학교들로 상향 조정하여 지원했던 것이 잘못이었을까? 원하던 대학진학에는 실패하고 말았다. 내가 우물 안 개구리였던 것을 그제야 깨닫게 된 것이다.

좌절된 입시로 인해 한동안 우울한 마음을 가지고 있었다. 하지만 어린이집을 운영하셨던 엄마의 권유로 유아교육의 길에 들어서게 되었다. 힘든데도 다시 정신을 바짝 차렸다. 부모님의 명성에 누가 되기 싫었으며 K-장녀로서, 맏이로서 그 의지를 보여드리고 싶었다.

원하는 과가 아닌 대학 생활이었지만 주어진 것에 충실히 해 나갔다. 교수님이 해 주시는 말씀은 농담이라도 책에 다 받아 적었으며, 빈 노트에는 전공 책 내용을 도배할 만큼 열심히 공부했다. 학점을 잘 받게 되어 장학금도 받고 책임감 있게 동아리 생활도 했다. 그렇게 3년이란 시간이 지나 졸업을 할 무렵, 다행히 성실한 모습이 눈에 띄어 실습을 나간 유치원에서 성실한 모습이 눈에 띄어 바로 취업이 되었다.

대학교를 졸업한 뒤, 유치원 교사생활을 시작했다. 5년 동안 5~7세 아이들과 함께 하면서 궁금한 점이 생겼다. 평소 표현을 잘 하지 못하는 아이들의 마음을 어떻게 더 알아줄 수 있을지 고민을 하다가 심리학 공부를 시작해야겠다고 마음을 먹었다. 그러던 중, 일과 학업을 병행하는 건 무리라 생각되어 일을 잠시 쉬어야겠다고 판단했다. 고등학교 때 이루지 못한 미술의 꿈과 접목하여 미술치료 대학원을 지원해 다니기로 결심했다. 대학원에 진학하여 졸업한 뒤, 학교와 복지관, 센터에서 미술 심리 상담 일을 3년 동안 했다. 상담을 하면서 임신을 하고도 출산 한 달 전까지 맡은 내담자들을 위해 일을 하였다.

출산 후, 육아를 하는 도중 이화여자대학교에서 우편물로 온 부모교육코칭전문가 자격증 과정이 눈에 딱 들어왔다. 대학원 마지막 학기에 병행하여 놀이 심리 상담 과정을 배웠던 이화여자대학교는 집에서 왕복 4시간 정도는 잡아야 갈 수 있는 거리였다. 강의를 온라인으로 한다는 매력적인 조건이 있어 고민하게 되었다.

출산 예정일 전날 진통이 시작되어 오후 9시부터 시작된 진통은 장장 12시간 동안 이어졌었는데 오랜 진통을 견뎠지만 결국 제왕절개를 하게 되었다. 그래서 그런지 몸의 회복 속도는 느리기만 하여 수강이 망설여졌다. 다른 한편으로는 집에서 강의를 들으니 할 수 있을 것 같았다. 남편과 상의 후 결국 수강 신청을 했다.

초반에는 3시간 동안 노트북 앞에 앉아있는 것도 버겁고 과제가 매주 있어 힘들었다. 병원도 다니고 조금씩 운동을 하면서 몸을 회복해갔다. 강의를 해주시는 소장님과 함께 아이를 육아하며 공부를 병행하시는 인생 선배님들과의 소통으로 엄마가 되어 혼란스럽고 힘들었던 마음도 괜찮아졌다. 벌써 12주간의 부모교육코칭전문가 자격증 과정을 무사히 끝낸 후 이렇게 글을 쓰는 중이다.

좋은 엄마가 되고 싶어

부모교육코칭전문가 자격증 과정을 배우게 된 이유는 크게 두 가지였는데 한 가지는 상담 일을 하며 부모님들에게 더 도움이 되고 싶었다. 그리고 다른 한 가지, 가장 중요한 이유는 나도 새내기 부모로서 딸인 찰떡이에게 좋은 부모가 되는 방법을 알고 싶었다.

부모교육코칭전문가 자격증 과정의 후반기 과정에서 배운 다양한 대화법들을 적용해 보며 나와 상대방이 변화하는 모습들을 관찰할 수 있었다. 평소에 드러내지 못했던 내 욕구와 느낌, 감정들을 표현하다 보니 이젠 답답하지가 않았다. 여러 대화법을 친구에게 그리고 직장에서도 적용해 보려고 하였다. 정작 가까운 가족에게는 편하다 보니 의식적으로 잘 사용하지 않았던 것 같다. 또한, 친구들 사이나 직장에서의 가면을 잘 받아주는 가정에서 벗어던지고 내 본 모습으로 이야기 하게 되었다. 그래서 주로 내가 쓰는 대화 방식이 무엇인지부터 파악을 해 보았다.

충고나 조언, 교육하기, 분석과 진단 혹은 설명하기, 바로잡거나 위로하기, 나의 얘기를 들려주며 맞장구치기, 전환하거나 조사, 심문하기 등의 다양한 방법을 사용하고 있었다. 이전에 상대를 위한다 생각하며 했던 말들이 그 사람의 마음에 와닿으며 도움이 된다고 느껴졌을지 지금에야 의문이 들었다. 이제는 어떤 대화를 해야 의사소통이 잘 될지에 대해 확실히 알게 되었다. 상대방과 할 수 있는 여러 대화법을 차근차근 적용해 나가면서 내 마음도 한결 편해지고 상대방의 욕구도 알 수 있었다. 그 대화법 중 '나 전달법'의 간단한 소개와 함께 딸에게 적용한 실제 사례를 이야기하고자 한다.

간략히 설명하면 '나 전달법'은 내 감정과 욕구, 불만이나 해결하고 싶은 것, 발전하고픈 욕구를 이해한 뒤에 공감 말하기로 상대방에게 전달하는 것이다. 나 전달법이 좋았던 이유는 내 욕구를 상대방에게 표현하니 평소에 잘 전달할 수 없었던 나의 마음이 한결 편해졌다는 것이다. 이 대화법이 잘 통하지 않을 것 같다는 의문이나 불신이 생길 수도 있다. 하지만 시도를 해 보시라고 말씀드리고 싶다.

내가 이 대화법들을 적용해 보게 된 것은 갈등 상황을 회피하거나 제대로 나의 의견을 표현하지 못했던 내 과거의 대화 방식들을 바꿔보고 싶었기 때문이다. 이와 같은 대화 패턴의 반복으로는 갈등이 해결되지 않는다는 것을 알았다. 나와 상대를 관찰해나가면서 나를 이해해 나갔고 상대도 이해할 수 있었다. 이 대화법을 적용해 나가며 공부를 하는 동안 내 표정도 점점 밝아졌다는 동료 선생님의 피드백도 받게 되었다.

강의과정의 중반부를 향해 갈 때쯤 소그룹 모임이 MBTI 성향에 맞게 정해졌다. 초등학생 딸을 키우시는 선생님, 어린 남매를 육아하시는 선생님과 함께 3명의 짝이 맺어지게 되었다. 줌에서 여러 선생님과 함께 강의할 때 서로 의견을 나누며 대화하는 부분이 자주 있었는데 화상으로 만남에도 불구하고 나는 낯을 가렸다. 정확한 답이 아니라고 생각되면 이야기를 하지 않는 성격이기도 해서 소극적인 모습을 보였다. 그러나 소그룹 모임은 나에게 적절한 방법인 듯했다.

어색한 첫 만남이었지만 지휘하시는 선생님께서 적극적으로 진행을 해주셨다. 차츰 서로에 대해 진솔한 이야기를 나누고 친해지면서 응원을 아끼지 않는 사이가 되었다. 마지막 모임에서 "오소혜 선생님, 요즘 처음에 보던 것보다 표정이 밝아졌어요." 라는 말과 함께 진정한 공감을 받으며 나 자신이 살아있음을 느꼈다. 직업의 특성상 주로 공감을 해 주는 편이라 공감을 받아본 적이 별로 없었다. 함께한 선생님들께 참 감사했다.

출산한 지 얼마 안 된 몸으로 수업을 들었는데, 그 아기가 벌써

11개월이 되었다. 나는 내가 배운 대화법을 '11개월 된 아기에게 어떻게 사용해 볼까?' 하는 생각이 들었다. 미숙하지만 이미 나는 아이를 관찰하고 있었으며 눈짓으로 이야기하는 중이었다. 아직 11개월 된 아기에게는 나 전달법만 사용하는 것으로 충분하다고 생각된다. 이 아이가 훌쩍 자랄수록 난 이 아이와 얼마나 많은 마음의 대화를 할 수 있을지 상상만 해도 행복하다.

색깔 감정 일기를 통해
내 마음의 기지개를 켜다

먼저 나의 욕구를 생각해 보고 글로 적어보는 것으로 첫 출발을 끊었다. 내가 느꼈던 감정을 써 내려가며 평소에는 살피지 못했던 마음들을 되돌아볼 수 있었다. 아래의 글 내용은 9월 한 주뿐이지만 앞으로도 꾸준히 해 본다면 좋을 것 같다는 생각이 들었다. 생각만 하는 것과 글로 표현하여 눈으로 직접 보는 것은 다르기 때문이다.

나의 욕구 색깔 감정 일기 (34세, 미술심리상담가, 내향형)

색깔 감정 일기는 내 마음을 색과 함께 스토리텔링 해 보는 것이다. 감정과 욕구에 집중하여 그 원인이 되었던 사례나 에피소

드, 사건을 적고 그 감정이 올라온 이유와 내가 원하는 것을 생각해 보는 시간을 가졌다. 그리고 색으로도 표현해 보았다. 이 시간을 통해 나의 마음을 알아야 상대의 마음을 알아차릴 수 있다는 것을 깨달았다. 내 욕구와 감정들에 밑줄을 쳐 보면서 한 번 더 상기시켜보았다. 초등학교 이후로는 일기를 써본 적이 없었다. 어린 시절에도 숙제라서 썼었고, 하루 중 에피소드나 상황들에만 치중하여 적었던 것이 전부였다. 대학원 과정 중 상담가가 되기 위해서 상담을 직접 받아보는 과정이 있었다. 상담을 받으며 한 주간 느꼈던 감정들을 핸드폰 달력에 간단히 써 보았다. '이런 일 때문에 어떤 감정이 들었지?' 하고 하루를 되돌아봤다. 당시에 굉장히 좋은 생각이라 들었지만, 그 이후로 잊고 있었다. 한동안 감춰있던 내 욕구를 돌아보면서 색깔 감정 일기를 다시 시작했다. '내 욕구를 알고 해소해야 아이와 배우자, 더 나아가 타인의 욕구도 보인다. 내 욕구에 절대 소홀해지지 말자!!' 라며 마음속으로 여러 번 되뇌고 되뇌었다.

* 1일 차 (9/2 목)

감정색깔 : 눈부시고 밝은 흰색

목요일 나의 욕구는 '자율성 중 꿈, 목표, 가치관을 충족할 방법을 선택할 수 있는 자유'였다. 남편이 결혼 후에도 대학원을 다니고자 하는 나의 꿈을 옆에서 든든하게 지지해 주고, 응원해 주어 욕구를 충족시킬 수 있었다. 이번 부모교육코칭전문가 자격증 과정도 하고 싶다는 의견을 이야기하자 흔쾌히 동의하여 공부하게 되었다. 나의 감정은 공부한다는 생각에 떨리고 기쁜 마음이 들었으며 가족에게 감사한 마음이 느껴졌다.

* 2일 차 (9/3 금)

감정색깔 : 혼란스러운 회색+편안한 분홍색

금요일의 내 욕구는 '상호의존 중 신뢰'였다. 일요일에 아기 100일 촬영을 하려고 가족 시밀러룩을 빌렸다. 아기 옷이 너무 커서 확인을 해봤더니 시켰던 S사이즈가 아닌 L사이즈로 와서 놀랍고 당황스러웠다. 그래도 일찍 연락하여 내일까지 다시 보내주기로 했다. 업체 사장님의 발 빠른 대처와 고객에게 대하는 신뢰 있는 행동으로 인하여 안도감을 느꼈고 촬영할 일요일이 기대되었다.

* 3일 차 (9/4 토)

감정색깔 : 떨리는 주황색+푸릇한 초록색

토요일 나의 욕구는 '성취 중 자신감의 욕구'였다. 4개월 동안의 출산휴가를 마치고 직장에 나가게 되었다. 운전하는데 약간의 긴장감이 들어 친정엄마에게 아기를 맡기고 남편과 함께 출근했다. 오랜만에 상담 일을 하니 잘 할 수 있을지 솔직히 걱정되었다. 하지만 그 전에 하던 내담자와 쉬었다가 다시 같이하는 것이라 더 재미있었다. 돌아오는 길에는 스스로 운전을 해서 자신감이 붙게 되었다.

* 4일 차 (9/5 일)

감정색깔 : 속상한 검정색+화사한 노란색

일요일의 내 욕구는 '신체적 돌봄 중 아름다움의 욕구'였다. 산후 증상 중의 하나로 탈모가 생겨 두피 관리를 받았다. 임신 전에 머리 염색이나 파마도 자유롭게 했던 그 시절이 그리웠다. 그땐 머리카락 숱이 너무 많아 고민이 되었었는데… 이제는 빠지지만 않게 해 달라는 마음으로 두피 케어를 받는 중이다. 두피 관리를 받으면서 느꼈던 감정은 오랜만에 혼자 외출로 인하여 기분이 들떴다.

* 5일 차 (9/6 월)

감정색깔 : 걱정스러운 갈색+안정적인 파란색

월요일 나의 욕구는 '온전함 중 혼자만의 시간'이었다. 사랑스러운 아기와 함께 있는 것도 소중한 추억을 만드는 너무나 좋은 시간이다. 하지만 복직을 했기 때문에 이번 주부터 108일 된 딸을 어린이집에 맡기기로 하였다. 1시간이긴 했으나 오래간만에 혼자 집에 있게 되었다. 조금 불안한 마음이 들었지만, 빨래와 청소 등의 집안일을 해서 여유로울 틈이 없었다. 아기를 보며 집안

일을 멀티로 해야 하는 것이 아닌, 한 가지 일에 집중할 수 있어서 좋았다.

＊ 6일 차 (9/7 화)

감정색깔 : 아픈 빨간색+안심의 연두색

화요일의 내 욕구는 '신체적 돌봄 중 휴식의 욕구'였다. 여러 가지 신경 쓰는 일이 많았는지 인후통이 생겼다. 열도 좀 나는 것 같고 아픔을 느껴서 좀 쉬게 되었다. 집에 있는 약과 함께 목캔디를 먹으니 시원하고 괜찮아지는 듯했다. 딸도 어린이집에서 1시간 자고, 2시간 동안이나 있다 온 걸 보니 벌써 어린이집 적응을 하는 것 같았다. 그래서 안도감이 들었으며 어느 정도 휴식을 취할 수 있어 다행이었다.

＊ 7일 차 (9/8 수)

감정색깔 : 난처함의 보라색

수요일 나의 욕구는 '상호의존 중 공감의 욕구'였다. 아기가 어린이집 적응 3일 차라 낮에는 잠도 잘 자고 잘 놀아서 괜찮나 싶었는데… 밤이 되니 잠을 제대로 못 자고 계속 울어서 무엇이 불편한지 공감을 해주려 노력을 했다. 어디가 혹시 아픈 건 아닐까 열 체크도 해보며 안절부절못하였다. 어느 정도 안고 달래주니 새벽 1시가 되어서야 잠이 들어 평온해지게 되었다. 말 못 하는 아기에게 공감해준다는 것은 참 어렵다고 느껴졌다.

이렇듯 내 느낌들을 바라보는 것도 나에 대한 돌봄과 함께하는 관찰이다. 색깔 감정 일기를 쓴 후 들었던 생각은 나를 충분히 돌아보는 시간을 가지며 육아를 해 나갈 수 있도록 꾸준한 노력이 필요하다고 여겨졌다. 하루하루 나의 감정과 욕구를 관찰하면서 좋았던 부분을 느껴보길 바라며 추천을 해 본다. 여러분도 색깔 감정 일기를 한번 시작해 보는 건 어떨까요?

5개월 된 딸, 찰떡이를 관찰하면 알게 되는 것

이번에는 당시 5개월 된 딸을 평가 또는 판단하지 않으면서 일주일간 객관적으로 관찰해 보기로 하였다.

딸 찰떡이 관찰 (5개월 161일 차, 순한 기질의 아이)

* 1일 차 (10/28 목)

역류방지 쿠션에서 몸을 비틀어 빠져나오려고 한다. 아기 체육관 장난감 중에서 코끼리를 손으로 잡아 입에 가져가 문다. 동물 동화책을 읽어주니 그림을 쳐다본다. 거울을 보고 자신의 얼굴을 탐색하면서 미소를 짓는다.

* 2일 차 (10/29 금)

누워서 자신의 발을 잡고 만지며 혀를 내민다. 발을 잡지 않은 다른 한 손에는 비닐을 잡고 있다. 몸을 갑자기 뒤집어서 꼬꼬맘 장난감을 쓰러뜨린다. 옆에 있던 톱니바퀴 장난감을 살피다가 만져보고 이리저리 몸을 움직인다. 동물 소리를 들려주자 소리가 나는 쪽을 쳐다본다.

* 3일 차 (10/30 토)

목욕을 하고 나와 기저귀 갈이대에 눕히니 양발로 아빠의 배를 찬다. 몸을 닦아준 후, 로션을 몸에 바르는 동안 오른쪽 손가락을 입에 넣고 빤다. 치발기를 쥐여 주자 두 손으로 잡아 씹는다. 옷을 다 입히고 아빠가 비행기를 태워주니 웃는다. 침을 계속 흘려 윗옷이 젖어서 갈아 입혀주자 소리를 지른다.

* 4일 차 (10/31 일)

오른쪽 손으로 자신의 몸을 여러 번 친다. 그러다 오른쪽 발을 만지고 상의를 위로 잡아당긴다. 핸드폰으로 딸의 모습을 찍어주니 렌즈를 바라본다. 피아노 건반을 손으로 치면서 소리가 나는 것을 듣는다. 바닥에 배를 대고 엎드려서 공과 인형을 잡기도 한다.

* 5일 차 (11/1 월)

배밀이를 하면서 소리를 지른다. 엉덩이를 올리고 발로 밀어서 앞으로 나가려 한다. 안아주어도 울어서 매트에 눕혀놓으니 더 큰소리를 내어 운다. 아기 체육관 장난감을 건네주자 울음을 그치고 손으로 친다. 옆에 놓인 헝겊 책도 들고 만지다 입으로 가져가서 탐색한다.

* 6일 차 (11/2 화)

양손으로 눈을 비비다가 왼쪽 손을 얼굴에 댄 채 엎드린다. 입에 손을 가져가서 빨다가 바닥을 치고 손가락으로 바닥을 긁어본다. 이유식을 주니 입에서 쩝쩝 소리를 내며 받아먹는다. 의자를 만지기도 하며 주변을 살핀다.

* 7일 차 (11/3 수)

울어서 분유를 주니, 젖병을 손으로 잡아끌며 먹다가 잠이 든다. 자세를 바꾸어 트림을 시키니 다시 깨서 움직인다. 분유 먹은 것을 소화하지 못해 옷에 토를 조금 해서 옷을 갈아입히려 하자 소리를 지른다. 옷을 다 입힌 뒤, 딸꾹질을 하여 모자를 씌우니 웃는다.

당시 5개월 반이 된 딸을 관찰하며 보였던 것은 아직 신체적 돌봄에 대한 욕구가 많은 것으로 생각되었다. 대표적인 정신분석학자 프로이트의 발달단계에 따르면, 이 시기의 딸은 구강기라 사물을 물고 빨면서 탐색을 하는 과정이 많은 것으로 보인다. 그리고 갓 태어난 신생아 때보다 한층 성장했음을 느꼈다. 놀이의 웃음과 재미의 욕구가 나타났고 아직은 기쁨, 슬픔, 짜증 정도의 감정만 나타내는 것으로 보인다. 아이의 발달과정을 직접 관찰하고 겪어보니 전에 배웠을 때 흘려들었던 이론들이 비로소 이해가 되었다.

아이를 관찰하면서 내가 느꼈던 감정은 육아하면서 정신적, 신체적으로 매우 힘들지만 이런 사랑스럽고 귀여운 아기가 내 딸이라는 것이 믿기지 않을 정도로 너무나 예쁘다. 아기를 낳고 기르는데 두려움을 잔뜩 가졌던 내가 이런 마음을 갖게 되리라고는 예상하지 못했다. '도치맘이 되어간다는 것이 이런 걸 두고 하는 말이구나!' 하며 알게 되었다. 여러분도 본인의 가족을 객관적인 글로 표현할 수 있는 관찰일기를 써 보면 어떨까요?

초보 부부가 사랑하는 딸에게 전하는 '나 전달법'

나와 남편은 함께 성장하는 초보 부부이다. 이번엔 딸에게 나와 남편이 자신의 감정과 욕구, 불만이나 해결하고 싶은 것, 발전하고픈 욕구를 이해한 뒤에 공감 말하기로 전달하는 법을 적용했다. 각자의 시점에서 찰떡이를 관찰하며 '나 전달법'을 사용해 본 것이다.

딸에게 나 전달법을 써 보게 된 계기는 부모교육코칭전문가 자격증 과정을 마무리하면서 잘 끝낸 나 자신에게 칭찬해 주고 싶었지만, 한편으로는 공부에 신경 쓰느라 어린 딸에게 소홀히 대했던 것이 떠올랐기 때문이다. 또 몸이 힘들고 아프다는 이유로 혼합수유를 시작한 지 한 달 만에 일찍 단유를 했다. 출산만큼 너무나 고통스러웠던 젖몸살로 인해 가슴 마사지를 받았어도 조금 더 나왔을 뿐, 모유가 잘 나오지 않았다. 물과 미역국을 많이 먹어야 한다는데 최대한 먹었어도 노력에 비해 결과가 좋지 않은 것 같아 나는 그러기가 싫었다. 내가 더 중요했다. 유아교육을 전공한 사람이….

애착이 정말 중요하단 걸 알면서도 어린이집에 일찍 보냈다. 엄마로서 죄책감이 들었으나, 상담하는데 감을 잃고 경력이 단절될까 봐 출산 후 3개월 만에 복직하게 되었다. 이런 여러 마음들을 알아주길 바라면서 이야기를 하였다. 다양한 감정을 옹알이하는 아이에게 눈을 맞추며 나 전달법으로 표현을 해 보면서 눈물이 찔끔 나기도 했다. 특히 부모교육코칭전문가 과정 중 감정 나타내기 연습을 하다 보니 많이 힘들었다. 마무리할 때쯤 연습도 해 볼 겸 찰떡이와 둘만 있는 시간에 전달하고픈 말이 있어 다음과 같이 '나 전달법'을 사용해 보았다.

나 : 찰떡아, 엄마가 그동안 찰떡이에게 좋은 부모가 되고 일하는 데 도움이 되려고 공부하느라 신경 많이 써주지 못해서 미안해. 엄마는 항상 무엇인가를 배우고자 하는 욕구가 있어. 찰떡이도 이런 엄마의 마음을 이해해줬으면 해.

이번엔 남편이 적용한 예이다. 딸아이가 처음으로 코감기와 장염이 와서 무엇 때문에 짜증을 내고 우는지 모르는 상황이라 어쩔 줄 몰라 하며 답답해 하였다. 그래도 남편이 딸에게 자신의 마음을 잘 전달하고 공감해 주면서 '나 전달법'을 사용했던 내용이다.

남편 : (딸을 안아주면서) 찰떡아, 아빠가 초보라서 찰떡이가 뭐 때문에 울거나 짜증이 나는지 잘 모를 때가 많아서 미안해. 달래주면서 알아주려고 노력은 하는데 찰떡이가 아빠를 좀 이해해 주면 좋겠어. 아프지 말자 사랑하는 딸~!

내가 딸의 입장이라고 했을 때 아빠가 위와 같은 말을 해 주었다면 너무나 마음이 편안해지고 행복했을 것이다. 이 말을 듣고서도 눈물이 핑 돌았다. 또 한편으론 남편에게 정말로 고마운 마음이 들었다. 사실 남편은 이과계열에 서비스 엔지니어 직업을 가진 사람으로 이런 대화 방법을 전문적으로 배우지는 않았다. 내가 대화법 공부를 하면서 살짝 들은 부분이 있었을 것이다. 회사 일을 끝내고 와서도 힘이 들지만, 딸아이랑 잘 놀아주며 씻겨준다. 육아에 최선을 다하고 가정에 충실한 사람이다. 남편이 자상한 이유를 생각해 보게 되었는데 온화한 성품의 부모님 밑에서 자라 그렇다고 느껴졌다. 시부모님은 한없이 착하시다. 내가 결혼을 잘했다 생각하는 이유 중의 하나이다. 어릴 적 이야기를 들어보면 남편이 하고자 하는 방향대로 인정해주시며 지켜봐 주시고 믿어주셨던 것 같다.

나의 어린 시절을 돌이켜 보면 온실 속의 화초처럼 부모님께 의지하면서 살아온 것과는 대조적이다. 특히 권위적인 엄마의 밑에서 하라는 대로 하며 커왔다. 그래서 내가 원하는 것이 제대로 무엇인지 몰랐고 남의 의견을 듣지 않으면 잘 선택을 하지 못하는 우유부단한 성격이 된 것으로 생각되었다. 열심히 키워주신 부모님께 감사하며 존경하는 마음은 늘 있지만 '나를 믿어주시고 지켜봐 주시는 양육방법을 하셨다면 내가 어떻게 되었을까?'란 의문이 들기도 한다.

지금의 미술 심리상담 일은 내가 선택한 것이라 계속 열심히 하려 하며 유지가 된다고 느껴졌다. 상담도 끊임없는 공부와 노력이 필요하고 힘들지 않다 이야기할 수 없다. 하지만 아무리 부모님이 바라시는 공무원이나 그 전의 유치원교사 일이 경제적으로 안정적이라 할지라도 그보다 더 값짐을 느껴 상담 일을 하고 있다. 또한, 일을 하면서 얻는 보람과 배움에 대한 욕구충족이 되면서 꾸준히 할 수 있는 것이 아닌가 하는 생각이 들었다. 내가 들었던 생각처럼 찰떡이가 하고 싶은 것을 밀어주며 옆에서 지켜봐 주는 든든한 조력자와 같은 엄마가 되고 싶다. 그렇게 되고자 항상 마음을 다잡으며 부단한 노력을 할 것이다.

K-장녀가 유치원교사로, 유치원교사에서 미술심리상담사로, 이제는 엄마가 되어 가는 와중에 나를 돌아보고 이 대화법을 알게 된 건 행운이라 여겨진다. 우리 가족 역시 코로나를 피해갈 수 없었는데, 자가 격리의 힘든 시간 동안 서로를 이해해 나가며 대화

하고 공감해주는 건 필수라 생각했다. 앞부분의 예시로 썼던 색깔 감정 일기를 적으며 의식적으로 나를 관찰하고 나 전달법을 가족에게 써 보았더니 정말 효과가 있었다. 역시 가족은 편하다 여겨져 의식적으로 하지 않으면 안 되겠다 느꼈으며, 나 전달법을 일상생활에서 자주 써봐야겠다고 다짐했다.

여러분도 함께 실천해 나간다면 큰 변화를 느낄 수 있을 것이다. 2022년에는 나를 돌아보는 시간을 가지고 대화법 바꿔보기로 목표를 정해보면 어떨지 여러분께 살짝 제안 드려본다.

Part 3

* 창가에 서서
* 마음으로 듣는 노래
* 따듯한 세상을 꿈꾸며

삶을 노래하라

변진희

프롤로그

유채꽃 찬란한 봄길에서 우리는…

초등학생 시절, 학교가 마치면 친구들과 바다에서 어두워질 때까지 놀다가 집으로 돌아가곤 했다. 사춘기 소녀가 되어서는 가끔 혼자 내 유년의 바다를 찾아 고독을 즐기곤 했다. 이렇게 감성적인 소녀가 부모님의 권유에 어울리지 않는 이과로 진학하면서 방황을 시작했다. 방황 가운데 사람들에게 관심이 있음을 알게 되었다. 심리학, 교육학 관련 책을 읽기 시작했고 결국 기독교 교육학 석사과정을 마쳤다. 많은 일을 하면서도 틈틈이 관련 도서들을 읽었지만 뭔가 허전했다. 책을 읽는 동안에는 가슴 뛰고 설레었지만 언제나 제자리를 맴도는 듯했다.

세월이 흐르면서 널뛰는듯한 삶이 정리되었다. 아들도 제 갈 길을 가게 되자 시선은 나에게로 향했다. 육십을 바라보는 중년의 나이에 나에게 집중하며 진정으로 하고 싶은 일이 무엇일까? 고민을 시작했다. 나도 행복하고 주위 사람들도 행복할 수 있는 일이 무엇이 있을까? 생각하던 중 어린이집을 운영하면서 만난 부모님들이 자녀 양육에 어려움이 많음을 알게 되었다. 물론 나 역시도 아이를 키우면서 멋모르고 키웠던 게 생각났다. 아이가 어렸을 적 부모교육 관련 책을 읽어보기도 했었지만 쉽지 않았다. 부모님들과 함께 자녀들을 잘 키우고 싶은 마음에 부모교육 관련 공부를 다시 시작해야겠다고 생각했다.

폭풍 검색을 하다가 한국심리적성협회을 알게 되었고 코로나19가 아니었으면 생각할 수도 없었던 공부를 시작했다. 제주도에 사는 내가 코로나19 때문이 아닌 코로나19 덕분에 공부하게 되었다. 나를 알아가고, 아이를 알아가고, 가족을 알아가는 배움의 시간은 신기하고 행복했다. 그리고 혼자라면 생각조차 할 수 없었던 글쓰기를 더불어 시도했다. 예전에는 배움으로 시작하여 지식으로만 존재했는데 글을 쓰기 시작하니 배웠던 그 지식이 실제로 삶에 적용되며 힘을 느끼게 되었다.

부족함이 많지만 그럼에도 우리 어린이집 부모님들과 더불어 아이들이 행복하고 부모님이 행복한 육아 세상을 꿈꾼다. 부모교육코칭전문가로서 행복한 가족공동체를 소망하는 부모님들을 교육하고 지원함으로 가족이 건강하고 사회가 건강해지기를 소망한다.

이 글은 행복한 육아 세상을 위해 내가 할 수 있는 조그맣지만 소중한 것의 첫걸음이다.

우리 어린이집에는 자신이 원하는 것이 무엇인지 구체적으로 알지도 못하고 감정과 욕구를 언어로 표현하는데 서툰 3세부터 자신의 의사를 표현할 수 있는 6세의 다양한 아이들이 생활하고 있다. 이 책에서는 이렇게 다양한 나이의 아이들과의 소통은 어떻게 하며 나이에 따라 어떻게 변화해 가는지 어린이집에서 아이들과 함께 소통했던 구체적인 사례를 들고 있다. 사례에서 알 수 있듯이 언어 발달이 미성숙한 어린아이들은 적극적 듣기와 감정을 잘 읽어주기만 해도 많은 문제가 해결될 수 있음을 볼 수 있다. 이러한 아이들이 조금 더 자라 자신의 욕구와 감정을 표현할 수 있는 시기가 되었을 때 아이들 스스로 약속 정하기가 가능하게 되며 그 약속을 실천해 가는 것을 사례를 통해 공유하고자 한다.

(사례에 등장하는 아이들은 우리 어린이집 원아들이며 이름은 가명임을 알립니다.)

창가에 서서

어린이집 창가에 따듯한 햇살이 비친다. 창 너머 마당이 참으로 평화롭다. 마당 가득 뛰놀던 아이들은 각자의 교실로 돌아갔다. 모두가 돌아간 텅 빈 마당이지만 아이들의 웃음은 여전히 하늘을 날고 아이들을 향한 선생님의 사랑은 따듯한 햇살 되어 마당을 가득 채운다.

모래놀이터에서 나는 엄마, 너는 아빠가 되어 맛있는 요리도 하고 붕붕카를 운전하며 온 세상을 달리거나 혹은 번개보다 빠르다는 우사인 볼트가 되어 바람처럼 마당을 날기도 한다. 아이들 모두 힘을 다하고 최선을 다하여 즐거워하는 이곳이 천국이다.

어린이집에서 생활한 지 어느새 8년 차.

내 삶을 돌아보니 우연처럼 30대에는 성인들과 40대에는 청소년, 초등학생들과 함께 생활했다. 그리고 지금은 불면 날아갈 것 같고 세게 붙들면 부서질 것 같은, 봄날 아지랑이같이 여리디여린 어린 생명들과 함께 지내고 있다.

육십의 나이를 앞둔 나의 삶을 돌아보니 어려움과 고통의 시간도 있었지만, 순간순간 행복했고 보람찬 시간으로 추억된다.

결혼하고 남편과 목회를 하면서 지역사회 섬기는 일을 시작했다. IMF로 모두가 힘들어하던 때 특별히 노숙인들을 섬기는 일을 시작으로 방과 후 무료 공부방을 운영했다. 노숙인들을 섬기는 일에 곱지 않은 시선을 보내는 이들도 있었지만, 함께 해주시는 자원봉사자들과 더불어 우리의 이웃으로서 그분들의 삶이 회복될 수 있도록 힘을 썼다.

지금은 지역아동센터라는 아동복지시설이 존재하지만, 그 당시만 해도 교회 근처에는 학교에서 돌아오면 부모님의 퇴근을 기다리며 저녁까지 길에서 놀고 있는 아이들이 있었다. 그 아이들이 내 가슴으로 들어왔다. 그들에게 조그마한 손길이라도 내밀면 아이들의 삶이 좀 더 건강해질 것 같았다. 그들을 돌보기 시작했다. 함께 간식도 먹고 숙제도 하며 신나게 놀다가 초저녁 어둠이 내릴 때 즈음 부모님이 오실 집으로 아이들은 귀가했다.

이렇게 우리와 함께하던 초등학생 아이들이 자라 청소년이 되었다. 조금만 삐끗해도 엇나가기 쉬운 아이들을 품고 초등학생들과 분리하여 청소년 공부방도 만들고 그들과 함께 미래를 노래했다.

초등학생 때 만난 아이들이 어느새 성장하여 대학을 가기도 하고 취업을 하며 사회의 구성원으로 당당히 살아가는 모습은 우리의 기쁨이 되었다. 지역아동센터에서 성장한 아이가 사회복지학과를 졸업하고 자기가 지냈던 그곳, 지역아동센터로 돌아와 선생님이 되어 아이들과 함께하기도 하고, 치위생사, 경찰, 제빵사, 보육교사 등 각자의 자리에서 건강한 삶을 살아가고 있다.

할 일은 점점 많아졌지만, 물가에 심긴 나무처럼 우리는 행복했다. 그러나 그렇게 행복하게 지내는 우리에게도 시련이 왔다. 남편이 매우 아팠다. 반복해서 입원해야 했고 남편이 입원하면 남편을 대신하여 내가 그 일을 감당해야만 했다. 남편의 간호와 함께 사역해야 하는 상황은 녹록지 않았다. 그런데도 그 사역을 쉽게 놓을 수가 없었다.

결국, 남편은 간 이식을 해야만 살 수 있다는 선고를 받았다. 나를 비롯한 주위 사람들은 남편의 어찌할 수 없는 상황을 받아들여야 했다. 그렇게 힘든 시간을 보내고 있을 즈음 의료진이 기적과 같은 소식을 전해 주었다. 남편이 입원한 병원에서 남편의 상황이 가장 좋지 않아 1순위로 간 이식을 할 수 있는데 다행히 기증자가 생겨 간 이식을 받을 수 있게 되었다는 것이다. 남편은 죽음의 순간까지 갔으나 많은 사람의 도움으로 기적적으로 살아났다. 그러나 남편의 건강이 사역을 계속할 만큼 회복되지는 않아 결국 모든 일을 접었다. 시간이 흐르면서 남편의 건강이 많이 회복되고 주위 분들의 도움으로 어린이집을 운영하게 되었다. 우리는 수많은 사람으로부터 '사랑의 빚'을 지고 살아가고 있다. 지금도 여전히. 과연 이 사랑의 빚을 어찌 갚아야 할지 생각이 많다.

반백의 나이에 전혀 생각해 본 적도, 꿈꾸어 본 적도 없던 지금까지와는 다른 세상으로의 불시착이라고 할까? 그렇게 어린이집이란 낯선 세상에서 나의 삶은 다시 시작되었다.

그러나 어린이집으로 출근하는 일은 몸에 맞지 않는 다른 사람의 옷을 입고 있는 것처럼 낯설고 불편했다. 하루하루 뭐가 뭔지 잘 알 수도 없고 행복하지도 않은 날들이었다. 그렇게 어색하고 불편한 시간이 흘렀다.

어린이집을 운영한 지 한 달이 지난 어느 날의 기억이 가끔 클로우즈 업 되었다가 사라진다. 지금도 문득 그때의 상황이 떠오르면서 마음이 아려온다. 그날, 웅성웅성하는 소리와 함께 할아버지, 아빠, 엄마, 세 사람이 매우 화가 난 얼굴을 하고 어린이집으로 들어오셨다. 3월에 우리 어린이집에 입소한 아이가 어린이집에 가지 않겠다고 울며 난리를 친다는 것이다. 노란색 차만 보아도 경기를 일으킬 정도로 운다고 하면서 어린이집 선생님이 아동학대를 해서 그렇다며 소리 지르고 난리가 났다.

당시는 CCTV가 없으니 교실에서의 상황을 확인할 수도 없었다. 이유야 어찌 되었든 아이가 그렇게 힘들어하는 것을 보면 보육에 문제가 있었던 것이 아닐까? 하는 생각이 들었다. 아이의 할

아버지와 부모님 앞에 무조건 머리를 숙였다. 3일간 그분들의 집을 찾아가 사과했다. 난생처음 사람 앞에 무릎 꿇는 일을 했다. 너무 힘들었다. 마음이 무너져 내렸다.

어린이집을 시작한 지 한 달, 그렇게 우리는 힘든 신고식을 했다. 이렇게 견디어야 할 만한 가치가 있는 일인가 싶었다. 어린이집 운영을 계속해야 할지 아니면 포기해야 할지 많은 갈등을 했지만, 우리를 위해 애써 주신 주위 분들께 실망을 시켜 드릴 수 없어 우리는 견디어야만 했다. 젊은 시절부터 소망해 왔던 '가치 있는 삶'이라는 게 이런 것인가? 라는 질문을 스스로 던지며 견디다 보니 우리에게는 지훈이가 있었고, 하은이가 있었다. 그리고 지금은 아름이가 있고 윤호, 은결이가 있다. 보석 같은 아이들이 나의 상처를 치료해주었고 나의 기쁨이 되었다.

"아이들의 웃음이 우리의 하늘입니다"

어느새 우리 어린이집 아이들 한명 한명이 나의 하늘이 되어있었다. 얼떨결에, 아무것도 모르고 시작한 어린이집 일이 내 삶을 풍요롭게 하는 행복한 일이 되었다. 아이들의 기쁨이 나의 기쁨이 되었고 아이들의 웃음이 나의 웃음이 되었다.

나와 함께 어린이집을 운영하는 남편은 은발이다. 자연스럽게 남편은 아이들에게 '할아버지'가 되었다. 그런데 누구도 우리가 부부임을 가르쳐주지 않았는데 어느 순간부터 아이들은 나를 "할머니"라고 부른다. 할머니가 되기에는 조금 이른 나이이지만 아이들이 불러주는 "할머니"라는 소리가 나는 좋다. 나는 그렇게 우리 아이들의 기억 한켠 따듯한 할머니로 기억되기를 바라본다.

마음으로 듣는 노래

3월이면 우리 어린이집은 아이들의 소리로 가득하다. 낯선 환경을 처음 접하는 아이들의 우는 소리, 친구와 떠드는 소리, 웃는 소리, 투닥거리는 소리… 이 모든 소리는 한 해를 시작하는 어린이집만의 신호다.

어쩌면 이 모든 소리는 우리 아이들의 욕구와 감정의 표현이 아닐까?

우리 어린이집에는 3세부터 6세 아이들이 함께 생활하고 있다. 이들 중에는 아직 언어 발달이 되지 않아 자신의 욕구를 언어로 표현하지 못하는 아이들이 있다. 그렇지만 아이들은 욕구를 갖고 있으며 이러한 욕구를 충족시키려 하다 보니 부딪치는 제 나름의 문제들도 가지고 있다. 언어가 되지 않으니 배고파도 울고, 피곤하거나 자고 싶어도 운다. 친구가 갖고 노는 장난감이 갖고 싶으면 친구를 때리고 꼬집고 물기도 하고 장난감을 뺏어 던져버리기도 한다. 이러한 아이들은 욕구를 충족시키거나 문제를 해결하는 데 교사에게 크게 의존하고 있을 뿐만 아니라 자기가 바라는 것이 무엇인지 스스로 알지 못할 때도 많다.

아이들을 잘 돌보기 위해서는 교사와 아이 사이에 정확한 의사소통이 필요한데 특별히 어린 나이 아이들과의 의사소통을 위해서는 적극적 듣기가 매우 중요하다. 무엇 때문에 친구와 갈등하는지, 왜 우는지 아이의 욕구를 알기 위해서 교사는 판단하지 않고 아이의 행동을 유심히 관찰하여 해석해야 한다. 그리고 그 해석이 정확한지 확인하기 위해 되묻기 방법을 사용하기도 하는데 이러한 되묻기 과정은 적극적 듣기의 일종이라 할 수 있다.

> "적극적 듣기를 사용해서 아기가 자기의 특정한 욕구가 무엇인지 표현하는 메시지를 이해할 수 있고 그에 따라 아기의 욕구를 적절하게 충족시킬 수 있는 환경이 조성된다면 아주 효과적으로 부모 역할을 하고 있다고 할 수 있다." (토머스 고든)

무패 방법에서는 효과적인 의사소통이 매우 중요한데 적극적 듣기는 아이들이 마음을 열고 실제 욕구와 솔직한 감정을 드러낼 수 있도록 하는 데 아주 유용하다. 아이의 욕구와 감정을 이해하고 나면 욕구를 충족시킬 방법을 생각하기가 쉬워지며 감정을 분

출하고 해소함으로 효과적인 문제해결을 할 수 있다.

사례 1. (3세) 손이 먼저 나가요

하온이는 올해 6월에 다른 어린이집에서 우리 어린이집으로 전원한 아이이다.

3세지만 4세 정도의 아이처럼 키도 크고 책도 좋아한다. 바깥놀이를 가면 신나게 뛰어다니며 노는 또래의 모습과는 다르게 꽃을 좋아하고 벌레도 좋아한다. 나뭇잎이나 돌멩이를 주워서 소중하게 주머니에 넣기도 하고 나에게 선물이라며 즐거워하는 우리 어린이집이 추구하는 자연 친화적인 꼬맹이다.

그런데 이런 모습과는 다르게 교실에서는 친구들을 물고 때리는 반전의 모습을 보인다. 나중에 안 사실이지만 전에 다니던 어린이집에서 이런 문제로 갈등이 있어 어린이집을 그만두고 어머니께서 돌보시다가 우리 어린이집으로 오게 된 것이다.

가끔 나는 하온이네 교실에 들어간다. 잠시 하온이에게서 눈을 떼면 친구들을 물고 때릴 때가 있어서 하온이 선생님이 아이들 식사 준비를 해야 할 시간이면 하온이를 보러 간다. 책을 좋아하는 하온이에게 책을 읽어주면 집중해서 듣는데 그 모습은 정말 사랑스럽다.

하온이가 우리 어린이집에 온 지 6개월이 되어간다. 그동안 하온이는 몸도 마음도 많이 자랐다. 친구들을 무는 행동도 많이 없어지고 제법 친구들과도 어울리며 잘 지낸다.

그렇게 성장하고 있는 하온이가 오늘 아침 바깥 놀이를 위해 친구들과 현관에서 신발을 신고 있었다. 그런데 갑자기 같은 반 여자 친구 서희의 머리를 세게 때렸다.

3세 아이들이 신발 신는 것을 도와주기 위해 현관에 나와 있던 나는 깜짝 놀랐다.

(서희를 얼른 선생님에게 맡기며)

나 : (하온이를 안고) 하온아! 왜 서희를 때렸어? 【욕구 확인을 위한 묻기】

하온 : # @ & ! ~ *

(정확하지 않은 발음으로 이야기해서 무슨 말을 하는지 도통 알아들을 수가 없었다. 그래서 하온이를 자세히 살펴보니 서희가 들고 있는 예쁜 가방을 쳐다보며 손가락으로 가르키고 있었다.)

나 : 하온아! 서희가 들고 있는 저 가방을 만지고 싶었던 거야? 【비언어적 메시지에 대한 되묻기】

하온 : (고개를 끄덕이며) 응.

(하온이가 다시 한번 서희의 가방을 뺏으려 하자 서희가 가방을 뒤로 숨긴다.)

나 : 아~ 하온이가 서희 가방을 만지고 싶었구나. 【적극적 듣기】

그런데 하온아! 가방 만지고 싶은 마음은 알겠지만, 친구를 때리면 안 되는거야. 누구도 때리면 안 돼.【부적절한 대화: 아이를 무시하는 메시지(가르치기, 교육하기)로 아이의 자아개념 발달에 부정적인 영향을 미친다.】

→ "하온이가 서희를 때려서 할머니가 깜짝 놀랐어. 서희도 하온이한테 맞아서 속상할 거 같아"로 이야기했으면 좋았을 것이다.

하온 : (딴청 부린다.)

나 : 서희야! 괜찮아?【감정 묻기】

서희 : (고개를 끄덕인다.)

나 : 서희야. 하온이가 이 가방 맘에 드나 봐. 그래서 만지고 싶은가 봐.【친구의 욕구 전달】

서희 : (자기의 가방을 쳐다본다.)

나 : 서희야. 하온이가 가방 한번 만져봐도 될까?【갈등 해결 방법 제안】

(싫다고 할거라 생각하면서도 서희에게 말해 보았다.)

서희 : (선선히 가방을 하온에게 내민다.)

나 : (놀람) 어~ 서희야, 하온이에게 만져보라고 하는 거야?【비언어적 메시지에 대한 되묻기】 고마워. 하온아! 서희가 가방 만져보라고 하는데?【상대의 비언어적 메시지 전달】

하온 : (가방을 만져보기도 하고 열어보기도 하더니 서희에게 돌려준다.)

(하온이와 서희는 신발을 신고 놀이터로 나간다.)【갈등 해결】

3세 전후 아이는 자기중심적이어서 내 것도 내 것이고 네 것도 내 것이다.

그래서 또래에게 관심을 보이지만, 친구와 잘 지내기가 쉽지 않다. 모든 것이 내 것이므로 친구들과 놀 때 충돌은 불가피하며 말도 잘하지 못해서 자신의 의사를 표현하는데, 어려움이 있다. 그래서 종종 몸으로 자신의 의사를 표현하며 다툼이 되기도 한다.

이 나이의 아이들은 아직은 언어로 자신의 의사 표현을 잘 하지 못하기 때문에 아이들의 상황을 잘 관찰하지 못하면 교사는 갈등요인을 파악하기 어렵다. 그러기에 이들을 돌보는 교사는 한시도 아이에게서 눈을 뗄 수가 없다. 먼저는 아이들을 살피고 그들의 표정과 몸짓을 잘 관찰해야 아이의 욕구와 문제를 파악할 수 있다.

아이들의 갈등에 교사가 좀 더 적극적인 역할을 해야 하는 상황이 생길 수 있다. 이런 경우 교사는 적극적 듣기로 갈등 상황을 파악하고 심판이 아닌 전달자의 역할을 할 수도 있다.

사례2. (4세) 내 맘대로 할 거야

진호는 3세부터 우리 어린이집에 다니는 아이이다.

진호네는 맞벌이 가정으로 어머니께서 학원을 운영하셔서 저녁 늦게까지 일하신다. 그래서 진호는 어린이집에서 하원 하면 돌보미 선생님과 함께 지낸다. 그래서일까? 진호는 아침에 엄마와 함께 등원하는데 여전히 엄마랑 헤어지는 것이 힘들다.

진호는 3세 때부터 사교육을 하고 있는데 숫자, 한글도 잘 알고 알파벳, 영어단어도 안다. 또래보다 말도 잘하고 사용하는 어휘도 다양하다. 진호 스스로 본인이 똑똑하다고 말한다. 그런데도 안타까운 것은 진호가 친구들과 잘 어울리지 못하고 놀잇감도 혼자 독차지하려고 하는 경향이 있어 친구들이 다가가려 하지 않는다.

코로나19로 인해 몇 개월을 집에서 지내다가 최근에 등원하기 시작했는데 감정의 기복이 더 심해지고 자신이 원하는 대로 하지 못하면 친구는 물론 선생님도 때리고 악을 쓰며 우는 모습이 자주 보여 안타까운 아이이다.

사례2-1. 더 놀고 싶어요

어린이집에서의 오전 바깥 놀이 활동은 아이들이 모두 좋아하는 활동이다. 오늘도 변함없이 아이들은 마당에서 뛰놀고 있다. 따듯한 가을 햇살이 너무 좋은 오전, 아이들의 소리가 하늘 높이 메아리친다.

사무실에 앉아 아이들의 노는 소리를 듣는 것은 나의 행복한 일상 중 하나이다. 아이들의 웃음소리, 왁자지껄한 소리로 행복한 오전을 보내고 있는 와중에 마당에서 악을 쓰며 울고 있는 소리가 들린다. 진호다. 듣고 있는 것만으로도 내 목이 아플 정도다. 밖으로 나가보니 친구들은 모두 놀이를 마치고 점심을 먹기 위해 교실로 들어가고 있었지만, 진호는 교실에 들어가지 않겠다고 떼를 쓰며 울고 있었다. 진호에게 다가가 물었다.

나 : 진호야! 무슨 속상한 일 있어? 【욕구 확인을 위한 묻기】

(진호는 악을 쓰고 울면서 나를 꼬집으려고 손을 뻗쳤다.)

나 : (악을 쓰며 울고 있는 진호를 안고) 진호야! 진호가 왜 울고 있는지 할머니한테 이야기해 줄 수 있니? 【욕구 확인을 위한 다시 묻기】

(진호의 등을 쓰다듬으며 기다렸다. 악을 쓰던 진호의 목소리가 조금씩 잦아들면서 이야기를 했다.)

진호 : 더 놀고 싶은데 선생님이 못 놀게 해서 화났어.

(진호는 4세인데 자기가 왜 화났는지 자신의 감정을 표현했다.)

나 : 그랬구나, 진호는 더 놀고 싶었는데 더 놀 수 없으니 화가 났구나? 【적극적 듣기】

진호 : 너무 적게 놀았어.

나 : 지금보다 더 많이 놀고 싶었어? 【적극적 듣기】

진호 : 응. (목소리가 많이 차분해지고 잔뜩 긴장해 있던 진호의 몸도 이완이 되었다.)

나 : 진호는 놀이터에서 많이 많이 놀고 싶었구나~

(별다른 말을 하지 않고 진호를 안고 있었더니 진호의 기분이 많이 풀린듯했다.)

【적극적 듣기를 한 후 다른 말을 하지 않고 가만히 있어도 아이는 이해받은 기

분이 듦】

진호야, 지금 친구들은 교실에서 뭐 하고 있을까? 【상황인식을 위한 물음】

진호 : 손 씻고 밥 먹고 있을 거야.

나 : 음~ 이제 밥 먹을 시간이구나. 그래서 바깥 놀이를 마치고 친구들이 점심식사 하려고 교실로 들어가는구나. 【적극적 듣기】

진호 : 난 밥 먹기 싫어, 더 놀고 싶다고.

나 : 진호는 밥 먹는 것 보다 노는 게 더 좋구나. 【 적극적 듣기 】

진호 : 응 많이 놀았으면 좋겠어.

나 : 그렇구나, 그러면 어떻게 하면 더 많이 놀 수 있을까? 【해결책 찾기】

(진호는 늦게 등원하기 때문에 다른 친구들이 이미 놀고 있을 때 어린이집에 도착한다.)

진호 : 몰라.

나 : 어떻게 하면 놀이터에서 더 많이 놀 수 있는지 생각이 잘 나지 않는구나. 【적극적 듣기】 그러면~ 이렇게 하면 어떨까? 엄마한테 얘기해서 진호가 아침에 바깥 놀이를 많이 할 수 있도록 어린이집에 빨리 올 수 있도록 해달라고 말해보면 어떨까? 【해결책 제안】

(4세 아이는 해결책을 찾는 것이 어려울 것 같아 해결책을 제안해 보았다.)

진호 : 응 좋아. 【해결책 결정】

나 : 선생님께 가서 엄마에게 전화해 달라고 할까? 진호가 어린이집에 빨리 올 수 있도록. **【결정된 해결책 확인하기】**

진호 : 응.

(그렇게 해서 진호는 나와 함께 교실로 들어갔다.)

나 : (진호도 들으라고 큰 소리로) 선생님 진호가 아침 바깥 놀이를 더 많이 하고 싶대요. 그래서 일찍 어린이집에 오고 싶대요. 진호 어머니에게 전화해서 진호가 일찍 어린이집에 올 수 있도록 해달라고 해주세요.

선생님 : 네~ (나와 선생님의 대화를 들은 진호는 다른 아이들처럼 손 씻고 점심 식사할 준비를 했다.) **【문제해결】**

적극적 듣기를 하면서 진호의 속상한 마음을 읽어주고 공감해 주자 진호의 몸과 마음이 이완됨을 느낄 수 있었다. 진호에게 어떻게 하면 자신의 욕구를 충족시킬 수 있을지(오전 바깥 놀이 시간에 많이 노는 것)에 대한 의견을 물었더니 모른다고 했다. 스스로 생각을 정리하고 해결책을 찾는 것은 4세인 진호에게 아직은 어려운 단계인 듯하다. 보통 4세~5세 나이의 아이들에게는 의견을 묻기보다 몇 개의 해결 방법을 제시하고 제시된 것 중에서 선택하게 한다든지 또는 해결책을 제안해 보는 것도 좋은 방법이다.

우리 어린이집에서는 4~6반 아이들이 외부 강사가 와서 수업을 진행하는 특별활동시간이 있는데 4~5세와 6세가 다른 프로그램을 진행하는 때가 있다. 4~5세 아이들은 재미있는 활동을 위해서 서로 배려하고 양보도 해야 하며 규칙도 서로 의논해서 바꿀 수 있음을 이해하는 데 어려움이 있다. 반면 6세 아이들은 재미있는 활동을 위해서는 기다려야 할 줄도 알고 배려, 양보도 제법 잘한다. 그리고 팀원들끼리 서로 의논해서 규칙을 바꾸기도 하며 즐겁게 활동을 한다.

사례 2-2. 뽀로로 인형 갖고 싶어요

바깥 놀이 다녀오다가 교실로 향하던 진호가 사무실로 들어왔다. 반 친구들은 모두 교실로 들어갔지만, 진호는 선생님의 부름에도 아랑곳하지 않는다. 사무실 한쪽 아나바다 장터를 위해 부모님들이 보내오신 인형들이 놓여 있었다. 진호는 거기에서 인형을 꺼내며 "뽀로로, 루피, 포비"하면서 뽀로로와 친구들 이름을 부르며 인형을 만지작거리고 있었다.

'선생님이 부르시니 교실에 들어가야 한다'는 말을 습관적으로 하려는 나를 발견하고는 한 박자 쉬고,

나 : 진호야! 인형들이 마음에 들어? 【비언어적 메시지 적극적 듣기】

진호 : 응.

나 : 진호는 뽀로로 인형들을 좋아하는구나. 【적극적 듣기】

진호 : 응, 할머니! 나 이거 갖고 싶어.

나 : 아~ 진호가 뽀로로 인형들이 갖고 싶구나.【적극적 듣기】

진호 : 응.

나 : 진호야! 며칠 지나면 아나바다라는 시장놀이를 할건데 그 때 이 인형들 팔거야. 그 날 엄마랑 와서 이 인형 사면 어떨까?【해결책 제안】

진호 : (흔쾌히 응하고는 일어났다. 그러고는 자신의 교실로 뛰어들어갔다.)【문제해결】

자기가 하고 싶은 것을 하지 못하게 되면 악을 쓰며 울든지 때리려고 하던 진호였다. 혹시나 하는 마음에 적극적 듣기를 하면서 그의 감정과 욕구를 읽어주었더니 놀랍게도 진호는 떼를 쓰지 않고 그에게 한 제안을 흔쾌히 따르며 교실로 뛰어들어갔다. 적극적 듣기의 대단한 힘을 느끼는 순간이었다

사례 2-3. 집에 가기 싫어요

어린이집에서 지내던 아이들이 집으로 돌아가는 시각. 1차 차량으로 아이들이 빠져나간 각 교실은 조금 한가롭다. 먼저 집으로 간 친구들이 부럽기도 하지만 남아 있는 친구들은 또 다른 놀이를 하며 친구들과 지내는 법을 터득한다. 아이들의 적응력이란 대단하다.

진호네 교실 앞을 지나가고 있는데 진호의 울음소리가 들렸다.

나 : 진호야. 왜 울어? 【욕구 확인을 위한 묻기】

진호 : 나 말하기 싫어.

나 : 그렇구나, 진호가 지금 할머니한테 말하고 싶지 않구나. 【적극적 듣기】 할머니, 사무실로 갈게.

(그 후 한참 있다가 선생님과 함께 진호가 사무실로 왔다.)

선생님 : 진호야 할머니한테 진호의 마음이 어떤지 이야기해 봐.

(진호 담임 선생님은 진호가 나와 소통이 잘 된다고 생각하고 있다.)

나 : (진호가 나에게 왔다.) 진호 왔니?

진호 : (내 무릎에 와서 앉는다.)

나 : 진호야, 지금 진호 마음 어때? 【감정 확인을 위한 묻기】

진호 : 진호 마음 슬퍼. (진호는 자기의 감정을 잘 표현하는 편이다.)

나 : (마음이 슬프다고 표현을 하는 진호에게 놀라며) 지금 진호의 마음이 슬퍼? 【적극적 듣기】

진호 : 응. 슬퍼.

나 : 그렇구나. 진호가 마음이 슬프구나. 【적극적 듣기】 그런데 진호야 왜 진호의 마음이 슬플까? 【욕구확인을 위한 묻기】

진호 : 나 엄마한테 가고 싶어. 집에 가기 싫어.

(진호 어머니는 학원을 운영하셔서 저녁 늦게 귀가하시며 진호는 어린이집에서 하원하면 도우미 선생님과 함께 지낸다.)

나 : 진호가 집에 가기 싫구나. 엄마한테 가고 싶구나. 【적극적 듣기】

진호 : 응.

나 : 진호야. 왜 집에 가기 싫어? 【욕구 확인을 위한 묻기】

(진호가 집에 가기 싫어하는 이유를 알고 싶었다.)

진호 : 몰라.

(진호의 도우미 선생님이 얼마 전에 바뀌었다는 소식을 담임 선생님을 통해 듣고 있었다. 혹시나 도우미 선생님과의 관계가 어색한 건 아닐까? 하는 생각이 들어서)

나 : 혹시 새로 오신 이모 선생님이 집에 계셔서 가기 싫은거야? 【욕구확인을 위한 묻기】

(진호는 도우미 선생님을 이모 선생님이라고 부른다.)

진호 : 응.

나 : 그렇구나. 새로 오신 이모 선생님이랑 아직 친하지 않은가 보구나? 【적극적 듣기】

진호 : 응.

나 : 새로 오신 이모 선생님이랑 같이 지내는게 어색하구나? 【적극적 듣기】

진호 : (고개를 끄덕인다)

나 : 그 전에 이모 선생님은 어땠어?

진호 : 좋아.

나 : 그렇구나. 그 전 이모 선생님이 좋았었구나. 【적극적 듣기】 진호야, 지금 이모 선생님은 이제야 같이 지내게 돼서 어색한 것 아닐까? 조금 지나면 그전 이모 선생님처럼 진호가 지금 이모

선생님을 좋아하게 되지 않을까?

진호 : (아무 말 없이 조용히 앉아 있다.)

나 : (진호가 생각할 시간이 필요한 것 같아서 아무 말도 하지 않고 진호를 안고 있다가 마음이 진정되는 듯하자) 진호야. 교실에서 친구들과 조금 놀다가 차가 오면 타고 집으로 갈까?

진호 : (고개를 끄덕인다. 그리고 조금 후에 차가 오자 차를 타고 집으로 귀가했다.)

(결국 집에 가야한다는 사실을 진호는 알고 있다.)

자신의 마음이 슬프다고 표현하며 어린이집 차량으로 귀가하는 진호를 보니 마음이 짠하다. 애나 어른이나 낯선 사람과 친밀함을 느끼기까지 시간이 필요하리라. 그때까지 느껴지는 불편한 마음은 오롯이 진호가 견디어야 할 몫이다. 진호의 그런 마음을 공감하고 위로하기 위해 진호의 말을 잘 들어주는 것. 그 전 선생님과 친밀해졌던 경험을 기억하게 함으로 아직은 낯설고 어색한 선생님과의 관계도 좋아질 것이라고 얘기해주는 것. 어른으로서 내가 할 수 있는 것은 이런 정도였다. 자신의 마음을 슬프다고 표현하는 진호의 성장을 응원한다.

사례3. (5세) 엄마랑 지내고 싶어요

아침 7시 30분, 어린이집을 개방하면 이른 아침 출근하시는 부모님과 함께 일찍 등원하는 아이들이 있다. 대체로 일찍 등원하는 아이들은 오후 늦게까지 어린이집에 머물러 있어 긴 시간을 부모님과 떨어져 지내는 경우가 많다. 이런 경우 신나게 어린이집에 들어오는 아이도 있지만 어린이집 현관에서 엄마와 헤어지는 것을 힘들어하는 아이들도 있다.

사랑이도 맞벌이 가정의 막내로 아침 일찍 어린이집에 와서 늦은 시간에 집으로 간다. 사랑이 엄마는 출근길에 사랑이를 먼저 어린이집에 내려주고 사랑이 언니(7세)를 유치원에 내려준 후 출근을 한다.

월요일 아침, 등원하는 사랑이가 어린이집 현관에서 엄마 손을 붙잡고 울고 있었다. 월요일 아침이면 종종 벌어지는 일이기도 하다. 토요일, 일요일을 집에서 보내고 오면 오히려 부모님과 떨어지기를 힘들어하는 아이들이 있다. 오늘 사랑이가 엄마랑 헤어지는 것을 힘들어하며 눈물을 보이고 있었다.

나 : 사랑아! 사랑이 무슨 일이 있어서 울까? 【욕구 확인을 위한 묻기】

사랑 : 엄마랑 가고 싶어요. 어린이집 오기 싫어요.

(사랑이 엄마는 출근해야 해서 빨리 가려고 하고 있었다.)

나 : 사랑이가 엄마랑 같이 있고 싶은가 보구나? 【적극적 듣기】

사랑 : (고개를 끄덕인다.)

나 : 사랑이 엄마랑 헤어지는 것이 속상하구나.【적극적 듣기】

사랑 : 네~.

나 : 우리 사랑이가 엄마랑 헤어지게 되어서 많이 속상한가 보구나.【적극적 듣기】

(사랑이를 향해 손을 뻗으니 사랑이 나에게 온다.)

엄마 : (사랑아, 할머니랑 이야기해하고는 출근하기 위해 얼른 어린이집을 나선다.)

(엄마의 속상한 마음과 조급한 마음이 느껴진다.)

나 : 사랑아, 우리 사랑이 할머니랑 같이 사무실에 있다가 교실에 갈까?

사랑 : (고개를 끄덕인다. 사랑이와 함께 사무실로 들어갔다.)

나 : 사랑아. 토요일, 일요일 어린이집에 오지 않았을 때 엄마랑 많이 놀았어?

사랑 : (고개를 가로로 저으며) 많이 놀지 못했어요.

나 : 그렇구나. 엄마랑 많이 놀지 못했구나.【적극적 듣기】

사랑 : 네, 엄마랑 많이많이 놀고 싶어요.

나 : 사랑이가 엄마랑 많이많이 놀고 싶은데 그러지 못해 속상했구나.【적극적 듣기】사랑아! 그런데 지금 엄마랑 놀 수 있을까?

사랑 : (아무 말 없이 가만히 생각한다.)

나 : 엄마 지금 어디 가시는 걸까?

사랑 : 회사.

나 : 아~ 사랑이 엄마는 지금 회사 가시는구나. 【적극적 듣기】

엄마 회사에 사랑이 가본 적 있니?

사랑 : 아니요.

나 : 사랑이는 엄마 회사에 갈 수 없구나. 【적극적 듣기】

사랑 : (고개를 끄덕인다.)

(사랑이 언니가 엄마 차 안에 있고 사랑이가 먼저 내려 더 서운한 것은 아닐까 하는 마음에)

나 : 사랑아. 사랑이 언니는 지금 어디 있어?

사랑 : 엄마 차에 있어요.

나 : 사랑이 언니는 지금 엄마 차에 있구나. 【적극적 듣기】 언니는 어디 가는데?

사랑 : 유치원.

나 : 아~ 언니는 유치원 가고 엄마는 회사 가는구나. 【적극적 듣기】

그럼 사랑은 어디 있어야 할까?

사랑 : 어린이집.

나 : 그렇구나. 사랑이는 어린이집, 언니는 유치원, 엄마는 회사에서 지내겠구나. 【적극적 듣기】

사랑 : 네.

나 : 그러면 사랑이는 이제 어린이집에서 친구들이랑 같이 지내겠구나.

사랑 : 네.

나: 사랑아, 그럼 이제 할머니랑 사랑이네 교실로 가볼까? 친구 누가 왔나 볼까?

사랑 : 네.

(사랑이는 조금 편안해진 마음으로 교실로 향했다.)

사랑이는 우리 어린이집에 오래 머물러 있는 몇몇 아이들 중 한명이다. 사랑이의 일상은 아마도 아침에 일어나서 어린이집에 와서 지내다가 집으로 돌아가면 저녁식사 하고 조금 놀다가 자고 다시 일어나 어린이집 오고, 이렇게 반복되는 생활이 아닐까? 사랑이는 어린이집에 오는 것보다 엄마와 더 많은 시간을 보내고 싶을 것이다. 게다가 언니는 엄마 차에 타고 있고 자신이 먼저 차에서 내려 어린이집에 와야 하는 것이 속상할 수 도 있을 것 같다. 사랑이의 이러한 마음을 적극적으로 읽어주고 공감해줌으로써 속상한 사랑이의 마음에 조금은 위로가 되었을 것이다.

적극적 듣기는 말하는 사람(비언어적 표현이든 언어적 표현이든)이 하는 말의 의미를 이해하려고 애쓰는 것만으로도 따듯한 관계를 만든다. 누가 자기 말에 귀 기울여 들어주고 이해해 주면 이야기를 한 사람은 마음 문이 열리고 만족감을 느끼며 말을 들어준 사람에 대해 따듯한 감정을 가지게 된다.

사례4. (6세) 하늘을 날 것 같아요

어린이집에서 멀리 떨어진 곳에서 일하시는 현준(6세), 영준(3세)이 어머니는 오후에 출근하신다. 자영업을 하셔서 다행히 아이들을 데리고 다닐 수 있어 오후 2시 즈음이면 아이들을 데리러 오신다. 현준이 반 친구들은 낮잠을 자든지 휴식을 취하는 시간. 휴식을 취하고 있던 현준이와 낮잠을 자고 있던 동생 영준이를 데리고 어머니께서 어린이집 마당으로 나오셨다. 빨리 차를 타고 일하러 가야 하는 상황인데 현준이가 어린이집 마당에서 집에 가지 않겠다고 떼를 쓰며 엄마와 실랑이 하고 있었다.

나 : 현준아, 집에 가기 싫어? 【욕구 확인을 위한 묻기】

현준 : (엄마에게 떼를 쓰며 울고 있다.)

엄마 : 현준아! 우리 빨리 가야 해. 엄마 바빠. 【무패 방법 1단계 갈등 확인 (엄마의 욕구 확인)】

(현준이는 엄마의 재촉에도 고집을 부리며 떼를 쓰는 상황)

나 : 현준아, 혹시 뭐 하고 싶은 것이 있니? 【욕구 확인을 위한 묻기】

현준 : 놀이터에서 놀고 싶어요. 【무패 방법 1단계 갈등 확인(아이의 욕구 확인)】

나 : 아~ 현준이가 놀이터에서 더 놀고 싶구나. 【적극적 듣기】

현준 : 네, 놀고 싶어요.

나 : 엄마는 바쁘다고 하시는데 어떻게 하면 좋을까? 【무패 방법 2

단계 해결방법 찾기】

(어떤 해결방법이 있는지 아이의 해결방법을 먼저 듣고자 한다.)

현준 : 그래도 놀고 싶어요. (먼저 해결책을 생각해 내지는 못함.)

나 : 그러면 현준아! 엄마가 바쁘셔서 많이는 놀 수 없지만, 현준이가 놀고 싶은 거 선택해서 잠깐 놀고 가면 어떨까? 【무패 방법 2단계 해결책 제안】

(현준이가 해결책을 생각할 수 있도록 '나'가 해결책 제안해 봄.)

현준 : 음, 트램플린 타고 싶어요. 【무패 방법 2단계 아이가 해결책 제안】

나 : 현준이가 트램플린 타고 싶었구나. 【적극적 듣기】

그러면 얼마나 놀면 될까? 【무패 방법 2단계 해결책 책 찾기】

현준 : (생각해보더니) 20번 타고 싶어요. 그리고 동생도 같이했으면 좋겠어요. 【무패 방법 2단계 해결책 찾기】

나: 동생이랑 20번 타고 싶다고? 【해결책 정리해 보기】 그러면 엄마에게 물어볼까?

현준 : (고개를 끄덕인다.)

나 : 어머니, 현준이가 동생이랑 트램플린 20번 타고 싶다는데 그래도 될까요? 【무패 방법 2단계 (엄마의) 해결책 찾기】

어머니 : 네. 현준아, 그러면 20번 타고 가자. 【무패 방법 4단계 : 해결책 결정】

(아이, 어머니가 여러 해결방법을 제시하지 않아서(무패 방법 3단계) 아이가 제시한 해결책으로 결정함.)

현준 : 네. 영준아, 형이랑 같이 놀자.

영준 : (형이 노는 트램플린으로 간다.)

현준, 영준 : (약속대로 트램플린을 타고 난 후 엄마랑 갔다.) **【무패 방법 5단계 결정된 것 실천】**

며칠 후 오후에 어린이집 마당에 나갔더니 현준이가 혼자서 트램플린을 타고 있었다.

현준 : 할머니, 저 트램플린 타고 있어요.

나 : 현준이 트램플린 타고 있구나. 재미있어? **【적극적 듣기】**

현준 : 네.

나 : 현준아 엄마는 어디 계셔?

현준 : 동생반에 동생 데리러 가셨어요. 그동안 트램플린 타고 있으라고 했어요.

(현준이는 하늘을 날 것처럼 열심히 트램플린을 타고 있었다.)

현준 : (동생 영준이가 엄마랑 어린이집에서 나오자) 영준아! 이리와. 우리 20번만 타고 집에 가자. **【무패 방법 6단계 결과 확인】**

(현준이는 동생 영준이와 함께 트램플린을 조금 타고는 엄마와 돌아갔다.)

6세 아이들은 우리 어린이집에서 가장 나이 많은 형님 반으로 동생들도 제법 잘 돌본다. 어깨에 힘이 들어가기도 한다. 6세 반은 친구들과 연합하여 놀이하며 반 전체가 단합이 잘된다. 아이들은 자기 반의 규칙을 만들기도 하고 자신들이 만든 규칙을 제법 잘 지킨다. 그래서 스스로 일을 처리하는 경우가 많아지며 다른 나이보다 교사의 손이 많이 필요로 하지 않는다.

다른 친구들보다 일찍 귀가해야 하는 현준이는 친구들과 어린이집에서 더 놀다 가고 싶지만 그럴 수 없어 아쉽다. 그래서 집으로 돌아가는 시간에 놀이터에서 놀다 가겠다며 엄마랑 실랑이를 벌이다 결국 엄마의 목소리가 커지고 현준이는 운다.

6세가 되면 아이들은 자신이 원하는 것을 말로 표현할 수도 있고 해결책을 스스로 제시하기도 한다. 그래서 나는 엄마와 현준이의 갈등을 무패 방법을 사용하여 중재하기로 했다.

무패 방법 사용

【1단계】 갈등을 확인하고 정의한다

어린이집에서 더 놀다 가고 싶은 현준이와 아이들을 데리고 빨리 오후 출근을 해야 하는 엄마와의 갈등.

【2단계】 가능한 여러 가지 해결책을 생각해 낸다

일찍 출근해야 하는 엄마와 어린이집에서 더 놀다 가고 싶은 현준이의 욕구 사이의 갈등을 해결할 방법을 현준이에게 물었다.

현준이는 아직 해결방법을 생각해 내지는 못하였다. 이런 현준이에게 현준이가 놀고 싶은 것을 선택하면 어떨지 제안해 보았다. 이에 현준이는 트램플린을 동생과 함께 20번 타고 싶다고 했다. 현준이 어머니께 현준이의 제안이 어떤지 물었다.

【3단계】해결책을 평가한다

3단계는 다양한 방안들을 놓고 평가하는 단계인데 현준이와 어머니는 다양한 해결책을 제안하지 않아 바로 4단계로 넘어갔다.

【4단계】 최선의 해결책을 결정한다

현준이가 제시한 '동생과 함께 트램플린을 20번 타고 싶다'라는 해결책에 어머니가 동의함으로 현준이가 제시한 해결책으로 결정하였다.

【5단계】결정한 것을 실천할 구체적인 방법을 마련한다

현준이는 결정된 해결책대로 동생과 함께 트램플린을 20번 타고 엄마랑 집으로 갔다.

(현준이와 엄마가 트램플린을 동생과 함께 20번 타고 간다는 구체적인 방법을 4단계에서 이미 결정했기에 5단계에서는 따로 할 필요가 없어 바로 실천하였다.)

【6단계】결과가 어떠했는지를 확인한다

그날 이후 현준이는 엄마가 데리러 오시면 엄마와의 갈등 없이 동생과 함께 트램플린을 타고 귀가한다.

조금 더 놀다 가고 싶은 현준이의 욕구를 인정하고 어떻게 하면 좋을지 먼저 현준이 스스로 해결책을 제시하게 하였다. 그리고 엄마에게 현준이가 제시한 해결책에 동의를 얻고 그렇게 실행하도록 했다. 현준이는 그 이후로 만족스러워하며 놀다 간다. 물론 엄마와의 실랑이도 없어졌다.

이처럼 어린이집에는 다양한 나이의 아이들이 있다. 그 아이들은 나이에 따라, 개인적 성향에 따라 표현 방법이 다르지만 모든 아이는 순간순간 욕구와 감정이 있다. 울고 떼쓰고 짜증 내고 소리 지르고 하면서 아이들은 자신의 감정을 표현하며 자기의 욕구를 알아달라는 간절한 몸짓을 하고 있다.

교사 한 명이 여러 명의 아이를 돌보고 있는 어린이집 상황에서 한명 한명 아이들의 욕구와 감정을 읽는 것은 쉬운 일이 아니다. 아이들은 수시로 '나 지금 화났어요. 나 좀 봐주세요', '나 지금 너무 슬퍼요. 저를 위로해 주세요'라는 메시지를 보낸다. 교사는 아이들의 행동에만 관심을 가질 것이 아니라 그 행동 안에 숨어있는 아이들의 감정과 욕구가 무엇인지에 먼저 관심 가져야 한다.

따듯한 세상을 꿈꾸며

아이들과 함께 꿈꾸는 세상은 건강하고 행복한 세상이다. 나는 오늘도 그들과 더불어 세상을 향해 희망의 노래를 부른다.

나는 소망한다.
우리 공동체 안에 있는 모든 이들이
행복한 삶을 살아가기를.
아이들도 선생님들도 그리고 나도.

작은 몸짓 하나
얼굴 표정 하나
맑은 눈망울 하나하나

몸짓, 표정, 눈망울에 담긴 의미를
존중해주는 아이들이 주인 된
어린이집이 되기를.

세상에
아이들이 없다면 우리는
무엇으로 희망을 노래할꼬?

우리는 소망한다.
인간 존엄의 숭엄한 노래를
차별도 아픔도 다툼도 없는 아름다운 세상

세상을 밝힐 빛으로 다가와
선물처럼 기쁨을 주는
작은 천사들이 살아갈 가슴 따뜻한 세상을.

다시 부르는 나의 노래는
아이들의 웃음이 되고 기쁨이 되어
찬란한 미래로 간다.

Part 4

* 진짜 어른이 되어야 해
* 이 모습 또한 나야 나
* 이렇게 가족이 되었다
* 엄마와 자신감
* 나는 엄마사람 친구
* 실패와 무패 사이
* 수용하면서 기다려 주기
* 감정도 공부가 필요해

12년차 보육교사지만
엄마는 처음이야

김연진

프롤로그

네 가족이 된 우리, 첫 외식

나는 어린이집 교사로 12년을 넘게 어린이집 현장에서 일하면서 그 누구보다 영유아 시기의 중요성에 대해 직접 느끼고 있다. 또 이 시기에 부모와의 애착이 얼마나 중요한지 전공 서적부터 다양한 육아 서적을 보면 태어나면서부터 부모와 안정된 애착을 형성해 영유아시기를 보내야 부모와의 신뢰를 형성하게 되며 정서적으로 안정된 상태에서 클 수 있다고 말한다. 내가 어린이집 현장에서 만나는 아이들은 바로 이렇게 인생에서 중요한 시기를 보내고 있는 소중한 존재들이다. 이러한 사실을 알고 있기에 나름의 책임감과 부담감이 크다. 이 마음을 가지고 어린이집에서 다양한 아이들과 부모님들을 만나다 보니 자연스럽게 부모교육에 많은 관심이 생기게 되었다. 특히 아이들의 문제 행동이 있을 때나 아이들 양육에 어려움을 느끼는 부모님들을 만날 때 마음이 더 쓰였다. 따라서 이들에게 도움을 주고 싶다는 생각을 늘 하게 되었다.

둘째를 임신하며 출산휴가와 육아휴직으로 인해 1년간 아이들을 직접 만나지는 못하게 되었다. 하지만 이 시간 또한 의미 있게 쓰고자 하였고 부모교육코칭전문가 자격증 과정을 알게 되었다. 그리고 6월 둘째를 출산하고 3개월이 지난 9월부터 이 수업을 듣게 되었다. 처음에 수업을 듣기 전에는 '부모교육 전문가가 되어 내가 만나는 부모님들에게 도움을 주어야지'라는 생각을 했지만, 수업을 들으면 들을수록 부모로서 나를 되돌아보게 하였다.

이 과정을 통해 '진짜 존중'이 무엇인지에 대한 많은 생각을 했다. 사람들 저마다의 감정과 욕구에 대해 이해하지 못하고 내가 하고 싶은 말만 쏟아냈던 지난날에 대해서도 많은 반성을 하게 되었다. 특히 아이를 키우고 아이들과 함께 하는 직업을 가진 나는 '아이를 사랑하고 있기에 하는 말이야'라는 합리화로 아이들 말에 숨은 욕구와 감정을 외면하지는 않았나 라는 생각을 했다.

어렸을 적부터 나는 감정을 드러낸다는 것은 예의가 없는 것으로 생각했다. 감정이 태도가 되지 않게 표현하는 법을 배우지 못

했었고 내 감정을 드러내었을 때 생기는 갈등에 대해서 회피하고 싶었기 때문인 것 같다. 하지만 이 과정을 마친 후 지금은 나의 어떠한 감정에도 스스로 공감해주고 싶다는 생각이다.

우리는 모두 처음부터 부모가 아니다. 아이를 양육하는 것은 어렵고 정답 없는 육아에 많은 부모가 힘들어한다. 아는 동생이 나에게 이런 말을 했다. "아이를 가지면 내 삶을 잃게 될까 봐 무서워서 못 낳겠어요."라고. 그 동생에게 나는 "내 삶이 중요한 것을 알면 아이가 생긴 이후의 삶에 적당한 균형을 잡을 수 있어. 너무 걱정하지 마. 아이는 존재 자체로 행복이야."라고 말을 했다. 동생과 나눈 말에는 아이라는 표현을 하였지만, 세상 모든 사람의 존재는 그 자체로 빛난다는 말이었던 것 같다.

코로나 시대로 접어들며 기관에 가지 못해 늘어나는 가정보육, 주말에도 외부활동을 줄이며 부모와 아이들은 집에 함께 집에 있는 시간이 늘었다. 그로 인해 아이들과 함께 하는 것이 하루하루 숙제인 부모들도 많을 것이다. 처음에 아이를 품에 안았을 때의 따스함과 고마움을 기억하고 그들의 감정에 공감해주는 한마디를 전해보면 어떨까? 지금 내 아이에게 무엇을 해줄까가 아니라 어떤 마음으로 다가가 아이를 마주 볼까 생각하는 부모들이 되었으면 한다. 부모로부터 받은 공감으로 이 세상에 따뜻한 마음을 가진 아이들이 많아졌으면 좋겠다.

나는 이 글에서 내 감정과 욕구를 이해하지 못하고 방황했던 20살 어린 시절의 이야기, 공감의 부재로 생긴 남편과의 이야기, 첫째아들(망고)과 적극적 듣기의 사례들을 통해 지금도 남편과 망고의 이야기에 공감하기 위해 노력하고, 성장하고자 하는 나의 이야기를 담았다.

진짜 어른이 되어야 해

나는 가지고 있는 것이 많다. 귀여운 월급과 아담한 집, 에너자이저 6살 첫째 아들, 보기만 해도 사랑스러운 2살 둘째 아들, 내 이야기에 매번 공감해주며 언제나 나를 응원해주는 남편이 있다. 또한, 웬만한 일들에 크게 주눅 들지 않는 자신감도 있다. 물론 없는 것도 많다. 많아서 생각하지 않는다. 가진 것만 생각해도 충분하기 때문이다.

고등학교 시절 나는 친구들을 집에 초대해 음식을 해주는 것을 좋아했다. 내 음식을 맛있게 먹어주는 친구들의 모습을 보면 행복했다. 무엇보다 내가 행복한 꿈을 좇기로 한 나는 대학도 조리학과로 진학했다. 집과 멀리 떨어진 학교였는데 처음으로 떠나는 가족과 집이 그립기도 했다. 아빠도 내가 그리웠는지 적어도 2주에 한 번 기숙사로 응원과 사랑이 가득한 편지를 보내주셨다.

내 인생에서 처음으로 먼 타지에서 가족 없이 생활하며 바뀌어버린 환경 때문이었는지 좀처럼 위축되지 않았던 나는 모든 것이 두려웠다. 처음에는 친구도 쉽게 사귀지 못했고, 수업도 혼자 들었다. 하지만 몇 주 지나고 동아리 활동을 시작하게 되면서 친구들도 사귀고 선배들도 많이 알게 되었다. 그러다 보니 수업이 끝난 이후에는 친구들과 늦게까지 시간을 보내는 일이 잦았다. 기숙사 저녁 점호시간인 10시 30분 시간에 맞춰 들어갔고, 아침 수업이 있는 날에는 수업시간에 간신히 맞춰 일어나 강의실로 들어가는 일이 많았다.

지금 생각해보면 '별일 아닌데'라고 생각이 들지만 내 꿈을 응원하며 나를 믿고 지켜봐 주는 아빠의 편지글과 내가 좋아하는 것, 가치 있게 생각하는 내 꿈을 위해 여기까지 온 나를 위해 '이렇게는 안 되는데.'라는 생각이 들었다. 또 요리 하는 것이 좋아서 온 학교에서는 실습보다는 이론 중심의 교과과정이 먼저 진행되었고 그것도 나에게는 답답하였다. 그리고 나는 한 학기 후 과감하게 자퇴라는 선택을 했다. 내가 좋아하는 요리를 하기 위해 자퇴를 선택했고 내가 선택한 삶과 이루고 싶은 꿈에 대해 책임지는 어른이 되어야겠다고 생각했다.

그렇게 3개월의 짧은 대학 생활을 마치게 되었다. 처음에 엄마는 학교에 남아있기를 권하셨지만 나는 자신이 없었다. 이론공부만 하며 그냥 그렇게 의미 없는 시간을 보내기는 싫었기 때문이다. 그런 엄마는 나의 계획에 관해 물었고 실제적인 경험이 중요하다고 생각했던 나는 조리학원에 등록하여 자격증 공부를 이어나갔다. 학교를 자퇴한 상황에서 내가 하고 싶은 것을 선택하였기 때문에 내 선택이 옳은 선택임을 보여주고 싶었다.

조리학원은 거리가 있어 버스와 지하철을 갈아타야 했었다. 여름에는 매우 더웠지만 그래도 씩씩한 척해야 했으며, 막 새내기 대학생이 된 친구들의 학교생활을 들으며 부러운 날들도 있었다. 하지만 내 선택 또한 옳은 선택이라 믿으며 그렇게 시간을 보냈다. 그렇게 3개월 정도가 흘렀다. 나의 선택이 옳은 것 같기도 하지만 의심스럽기도 했다.

늘 그 마음에서 갈팡질팡할 때 가벼운 산책을 위해 동네를 많이 걸었던 것 같다. 10분 정도 걸었을까 집에서 가까운 사거리에 패밀리레스토랑의 오픈 현수막을 보았다. 처음에는 '버스 안 타고 걸어서 갈 수 있겠다. 너무 좋아'라고 생각하며 내심 기뻐했다. 그 다음에는 거기서 한번 일해보고 싶다는 생각을 했다. 현수막에는 오픈 멤버를 모집한다고 쓰여 있었고, 다음날 전화를 걸었다. 통화 신호를 들으며 너무 설레고 기대되었다. 연결된 전화에서 면접의 기회가 생겼고 이틀 뒤 면접을 보러 갔다. 그곳으로 걸어가면서 많은 생각을 했다. 내가 너무 어려서 싫다고 할 것 같았고, 힘을 못 쓸 것 같아서 안 된다고 할 것 같았다. 그렇게 도착한 매장은 아직 공사 중이었다. 주방 매니저는 매장이 시끄러우니 나가서 이야기하자고 했다. 내 생각과 다르게 굉장히 빠르게 함께 해 달라고 요청했다. 나는 그렇게 요리의 끈을 놓지 않게 되었다.

레스토랑 일은 생각보다 쉽지 않았다. 내가 처음에 했던 일은 음식을 조리하기 위해 모든 재료를 준비해주는 prep팀을 맡았다.

일하며 이런 일도 있었다. 여기서는 식전에 손님들에게 빵을 주는데 빵 옆에 달콤한 버터를 준다. 그 버터는 prep팀이 만들어야 했고 내가 담당이 되었다. 11시 30분 오픈하면 식전 빵은 계속 나가야 하기에 미리 준비되어야 했고 살짝 굳은 상태여야 했다. 그러려면 20분 전에는 버터가 준비되어야 했다. 하지만 나는 시간 내에 준비하지 못했다. 매니저는 홀에서 주방을 보며 "빨리 안 해! 뭐했어!"라고 소리를 치며 나를 다그쳤다. 갑자기 정신을 놓고 기계에 버터를 넣고 돌렸다. 그리고 버터에 생크림을 넣기 위해 기계를 멈췄어야 했는데 돌아가고 있는 기계에 생크림을 넣어버렸다. 생크림은 온 사방으로 다 튀어 내 얼굴까지 튀어 올랐다. 버터는 그럭저럭 모양이 나왔지만 내 체면은 말이 아니었다. 너무 창피했고 속상했다. 잘 할 수 있다고 생각했지만, 현실은 너무 달랐다.

오픈 멤버였던 나는 매니저의 권유로 다른 곳으로 보내졌다. 내가 못 버티고 곧 그만둘 것 같다고 생각했던지, 일을 잘 못 해서 보냈던지 둘 중 하나였던 것 같다. 하지만 그 오기로 더 열심을 냈다. 작은 체구로 20kg이 넘는 무거운 스테이크용 고기도 거뜬히 날랐고 6시간 넘게 서서 일하면서도 묵묵히 견뎠다. 그렇게 나는 성장했고 성실하고 정직하게 일을 했다. 그렇게 6개월을 일했을 무렵 본사에서 사람이 왔다. 나를 보더니 "연진 씨 맞죠? 매니저가 연진 씨가 일을 굉장히 잘한다고 자랑하던데요?"라고 하였다. 그리고 그 열정이 실력을 만들어 매달 한 명 뽑는 우수 사원에 선정되게 되었다.

자퇴할 때는 이 선택이 옳을까에 대한 고민을 굉장히 많이 했지만, 그 어느 선택보다 제일 잘했다고 생각한 일이다. 자퇴라는 결정이 옳았다는 것이 아니라 그 선택으로 인한 결과 나는 내 삶의 모든 책임을 져야 했고, 그것에서 나오는 모든 결과에 책임을 지는 무게감을 느끼는 진짜 어른으로 성장할 수 있었다.

이 모습 또한 나야 나

엄마는 내가 6살 때부터 어린이집을 운영하셨다. 그 덕에 20대 초반을 요리와 함께 보내고 이후 나는 자연스럽게 어린이집 교사라는 또 다른 길을 택하게 되었다. 그렇게 사랑하던 요리 일을 하지 못하고 교사가 되기로 했을 때 마음은 정말 괴로웠다. 어렵게나 스스로 선택했던 요리라는 길을 포기해야 했기 때문이었다. 3년 정도 일을 하다 보니 일반사원에서 다음 단계로 매니저가 될 수 있는 시험 기회가 주어졌다. 하지만 매니저가 되기에는 내가 주방업무를 전체적으로 파악하지 못했고 더 걸림돌이 되었던 것은 나이가 어렸기 때문에 시험 성적이 좋아도 매니저가 될 수 없었다. 요리를 계속하기 위한 다른 길도 있었지만, 사랑하는 사람들과 함께 보내야 하는 특별한 날 그들과 함께 보내지 못하고 그들의 기쁨을 위해 더 바쁘게 일해야 하는 시간이 싫어지기 시작했다. 그래서 엄마의 모습을 보고 익숙하게 느껴진 보육교사의 길을 택했다. 처음에는 엄마의 권유였지만 시간이 지날수록 아이들과 함께 하는 시간이 즐거웠고 지금은 어디로 튈지 모르는 아이들만의 매력에 푹 빠져있다.

하지만 처음부터 이 일이 즐겁지도 않았고 만족스럽지도 못했다. 얼마나 하고 그만둘지도 모르고 꾸준히 못 할 것 같다는 생각이 들었다. 그래서 다른 원에서 일해도 되었지만 처음 시작은 조금은 익숙했던 엄마가 운영하는 어린이집에서 교사로 근무하게 되었다.

일하면서 나도 모르게 마주하는 편견이 있었다. 바로 '원장 딸'이라는 것이었다. 나는 그 누구보다 나 스스로 정직하며 자신을 사랑하고 아끼는 사람인데 다른 사람 입에 오르는 내가 견딜 수 없이 미웠고 또 측은하기까지 했다. 그래서 그 수식어를 지우기 위해서는 실력 있는 교사가 되고 싶었다. 그래서 그 누구보다 열심히 연구하고 공부해야 했다. 그게 내가 그들 앞에 조금 더 당당해지는 길이라고 생각했다.

일은 하면 할수록 교사로서 갖는 아이들에 대한 애정이 커갔고 나에게 맡겨진 아이들을 있는 그대로 인정하고, 그들이 스스로 선택할 수 있는 주체로 살게 하고 싶어졌다. 이러한 생각이 교사로서의 내 태도를 변화시키게 되었고, 아이들을 사랑하며 일 자체를 즐길 수 있게 되었다. 내가 하는 일에 대한 성취감이 커지면서 자연스럽게 다른 사람들이 신경 쓰이지 않게 되었다. 자연스럽게 동료 교사에게도 인정받게 되었고, 나 자신도 '원장 딸'이라는 시선을 의식하지 않고 그 부담에서 벗어날 수 있었다.

아이들에게 주었던 사랑은 고스란히 나에게 돌아와 뜨거운 마음으로 일하고 따뜻하게 아이들을 품을 수 있는 교사가 될 수 있었다. 나는 아이들이 좋아하는 것이라면 무엇이든 해주고 싶었고 아이들과 즐거운 추억을 쌓고 싶었다. 봄에는 함께 숲에 놀러 가 벚꽃 비를 맞아보고, 여름에는 함께 젖으며 물놀이하고, 가을에는 낙엽에 함께 뒹굴고 겨울에는 붕어빵을 사러 추운 손을 맞잡고 동네를 돌아다니기도 했다. 교실에서는 지시하기보다 먼저 들어주는 교사가 되려고 노력했고 나의 권위는 내려놓고 함께 그리고 같이 놀고 즐기는 교사가 되려고 했다. 그래서 졸업반 아이들은 졸업한 뒤에도 나를 보겠다며 어린이집에 자주 놀러 왔고 진급을 시킨 아이들은 반이 바뀌었음에도 "우리 선생님이다"라고 하며 나를 잊지 않았다. 그럴 때 나는 벅차고 감사한 마음이 든다.

어린이집 교사로 내 삶을 선택한 순간, 그 선택은 책임감이라는 이름으로 내면을 단단하게 만들 수 있었고, 자신감이라는 결정체가 되어 나라는 존재가 가치 있게 했다.

이렇게 가족이 되었다

내가 어린 시절부터 다니던 교회에서 남편을 만났다. 20대 후반 남편을 처음 만나게 되었는데, 남편에게 처음부터 설레거나 호감이 생기지는 않았다. 2년 동안 우리 사이엔 별다른 일이 벌어지지 않았다. 그러나 우연히 남편과 진지한 대화를 나누게 되는 계기가 있었는데, 그 대화를 나눈 후부터 남편이 눈에 들어오기 시작하였다. 그러다가 결국 남편과 진지하게 만나기로 하였는데, 그때 가장 중요하게 생각했던 부분은 나의 이야기를 가장 잘 들어주었던 부분이다. 아무 편견 없이 다른 사람의 존재와 가치를 있는 그대로 이해해 주는 남편이 멋졌다.

연애 시절 나는 불편한 일이 생기면 먼저 입을 닫고 '왜 그랬지?' '뭐가 문제였을까?'라는 사고적인 생각을 하지만 남편은 아무리 불편하고 나쁜 감정이라도 자신의 감정을 예쁜 선물처럼 포장해 솔직하게 이야기하는 것을 잘했다. 그래서 다투거나 싸울 일이 없었다. 나는 남편과 만난 지 1년 후 결혼하기로 하였을 때도 큰 걱정을 하지 않았다. 우리가 생각하는 이상적인 가족을 만들 수 있을 것으로 생각했다. 나에게는 나라는 사람에 대한 확신과 내 결정에 대해 책임질 수 있는 자신감이 있었고, 남편에게는 그 모든 것을 인정해 주고 응원해 줄 수 있는 성품이 있었기 때문이다.

그런데 결혼 후 신혼 생활은 생각보다 만만치 않았다. 화려한 포장지 속에 감추어진 남편의 마음이 있는 그대로 드러났고, 나는 그것을 남편이 원하는 방식으로 받아주지 못했다. 남편이 생각하는 공감은 감정을 공유하는 것이었는데, 나는 상대방의 문제를 해결해주거나 해결방법을 찾아주는 것이 나의 최선의 공감이라고 생각했다. 결혼 후 얼마 지나지 않아 이런 일이 있었다. 남편이 회사에서 퇴근하고 온 저녁이었다.

남편 : 자기야, 나 머리가 아픈 거 같아.

나 : 아 정말? 왜 아프지? 약 먹어야겠다. 얼른 쉬어.

(그 일이 있고 난 뒤, 함께 저녁을 먹는데 남편이 갑자기 이런 말을 했다.)

남편 : (며칠 전 이야기를 하며) 근데 자기는 공감 능력이 좀 떨어지는 것 같아.

나 : (가히 충격적인 표정으로 바라보며) 아니 그게 무슨 말이야?

'왜? 내가 그렇게 친절하게 걱정해주며 반응해 주었는데 뭐지?'

라고 생각하며 논리적이고 분석적인 판단만 하려고 했을 뿐 남편의 말에 순응하지 않았다.

남편 : (내 얼굴을 보며) 바로 그게 공감을 못 하는 거야!

나 : (굉장히 당황하며) 아차.

남편은 자신의 감정에 반응해 주기 원했는데, 나는 사실에 반응했다. 그 문제를 해결하려면 나의 감정에 충실했어야 했고 서로의 마음에 공감해주어야 했다. 그 일이 있고 난 뒤, 남편의 말에 대해 나의 언어적 표현에 돌아보게 되었고 우리는 서로에게 필요한 말들, 서로가 원하는 방법으로 대화를 하도록 노력했다. 남편과의 대화에서 감정에 대해 솔직히 이야기하고 감정을 읽고 공감하는 이러한 대화가 내게는 훈련이 되었다. 이처럼 남편과의 공감 대화를 늘려가며 점차 갈등은 줄어들게 되었다.

지금 생각해보니 남편은 공감적 듣기, 경청하기에 탁월한 능력을 보였다. 그리고 자신의 감정 표현을 위해 나-메시지를 잘 사용하였다. 나도 어린이집 교사로 생활하며 아이들을 존중하는 언어, 경청, 공감하기, 나-메시지 등 다양한 교육을 통해 자주 들었던 단어였고 교실에서 아이들에게 적용하였는데 '나의 언어적 표현 속에서 그런 것이 느껴지지 않았나' 생각하니 굉장히 허탈하고 속상했다. 그리고 남편은 어떻게 공감의 대화를 잘 할 수 있었는지 궁금했다. 그래서 결혼 후 줄곧 남편의 집안 분위기부터 남편과 시부모님과의 대화를 듣고 점점 더 이해할 수 있었다.

그리고 얼마 전 같은 상황에서 양가 부모님들의 대화를 적어보고자 한다.

망고(첫째아들)는 잠을 잘 때 굉장히 많이 움직인다. 저녁에 누워있는 모습 그대로 일어난 적이 없고 잠을 잘 때도 시곗바늘처럼 돌기도 하고, 갑자기 상체를 벌떡 세우고 앞으로 넘어지기도 한다. 둘째 아들 수유 때문에 일어나 여러 번 보았던 목격담이다.

일이 일어난 그 날도 어김없이 몸을 뒤척이며 잠을 자고 있었다. 상체를 세워 일어난 망고가 갑자기 모든 힘을 실어 침대 밖으로 떨어졌다. 그런데 얼마 전 이사를 해 미처 치우지 못해 침대 옆에 세워둔 작은 책장 모서리에 부딪힌 것이다. 남편은 놀라 첫째를 일으켰다.

남편 : (울고 있는 망고를 일으키며) 자기야! 피나는데?

어린이집에서 아이들과 지내며 다양한 사고들을 경험했던 나는 상처를 보고 걱정스러웠지만 차분하고 병원으로 가야 한다고 판단했다. 남편은 망고를 안고 집을 나가 택시를 잡아 가까운 응

급실로 향했다. 집에서 둘째(젤리)와 함께 있는 내게 도착했다는 남편의 문자를 받았고 병원 상황에 대해 실시간으로 문자를 주고 받았다.

남편 : (띵동) 망고는 눈 밑에 상처가 났고 두 바늘 정도 꿰매야 한대.

남편은 아들과 병원에서 찍은 사진을 전송해 주며 나름 안정된 모습이었고 망고는 웃고 있었다. 병원에서의 처치가 다 끝난 뒤 나에게 전화를 걸었다.

망고 : 엄마 나 지금 집에 갈 거야. 아빠랑 재밌었어.

나 : (약간 놀라며) 재밌었다고? 정말 다행이다. 괜찮았어? 망고야 얼른 와. 정말 멋지다 씩씩해. 엄마 기다릴게.

집으로 돌아온 아들은 나에게 꿰맨 상처를 보여주고 손을 씻으러 화장실로 들어갔다. 그리고 친할머니에게 전화를 했다. 망고는 친정 부모님, 시부모님 모두에게 이름을 넣어 구분하여 부른다. 망고에게 이효자 할머니는 남편의 엄마이자 시어머니이다.

망고 : (전화를 걸어 대화하며) 할머니, 저 병원에 다녀왔어요.

이효자 할머니 : 병원에 왜? 망고 어디 아프니? 그러고 보니 어린이집 안 갔네.

망고 : (굉장히 씩씩하게) 할머니 저 자다가 넘어져서 얼굴이 피 났어요.

이효자 할머니 : (굉장히 걱정스러운 말투로) 아이고, 어쩌다가 그렇게 되었어. 망고 많이 놀랐겠다. 지금은 어때? 많이 아팠겠네.

망고 : 아니요. 이제 괜찮아요. 그 뭐지? 팔에 맞은 주사(항생제)가 더 아팠어요.

이효자 할머니 : 아 그랬구나. 주사가 많이 아팠구나. 약은 먹어야 한데? 소독은 어떻게 해야 돼?

(망고가 대답할 수 없는 질문을 듣고 수화기를 남편에게 넘겼다.)

이효자 할머니 : 그래도 다행이다. 눈 밑이라 다행이지. 망고가 많이 컸구나, 울지도 않고. 너무 대견하고 씩씩하다.

이렇게 말씀하시며 격려와 이해의 이야기를 쏟아내셨다.

할머니와의 전화를 끊고 망고가 집에 잘 왔다는 문자와 함께 망고의 얼굴 사진을 친정 가족들이 있는 카톡방에 올렸다. 그리고 친정 아빠에게 전화가 왔다.

친정 아빠 : 어디에다 그랬어? 침대 옆 맞지? 거기 내가 치웠으면 좋겠다고 생각했는데.

나는 약간 소름이 돋았다. 직관적인 말투와 표현방식이 꼭 내가 말하는 것 같았다. 하지만 그 말속의 진심은 내가 늘 듣고 익숙했던 표현이었다. 손주를 걱정하는 마음, 안타까운 마음의 절제적 표현방식 말이다. 하지만 내가 그 말을 들었을 때 '부모인 우리의 감정과 다친 손주의 마음을 조금만 헤아려 주셨다면'하는 아쉬운 마음이 컸다.

이렇게 대화법이 서로 다른 환경에서 자라온 남편과 나는 한 가족이 되었고 나의 대화에서 상대방에게 공감하지 못하는 말들을 한다는 것을 결혼 후 알게 되었다. 나의 아이들에게는 소소한 삶 안에서의 감정과 욕구에 대해 있는 그대로 바라봐 주고 공감해주고 싶다.

엄마와 자신감

엄마 경력 5년째, 처음 엄마가 되었을 때가 생각난다. 회사에 처음 들어간 신입처럼 아무것도 모르고 초록색 창에 의지했던 지난 시절 말이다. 아기가 왜 울고 있는지, 개월 수에 맞는 놀이를 잘 해주고 있는지, 잘 크고 있는지 처음이라 알지 못했던 것들이 너무 많았다. 아이를 키운다는 건 정말 어려운 일이었기 때문이다. 남편과 나는 임신을 하고 아기가 태어나기 전까지 어떤 아이로 키울 것인지, 나와 남편은 어떤 부모가 될 것인지 많은 이야기를 나누었다. 그 가운데 늘 나누던 이야기는 자존감 높고 무엇보다 자신을 사랑하며 더불어 남도 사랑하는 아이로 자라게 하자고 이야기를 나누었다. 내가 그런 부모가 되기로 마음먹어서 그럴까, 첫째 임신 30주쯤 부터 대학원 졸업을 위해 논문을 썼다. 임신한 상태로 학교에 다녔는데 지도교수님은 논문지도 받으러 간

날 내가 임신한 걸 아셨다. 나를 아주 열정적인 학생으로 기억하시면서 말이다. 그 열정으로 임신 9개월까지 어린이집으로 출근을 했다. 물론 몸은 무거웠지만, 아이들 웃는 모습에 나는 행복했고 그런 아이들의 모습을 보며 보람도 느꼈다. 무엇보다 누구보다 나 자신을 사랑했기 때문에 결정하고 할 수 있었던 일이었다.

출산 후에도 나의 열정은 멈추지 않았다. 논문 실험 연구를 위해 2개월 된 망고를 데리고 현장으로 나갔다. 그때는 힘들다기보다 아이를 낳고도 무언가 할 수 있다는 마음에 뿌듯하고 즐거웠다. 그다음 해까지 이어진 논문은 나의 복직과 맞물렸다. 논문을 위해 새벽까지 글을 썼고, 다음날이면 피곤한 몸을 이끌고 어린이집으로 향했다. 6개월이 되었던 망고는 어린이집에 다니며 일찍 사회를 경험하였고 그렇게 준비했던 논문은 잘 마무리되어 교수 심사를 마치고 졸업을 할 수 있었다. 지금 생각해보면 내가 어떻게 그 일을 다 할 수 있었을까 싶지만, 엄마가 되고 이 모든 일을 함께 이루고 기억해 줄 아들 생각에 더 열심을 내었던 것 같다. 그 모든 힘듦과 기쁨에 함께해 준 망고에게 더욱더 고마움을 느끼고 있다. 사람들은 '이 세상의 모든 엄마는 강하다'라는 말들을 많이 한다. 저 말을 생각해보면 그건 모든 엄마는 엄마 이전에 멋진 여자이기보다, 멋진 사람 있는 그대로의 그 존재가 아닐까 생각한다.

몇 년 후 둘째 젤리를 임신한 걸 알았을 때도 모든 일에 마다하지 않고 열정적으로 임했다. 내가 그런 멋진 사람, 멋진 엄마라는 걸 우리 아이들에게도 알려주고 싶었기 때문이었다. 육아휴직이 시작되었을 때 잠시 멍때리는 휴식도 했지만, 직장을 다니며 많은 시간을 내지 못해 평소에 배우지 못했던 것들을 배웠다. 이렇게 긴 휴식은 처음이었고 일주일 결혼휴가 이후 처음 갖는 시간이었기 때문이었다. 그래서 무엇이든 해보고 싶었다. 그러던 중 아직도 요리를 즐기는 나는 베이킹 수업에 참여하였다. 그렇게 아침에 망고를 어린이집 보내고 베이킹을 배우러 다녔다.

젤리를 임신 중이었기에 종아리가 많이 붓거나 배가 많이 나와 힘은 들었지만 그래도 즐거운 일을 하게 되어 매우 만족스러웠다. 그렇게 나의 출산휴가가 마무리되고 젤리를 출산하게 되었다. 병원에서 2박 3일의 입원 후 퇴원하여 산후조리원에서도 나의 열정은 식지 않았다. 산후조리원에서 지내며 남는 시간에 무언가를 해야겠다는 생각이 들었다. 그래서 산후조리원에 있는 시간 동안 인터넷 수강을 하고 자격증을 취득할 수 있었다. 출산과 동시에 나는 없고 너만 있는 것 같아 우울해지기 쉬운 나에게 조금은 나를 돌보고 나를 위해 시간을 쓸 수 있는 일을 해 갔다. 보육교사로 일하며 부모교육에 관심이 많았던 나는 몇 달 뒤 알게 된 부모교육코칭전문가 자격증 과정도 공부하게 되었다. 마침 코로나 때문에 줌으로 강의를 한다고 하여 얼마나 반가웠는지 모른다. 그렇게 시작한 모든 강의에 늘 아기와 함께 앉아서 수업을 들었다. 처음에는 비대면으로 공부하며 마주하는 선생님들과 하는 대화가 어색하였지만, 매일 집에서 아이와 지내는 나로서는 말이 통하는 누군가를 만난다는 것은 기쁘고 즐거운 일이었다. 출산 후 순간 순간 찾아오는 우울감, 바닥까지 내려가는 자존감이 나를 괴롭게도 했지만 그래도 조금은 이렇게라도 나를 돌보고 있다는 사실에 감사하고 행복함을 느끼고 있었다. 잠깐의 휴식도 좋지만 지금도 나는 배고픈 아기에게 젖을 물리며 핸드폰을 들어 이 글을 적고 있다. 언제 파일로 옮겨질지 모르는 글이지만 한 자 한 자 마음을 담아 터치하고 있다. 길었던 육아휴직을 마치고 일주일 뒤면 나는 복직을 한다. 사실 설레는 마음보다는 두렵고 걱정스럽고 심란하다. 과연 내가 잘할 수 있을까? 괜찮을까? 하루에도 수백 번씩 생각한다. 내가 그런데도 복직을 하려는 이유가 무엇일까? 많이 생각했고 생각했다. 그동안 내가 열정적인 모습으로 살아왔지만 내가 원하는 것은 무엇이었을까? 그리고 공부를 하며 더 깊이 나에 대해 생각해봤다. 나의 욕구는 자신감이었다. 이 모든 것들을 감당하고 성취했을 때 오는 자신감과 희열이 나를 누구보다 열정적인 사람으로 성장시켰던 것 같다. 나는 단순히 아이들을 위해 자신감 있는 엄마가 아니라 내 존재 그 자체로 빛나는 자신감을 가진 엄마이다.

나는 엄마사람 친구

결혼 후 2년 만에 망고를 낳았다. 아이는 존재 자체로 너무 사랑스러웠다. 자식과 엄마라는 건 참 묘하고 신비한 관계였다. 내가 웃으면 내 미소를 보고 함께 미소 지어 주고, 서로 주고받는 말이 없어도 교감이 되는 것 같았기 때문이다. 감정 표현에 서툴렀던 지난날들을 되새겨보며 아이가 자라면서 표현하는 자신의 감정을 충분히 공감해주었다. 아이가 표현하는 감정을 있는 그대로 나의 말로 다시 표현해 주었고, 아이의 표정도 다시 내 언어로 읽어주었다. 또 자기주장이 생길 무렵에는 스스로 할 수 있는 일들은 본인이 찾아 선택하여서 할 수 있도록 도왔다. 엎어지고 쏟아지고, 넘어지고 부딪히는 일들도 많았지만 화내거나 보채지 않고 기다려 주었다.

아이가 6개월이 될 무렵부터 어린이집을 보냈다. 아니, 정확히 말하자면 6개월 아기를 데리고 어린이집에 복직하였다. 조금 이른 감이 있었지만, 누구보다 내 일을 사랑했고 나의 삶과 아들의 삶을 분리하고 싶었다. 부모로서 책임은 있지만 각자 다른 존재로 살아가길 원했던 남편과 나의 가치관이기도 하다. 퇴근하고 오면 몸이 지쳤지만, 아이에게 최선을 다해 저녁 식사를 차려주고 함께 놀았다. 보육교사로 지내오며 영아기 때 부모와의 애착이 무엇보다 중요함을 알았기 때문에 남편과 나는 아이와 즐거운 시간을 보내기 위해 많이 노력했다.

그 덕분에 돌이 지나고 나서부터 옷가게에서 자기가 원하는 옷을 고르고 사소하게는 저녁 식사 메뉴도 정했다. 세 돌이 지난 다음부터는 머리 스타일, 시계 보고 약속 정하기 등 자신에 관한 것 대부분은 결정할 수 있게 되었다.

2021년 6월에 젤리를 출산하게 되었는데 임신 39주가 되었을 때 태아가 생각보다 매우 크다는 의사 선생님의 말씀을 듣고 유도분만을 결정했다. 유도분만 하러 가기 전날 출산의 기쁨보다는 긴 시간 망고와 헤어져 있어야 한다는 아쉬움 때문에 자는 아이를 보고 많이 울었다. 그리고 다음 날 유도 분만하러 갈 준비를 했다. 출산 당일 망고를 돌봐줄 사람이 없어 시부모님께서 집으로 오셨고 나는 어른답지 않게 아이 앞에서 울어버렸다. 망고는 그 날 내 모습을 보았는데도 아무 말이 없었고 "엄마 안녕"이라는 말만 남긴 채 할아버지를 따라 집을 나셨다. 평소에는 내 모습 하나하나 지나치지 않고 마음을 감정을 읽어주던 아이였는데 말이다. 그런 망고의 모습이 나는 더 마음이 아팠다. 그렇게 망고와 헤어지고 남편과 차를 타고 병원으로 가는데 망고 이름만 들어도 생각만 해도 눈물이 그치질 않았다. 그리고 병원에서 조리원에서의 짧으면 짧고 길다면 긴 2주의 시간이 지나 망고를 만났다. 이제 진짜 첫째가 되어버린 아들이 뭔가 짠했다. 젤리의 탄생으로 겪게 한 엄마의 부재, 첫째이기 때문에 겪을 어려움, 기대감을 지니고 살아야 하는 아이를 보며 부모로서 미안했다. 내가 선택한 것은 아니지만 둘째로 살아온 나는, 동생이 생겨 엄마에게 사랑을 빼앗긴 것 같은 느낌이 들 수 있는 망고의 마음에 공감 못할 일이 생길 수도 있을 것 같다는 생각에 먼저 미안함이 들었기 때문이다.

내 생각과는 다르게 이런 미안함도 잠시 젤리가 태어나면서부터 망고는 나의 육아 파트너가 되어 도움을 받는 날이 많아졌다. 나는 미안함만 느꼈는데 든든한 파트너가 되었다. 어느 날 셋이 집 근처에 있는 도서관에 간 날이었다. 나는 화장실에 가기 위해 유모차 안에 타고 있는 젤리를 부탁했다. 사실 걱정스럽기도 했지만, 엄마로서 망고를 신뢰했다.

화장실에서 나오니 망고는 유모차 옆에 붙어 젤리를 바라보며 유모차를 밀어주고 있었다. 그 모습은 누구보다 듬직했다. 그런 망고를 보며 "망고야! 동생 지켜줘서 고마워. 엄마가 덕분에 마음이 놓였어."라는 따뜻한 말을 전했다. 그 말을 듣고 망고는 갑자기 멋진 표정을 하며 "응, 엄마. 괜찮아."라고 답했다. 내 염려와는 다르게 망고는 육아 파트너가 되어 엄마사람 친구가 되었다.

둘째 아이가 태어나기 전에는 엄마로서 부족한 모습, 어두운 모습을 보여주기 싫었고, 언제나 강한 엄마이고 싶었다. 그러나 젤리의 출산 과정을 통해 느낀 것은 이제는 그냥 내 감정에 솔직해지는 엄마가 되고 싶다는 것이다. 힘들면 힘든 대로 도움이 필요하면 필요한 대로 아들에게 부탁하고, 솔직히 말하며 대화하는 그런 관계가 되고 싶어졌다. 서로에게 집착하는 것이 아니라, 서로를 의지하고 각자의 존재 자체를 존중해주는 관계 말이다. 나는 엄마이기 이전에 한 사람이고, 나라는 사람은 혼자 지낼 수 없는 존재이기에 아들과 허물없는 친구가 되고 싶다.

실패와 무패 사이

나의 직업병 중 하나는 부모와 아이들을 관찰하는 습관이다. 다른 사물의 관찰도 좋아하지만, 특히 아이와 부모를 관찰하는 편이다. 아이와 키즈카페에 가면 다른 아이들과 부모들의 모습들의 모습을 눈여겨보게 된다. 그러지 말아야지 하면서도 자꾸 아이들이 하는 말이 귀에 들리고, 나도 모르게 부모들은 적절하게 반응하고 있는지 생각하게 된다. 10년을 넘게 영유아들을 보면서 수없이 많은 아이를 관찰하고 분석해 왔기에 없어지지 않는 습관이다. 우리 아이도 예외일 수는 없었다. 직업병일 수도 있지만, 사고적이고 분석하는 걸 좋아하는 나는 아들의 작은 행동도 관찰하는 것을 즐겼고 남편과 이야기를 많이 나누었다.

집에서 놀이하는 모습, 어린이집에서 올려주는 일과가 담긴 알

림장, 친구들과 함께 있을 때 하는 말, 행동 등을 관찰하며 "망고는 나랑 자기를 많이 닮은 거 같아. 무언가를 판단할 때는 냉철한 것 같기도 하고 감정적인 것 같기도 하고 우리 둘 다 닮은 거 같네."라고 이야기한 적이 있다. 그렇게 이야기했던 이유는 남편과 나의 성향 때문이다. 남편과 나는 딱 한 가지를 빼고는 비슷한 점이 많다. 바로 공감의 부분이다. 남편과 나는 내향적인(I의 성향), 직관적인(N의 성향), 무언가를 판단하고 계획하기를 좋아하는 (J의 성향)까지 같다. 하지만, 다른 점 딱 하나, 남편은 감정형(F의 성향)이고 나는 논리적이고 사고적인 (T의 성향)이다.

망고를 보면 정말 우리 둘의 성향을 많이 닮았다. 그리고 감정형의 (F의 성향), 논리적인 (T의 성향) 모두 있지만 아직은 어려서 그런지 감정형의 모습이 많이 보였다. 그리고 남편과 비슷한 성향인 아들을 보며 신혼 초 남편과의 갈등을 타산지석 삼아 나름대로 분석을 해본 결과, 남편은 불편하고 나쁜 감정을 예쁘게 포장한다면, 아들은 아직 어려서 있는 그대로의 감정을 말로 쏟아내 버리기 때문에 포장 솜씨가 서툰 것이 다른 점이라고 나름대로 해석을 마쳤다.

어느 가을날 아빠의 출장이 잡힌 날이었다. 망고는 그 전날 미열도 있기도 해서 어린이집에 결석하기로 하였다. 아침에 열을 재어보니 열이 내려간 상태였고 컨디션은 좋아 보였다. 그날은 줌(zoom)으로 소장님과 선생님들과 만나 3시간 정도 공부하는 날이었다. 마음이 분주하고 바빴지만, 끝까지 수업에 참여하였고 10시부터 시작한 수업은 오후 1시에 마쳤다.

나 : 망고야. 엄마 수업 마쳤으니까 2시쯤 밖에 나가자.

엄마의 수업 3시간 동안 망고는 엄마의 잔소리 없는 텔레비전 시청 시간을 가지게 되어 꽤 만족한 얼굴이었다.

점심을 먹고 2시가 되어 망고에게 이야기를 하였다.

나 : 망고야, 이제 나갈 준비 되었어? 어디로 나갈까? 엄마가 말해볼게, 한번 생각해봐! 1번 도서관 2번 놀이터 3번 커피숍.

망고 : (갑자기 의미심장한 웃음을 지으며) 나는 4번 집에 있는다.

나 : (너무 뿌듯해하며) '우리 아들이 저런 위트를 가지고 있다니'

나는 어린이집을 결석한 날 무언가 의미 있는 시간을 보내야 한다는 욕구가 있었다. 그래서 나는 망고에게 다시 물었다.

나 : 망고야, 아침에 쉬면서 텔레비전 많이 봤는데 힘들어?

망고 : 응. 오늘 힘들어서 쉬고 싶어.

나 : '그래. 어른도 온종일 TV만 보면서 뒹굴고 싶은 날이 있으니 그럴 수도 있겠다'

망고의 마음에 공감하고 이해하려고 했다. 아마 망고는 쉬고 싶은 욕구가 있었던 것 같다. 그 욕구를 파악하고 공감하기 위해 나는 망고에게 다시 한번 더 물었다.

나 : 힘들어서 멀리 가기는 싫어? 그럼 집 앞 카페에 가는 건 어때?

망고 : 카페 가면 나도 음료수 마실 수 있어? 그래 마시면서 앉아있으면 되겠네.

나 : 엄마도 좋은 생각인 것 같아. 엄마가 오늘 아침부터 수업 듣고 망고랑 젤리 보느라 조금 힘들었어. 커피도 마시고 가서 책도 좀 읽고 싶은데 망고는 어때?

나도 아침부터 수업을 들으며 망고와 젤리 모두를 돌보았으니 몸이 지친상태였다. 그래서 음악이 흘러나오는 카페에 앉아 조용히 책을 읽으며 쉼을 가지고 싶은 욕구가 너무 컸다. 나는 그런 욕구를 망고에게 아주 조심스럽게 나-메시지로 표현해보았다. 혹시 실패할 수도 있으니 말이다. 하지만, 망고는 나의 욕구와 감정을 알아차렸는지 이렇게 답했다.

망고 : 아 지금 나가자. 엄마는 커피 마시면서 책 읽고, 젤리는 유모차 타고 있으면 되겠네. 그리고 나는 음료수를 마시면서 그림

그럴래.

나 : 아 그래? 망고가 엄마 마음을 알아준 거 같네, 고마워.

우리는 그렇게 서로의 감정을 들여다보고 서로 공감해주었더니 모두에게 만족스러운 결과를 얻을 수 있는 대화가 되었다. 대화법에 있는 무패 방법의 대화였다. 나는 더 나아가 아들에게 스스로 필요한 준비물을 챙길 수 있도록 이야기하였고 짐을 챙겨 카페로 떠났다. 햇살이 좋았고 오른손으로는 유모차를 내 마음을 알아준 망고는 왼손을 꼭 잡은 채 카페로 걸어갔다. 젤리는 카페로 가는 길에 유모차 안에서 잠이 들었고 망고는 원하는 음료수를 선택했다. 음료수를 받아 자리로 돌아와 망고는 음료수를 마시며 그림을 그리고 나는 커피를 마시며 책을 읽었다. 그 순간 너무 행복했다. '오늘 그래도 아들과 소소하지만, 의미 있는 시간을 보냈다'라는 생각에 만족스러웠다.

이렇게 소소한 일상 중 아이들과 이러한 갈등은 매일 일어난다. 그러나 지피지기면 백전백승이라 했던가. 실패로 끝날 수 있었던 갈등상황이었지만 우리는 서로의 욕구를 잘 파악했던 것 같다. 아들은 쉬고 싶다는 욕구가 있었고 나는 '오늘은 힘들구나?' 이렇게 그 감정에 공감해주는 말을 해주었다. 나의 일방적인 명령이 아닌 '아이의 말을 최대한 경청해서 듣고 있다' '나는 너의 마음을 받아들일 준비가 되어 있다', 그리고 망고의 여유로운 시간을 보내고 싶다는 욕구와 나-메시지로 전달한 나의 욕구와 감정에 공감하고 해결 방안을 찾아냈다. 상대방에 대한 관찰은 관심이 있어야 가능하고, 그 관심은 애정이 깊을수록 크다. 따라서 상대방을 사랑할수록 깊이 관찰하게 되고, 그 사람을 파악하게 된다. 그리고 이 상대에 대한 앎은 함께 살아가는데 큰 무기가 된다. 이 앎이라는 무기는 상대를, 특별히 내 아들을 옭아매는데 사용할 수도 있지만, 진정한 앎은 내 아들이 스스로 자기 자신을 알고 존중받으며 살아갈 수 있도록 돕는 것에 사용할 수 있도록 할 것이다.

수용하면서 기다려 주기

아들이 돌 무렵부터 스스로 누워 자는 것을 연습시켰다. 그때부터 지금까지 지속하여 온 잠자기 전 습관은 동화 듣기다. 첫 시작은 내가 직접 동화구연을 하면서 잠이 들었고 두 돌이 될 즈음에는 동화를 읽어주는 앱의 도움을 받아 동화를 들려주었다. 처음에는 이야기를 듣고 곤히 자는 아이의 모습이 너무 예뻤고, 다양한 이야기에 흥미를 느끼고 즐거워하는 아들의 모습도 좋았다.

하지만 그 습관들이 고착되었고 잠자기 전 동화책 읽기와 듣기 등 다양한 루틴들을 만들어냈다. 잠을 자러 방에 들어가는 시간이 일러도, 늦어지는 날에도 어김없이 그 모든 루틴을 진행한다. 참 한결같은 아이이다.

하지만 젤리가 태어난 뒤 망고의 잠드는 시간이 점점 늦어졌다. 그래서 이 루틴들을 모두 하고 잠자리에 든다면 너무 늦은 시간이 되어버리기 때문에 다양한 방법들에 대해 의논하고 해결방법을 찾으려고 노력 중이지만 아직도 해결되지 않은 숙제이다.

나 : 망고야, 우리 늦어도 잠을 자러 10시에는 들어가야 할 것 같아.

망고 : (조금 찡찡거리며) 응. 근데 나는 잠자는 시간보다 조금 더 노는 게 좋긴 한데.

나 : (차분하고 단호하게) 엄마는 망고가 푹 자서 키도 더 컸으면 좋겠고 잠도 충분히 자고 기분 좋게 일어나 어린이집에도 갔으면 좋겠거든.

망고 : (작은 목소리로) 응 그래 알겠어.

나 : (차분하게) 그럼 늦어도 10시에는 들어가서 잠 잘 준비하자.

이렇게 약속을 하였다. 하지만 시간이 지나도 잠자러 방으로 들어가지를 않았다.

나 : (목소리를 조금 높여) 망고야, 아직 엄마가 더 기다려야 해?

망고 : (장난감을 놀다가 나를 보며) 조금만 기다려 주면 안 돼?

대화가 끝나고 10시 10분이 돼서야 잠을 자러 방으로 들어갔다. 이미 늦은 상태였기 때문에 나도 마음이 조급해졌다.

나 : '젤리도 재워야 하고 망고도 재워야 하는데'

망고 : 엄마, 우리같이 책 읽자. 아빠가 젤리 재우고 있어.

나 : (젤리를 아빠에게 보내면서) '아 빨리 자야 하는데, 너무 늦어질 것 같은데…'

책을 3권 정도 읽은 뒤 시간을 보니 10시 40분 정도 되어있었다.

나 : 망고야! 오늘은 너무 늦었으니까 이제 자자.

망고 : (울면서) 아니야. 나 동화 듣고 싶어. 여우누이 듣고 싶은데.

나 : (굉장히 단호하게) 근데 망고야 오늘은 방에 들어오는 시간이 늦었고 이야기를 들으면 더 늦게 자게 되니까 오늘은 그냥 잤으면 좋겠어.

망고 : 한 개만 들으면 되잖아. 꼭 듣고 싶은데.

나 : 이야기도 듣고 싶구나. 근데 너무 늦었으니 잠을 자는 게 좋을 것 같아.

망고 : (울면서) 내일 주말이니까 괜찮잖아. 그냥 들을래.

왠지 나는 탁구경기를 하는 것 같았다. 서로 주고받는 게임을 하면서 나는 지지 말아야지 생각했다. 하지만 결국 나는 그 게임에서 졌다.

나 : 그럼 대신 눈감고 이야기 들으면 엄마가 틀어줄 수 있을 것 같아.

망고 : (울음을 참으며)응 알겠어. 눈감고 들을게.

결국 '여우누이'이야기를 틀어주었다. 아무리 피곤해도 이야기를 듣다가 잠든 적 없는 망고는 이야기가 끝나기 전에 잠이 들었다.

지금에서야 돌아보니 대화의 방식이 잘못이었다. 직접 강압적으로 말은 하지 않았지만 망고에게 '이제 그냥 좀 자라.'라는 말처럼 들렸을 것 같다. 이야기를 꼭 듣고 싶다는 망고의 욕구와 빨리 잠자리에 들었으면 좋겠다는 나의 욕구가 충돌했을 때 나는 내 욕구에 솔직하지 못했던 것 같다. 망고가 잠자리에 빨리 들어 젤리도 나도 쉼을 가지고 싶었다. 하지만 망고에게 늦었으니 이제 잠을 자야 한다는 논리로 이야기하며 서로 이기기 위한 감정싸움만 하다 보니 결국 아들의 감정도 행동도 수용하기 힘들었던 것 같다.

또 어쩌면 망고는 젤리 먼저 챙기는 나와 나란히 누워 이야기를 듣고 함께 잠들고 싶었는지 모른다고 생각이 들었다. 그런 엄마 앞에서 자신의 감정을 모두 드러내지 못하고 동화 듣기에만 집착하는 것처럼 보는 엄마에게 자신의 욕구를 그대로 표현하지 못했을 것이다.

이 일을 통해 아이가 무엇을 원하는지 관찰하고 응시하며 서로의 감정을 바라보며 조금은 기다리고 지켜보며 자신의 감정을 스스로 느끼고 표현할 수 있는 여유를 줄 수 있는 대화를 하는 솔직한 엄마가 되어야겠다고 다짐한 날이었다.

감정도 공부가 필요해

어느 평안한 주말 토요일 오전이었다. 내가 점심을 준비하는 동안 남편은 잠투정하는 둘째를 안고 있었고 첫째 아들(망고)은 혼자 놀이를 하고 있었다. 나는 망고가 놀이하고 있는 모습을 보지는 못했지만, 망고의 말소리에서 굉장히 즐겁게 놀이하고 있음을 알 수 있었다. 나는 점심 준비를 마쳤고 망고가 먹고 싶다고 했던 계란 후라이도 2개나 했다. 망고가 좋아할 것으로 생각하고 얼른 망고를 불러 맛있게 먹여야겠다는 생각뿐이었다.

나 : 모두 점심 먹어요.

남편 : 망고야, 점심 먹자.

망고 : (갑자기 화를 내며) 아니 내가 준비가 안 됐는데 알아서 먹을 건데 아빠가 왜 먹으라고 해!

그 말을 듣고 고작 5살밖에 안 된 아들이 말을 너무 조리 있게 잘해서 웃음이 났다. 거기서 끝난 줄 알았다.

망고 : (아빠에게 다가가 겉옷을 벗기며) 이거 벗어.

겨우 재웠던 젤리는 갑자기 눈을 뜨며 당황스러운 눈빛으로 망고를 쳐다보았다.

남편 : 망고야! 동생 일어났잖아.

누구보다 아들의 감정을 잘 이해해 주고 읽어주었던 남편이었지만 힘들게 재운 젤리가 일어나 망고에게 조금은 서운한 말투였다. 망고는 아빠의 말투가 속상했는지 침대방으로 들어가 얼굴을 파묻었다. 나는 그런 아들의 모습을 지켜보았다.

나 : 망고야! 그럼 기분이 풀리면 나와.

5분이 지났다.

남편 : (망고가 들어간 방 앞에 서서) 망고야! 들어가도 돼?

망고 : 응 아직 안 돼. (1분이 흘렀다.)

남편 : (침대방으로 가서 대화를 시도하며) 망고야 아빠가 망고랑 못 놀고 젤리 안고 있어서 기분이 나빴어?

망고 : (갑자기 일어나 아빠를 쳐다보며) 응! 맞아.

남편은 역시 감정이 상한 망고를 위해 나-메시지로 먼저 이야기를 풀어나갔다. 나 같았으면 이렇게 되어버린 상황과 망고의 행동에 집중해 대화했을 텐데 남편은 달랐다.

남편 : (차분하게) 아빠는 아기를 힘들게 재웠는데 망고가 갑자기 옷을 벗으라 했잖아, 그래서 아기가 깨어났고 아빠도 젤리도 같이 놀랐어. 근데 아빠가 망고한테 왜 그랬냐고 말해서 그 말이 서운했으면 미안해.

망고 : (아빠의 이야기를 들은 망고가 갑자기 울면서) 나도 왜 그랬는지 왜 우는지 모르겠어.

망고, 남편 : (서로 부둥켜안으며 갑자기 웃었다.)

자기가 왜 우는지 모르지만, 아빠가 자신의 무언가 본인도 모르는 감정을 이해해 주니 기분이 한결 나아 보였다. 나는 그런 분위기를 전환해보고자 부드러운 목소리로 이야기했다.

나 : 우리 멋진 아들. 망고야 잘 앉아서 먹자.

그런데 갑자기 다시 울기 시작하였다. 나는 당황했다. '아직 감정을 추스르지 못했나?' '어떤 이유였을까?' '왜 그러는거지?' 짧은 순간에 많은 생각을 했다.

망고 : (소리를 지르며) 엄마! 나 놀랬잖아!

나 : (당황하며) 엄마는 그냥 잘 앉아서 먹자고 이야기한 거야. 그리고 망고를 위해서 말한 거야. 지난번에 의자에 걸터앉아서 물 쏟은거 기억하지? 그래서 망고가 잘 앉아서 먹으면 좋겠다고

생각해서.

나 : (망고를 꼭 안아주며) 엄마가 큰 소리낸 건 아닌데 망고가 준비가 안 된 상태에서 들어서 기분이 좋지 않았을 것 같네. 미안해.

이 이야기를 들은 망고는 말없이 나를 꼭 안아주며 울음을 멈췄다. 아빠와의 소통으로 망고의 불편했던 감정이 다 해결된 것 같았는데 엄마인 나의 위로도 필요했나 보다.

젤리가 태어나고 집으로 온 뒤 얼마 지나지 않아 망고에게 '질투'라는 감정의 단어를 알려준 적이 있다. 아마도 엄마 아빠의 집중도가 예전보다는 달라졌기에 그런 감정을 느낀 것 같지만 본인도 왜 그런지 모르겠다는 말에 나와 남편은 '다행이다'라는 생각을 했다. 그렇게 자신의 감정을 있는 그대로라도 표현해 줄 수 있다는 생각에 말이다.

그렇게 우리는 우여곡절 끝에 다행스럽게 식사를 마쳤고 정리를 하며 남편과 대화를 나누었다.

나 : 그래도 다행이다. 감정을 표현해줘서. 우리한테 다양한 감정에 대해 알려줄 기회가 생기는 거잖아. 잘 크고 있는 거 같네.

남편 : (미소를 지으며) 당연하지. 질투하는 거!

망고는 동생의 탄생으로 행복하지만, 한편으로는 부모의 사랑을 빼앗길까 봐 느끼는 두려움, 불안함 그리고 혼란스러운 감정의 단어들을 표현하지 못하고 때론 울음으로 부정적인 행동으로 표현을 했다. 아마 부모교육코칭과정을 공부하지 않았다면 망고의 감정에 대해 공감해주지 못했을 것 같다. 또 다양한 감정 단어에 관해 이야기해주며 나의 감정과 욕구에 대해 이해시키지도 못했을 것 같다. 나는 성인이지만 나의 감정을 공부한다. 나의 불쾌한 감정이 때로는 태도가 되지 않게 나의 행복함이 온전히 나만의 것이기를 바라는 마음에서 말이다.

다양한 감정단어들을 알고 공부해 보니 대화 하는 상대방의 욕구와 감정에 대해 궁금하기 시작했고 아직은 부족하지만 공감하기 위해 노력하고 있다. 자칫 익숙해져 소중함을 잊어버릴 수 있는 가족에게는 감정과 욕구에 대해 이야기하며 더 사랑을 주는 엄마이자 아내가 될 것이고, 나의 동료들에게는 그들의 어려움과 욕구에 대해 공감해 주고 싶다. 내가 만나는 아이들에게는 나의 욕구보다 그들의 욕구를 먼저 읽어주고 수용해주는 한결같은 어른이고 싶고, 그들의 부모들에게는 어떠한 이야기에도 깊이 공감하는 따뜻한 교사로 남고 싶다.

Part 5

* 코로나로 더 힘든 삼시세끼 식사시간
* 천하무적이 될 무패방법 - 6세 사례
* 공감이 아이의 마음을 건강하게 한다

두 아이와 식사시간,
평온한 마음 만들기

신다연

프롤로그

행복을 느낄 수 있는 삶,
7주년 결혼기념일 여행사진

나는 2년 전 둘째를 출산하면서 워킹맘에서 육아맘이 되었다. 그리고 둘째가 좀 더 크면 다시 '워킹맘이 되어야지!'라는 희망을 가지며 지내고 있었다. 나는 가끔씩 전 직장동료나 친구들을 만나며 소통을 해왔었다. 서로의 이름을 부르고 구체적으로 안부를 물으면서 연결되고 있음을 느끼는 시간이었다. 누군가와 함께 이 느낌, 저 느낌을 말하면서 감정적으로 의미 있는 이야기를 꺼내보는 시간, 그런 만남을 통해 행복을 느끼는 시간이 많았다.

코로나19로 인해 우리의 평범한 일상이 바뀌었듯 나에게도 많은 변화가 있었다. 두 아이가 어린이집을 가지 않으며 가정 보육하는 날이 많아졌고, 외부 활동에 제한된 상태였다. 나는 사회관계에 단절되었다는 느낌을 강하게 받았고, 스트레스와 힘듦, 무기력증을 느끼고 있었다.

2시간동안 힘들게 청소하여 깨끗해진 집안을 보며, '아! 오늘의 할일 청소는 마쳤구나!'하고 안도의 한숨을 쉬고 아이들의 식사 준비를 시작했다. 아이들의 노는 소리에 뒤돌아보니 방금 전까지 깨끗했던 공간들이 여러 장난감과 이불로 뒤엉켜있었다. 무의식적으로 아이들에게 큰소리쳤고 그 소리에 놀란 두 아이는 울음을 보였다. 나의 힘듦을 아이들에게 감정적으로 쏟아냈고, 그런 내 모습에 자책하곤 했다. 코로나 전에는 아이들을 어린이집에 보내고 나면 후다닥 집안정리를 마치고 나 혼자 차 한 잔 마실 시간이 있었다. 온전히 아이와 함께하는 시간이 늘어나면서 이제는 차 한 잔 마실 시간조차 없었다.

가족과 함께 하는 시간이 많아지면서, 가족관계가 더 중요하게 생각되었지만 예상치 못했던 갈등이 생기기도 하였다. 가족 관계에서 심한 갈등을 경험하며 그에 대한 적극적 대응과 지혜로운 해결이 필요한 시기임을 알고 있었지만 나는 어떻게 해야 할지 몰라 막연했다. 내 인생에서 이렇게 어렵고, 중요하다 느끼는 시점에서 이주연 소장님의 '나를 알아가는 시간'과 '부모교육코칭전문가 자격증 과정' 두 강의를 듣게 되었다.

나에게는 새로운 도전이었다. 나의 솔직함, 한계로부터 배울 수 있는 힘을 주었고, 나의 생각을 깨웠다. 온전히 나에게 집중하는 시간이었고, 나는 '내 삶에서 정말 중요한 걸 못보고 있었구나.'라는 생각이 들었다. 나를 더 단단하게 성장시키는 과정이었다. 나를 온전히 이해하는 시간이었으며 그것으로 나와 우리 가족을 보는 관점도 달라졌고, 나와 연결된 모든 사람들까지도 그렇게 바라볼 수 있게 되었다. 나를 알고 이해하게 되니까 아이들이 보였다. 가족은 내 삶에서 굉장히 중요한 부분인데, 소통이 어렵다 느낀다면 얼마나 슬프고, 우울할까? 그 막막했던 심정을 생각하면 지금도 가슴 한쪽이 먹먹하다. 솔직함과 대화에 기댄 마음들로 내 자신을 [연민]했으며 나의 두 아이 승연이와 준현이 그리고 남편에게 공감과 연민을 느꼈다. 가족을 연민하고, 진심으로 사랑하는 마음을 일깨워준 성장이었다.

[연민이란? 가슴에서 우러나와 서로 마음을 주고받을 때 나와 다른 사람 사이에서 흐르는 연민을 말합니다. 여기서는 자기 자신과 가족에게 그런 마음을 주고받았다는 의미입니다.]

내가 나를 더욱더 사랑할 수 있었고, 그 관점으로 내 인생에서 관계를 맺었던 모든 사람에게 감사함을 느끼고 있었다. 누가 시켜서가 아닌 내 스스로 변화되고 있었으며 그 과정을 즐거워했다.

마음을 일깨워준 성장은 혼자 할 수 있는 일이 아니었다.

공부를 마칠 때쯤 이주연 소장님께서 같이 공부한 선생님들과 책을 써보자고 제안하셨다. 나의 경험을 정리하며 나누고 싶은 마음이 있었던 터라 조심스럽게 제안을 받아들여 글을 쓰게 되었다. 나의 사례와 변화, 경험을 공유하고 싶었다.

그 중에서 두 아이들 중 6살 아이와 무패방법 6단계로 약속정하기 사례도 담고 있다. 아이들의 습관을 정해주는 중요한 시기에 나는 무패방법을 통해서 나의 감정과 욕구를 이야기하고 아이도 이해하게 되었다. 그 과정에서 아이는 약속을 정하고 지키는 성숙함을 알게 되었다.

여기에서는 한창 세상을 알아가고 습관을 잡아가는 6세 아이와 나눈 무패방법 사례이다.

나는 이 과정을 통해서 아이를 어른처럼 대해야 한다는 토머스 고든의 말이 떠올랐다. 그만큼 우리 아이들은 이미 하나의 온전한 존재로 우리 옆에 있다. 아이들을 하나의 인격, 존재로 봐야한다.

내가 모르는 나의 감정으로 힘들 때, 가족과의 관계를 잘 풀지 못해서 막막함을 느낄 때, 나와 상대방의 다름을 이해하지 못할 때, 아이를 다그치는 내 모습을 보며 속상해할 때, 내 삶에 가장 소중한 가족을 어떻게 하면 이해하고 더 사랑으로 보듬어 줄 수 있을까? 하는 그런 마음이 들 때 이 글을 읽으면서 조금이라도 변화할 용기가 생긴다면 진심으로 감사한 마음을 들것 같다. 나의 솔직한 마음의 바닥까지 드러날 정도로 내 감정과 생각을 자세히 기록하였다. 고민되는 시기에 힘이 되길 기대한다.

코로나로 더 힘든 삼시 세끼 식사 시간

코로나 팬데믹이 오면서 두 아이들은 어린이집에 가지 않고, 가정 보육하는 날이 많아졌다.

가정보육 권고하는 날이 늘어나면서 벌써 아이들이 3주째 어린이집에 가지 않고 있다. 아이들이 어린이집에 간 사이에 세탁소 가기, 은행업무, 집안일, 장보기, 요리하기, 나만의 시간 갖기 등을 서둘러 해결할 수 있었다. 그러나 이제는 이 모든 상황을 6살 첫째와 24개월 둘째를 데리고 함께 해야 했다. 혼자 서둘러서 하면 짧은 시간 안에 할 수 있는 일인데 아이들을 보살피면서 해야 하니 시간이 오래 걸렸다. 한 가지 일을 끝마치는 시간이 늘어가면서'다른 건 언제하나'라는 생각에 한숨이 절로 나왔다. 나를 위한 시간보다 아이들을 챙겨야하는 시간이 늘어났고, 그런 일상 속에서 지치기도 하였다. 그래도 하루에 꼬박꼬박 밥 세끼와 간식까지 챙겨주면서 아이들의 건강에 신경 쓰고 있었다. 엄마가 집안일을 바쁘게 하면서도 신경 써서 준비한 식사를 아이들이 잘 먹어주기를 바랬다.

아이들이 집에 있는 시간이 많아지면서 취침, 양치하기, 식사하기 등 기본적인 생활습관들이 규칙적으로 잘 지켜지지 않았다. 그래서 그 부분에서 나와 아이들과의 갈등이 자주 있었다. 그 중에서도 제일 어려웠던 것은 식사시간이었다.

다시 어린이집에 가게 되었던 어느 날 아침식사시간에 아이가 좋아하는 장난감을 가져오면서 갈등이 시작되었다.

아침식사 준비로 분주했던 나는 서둘러 식탁에 반찬과 밥을 차려놓고 아이들을 불렀다.

엄마 : 승연아, 준현아 아침밥 먹어야지. 5분 뒤에 밥 먹는다고 말했지. 다 지났어.

승연 : 엄마, 나 아직 다 못 만들었어.

엄마 : 음식 다 식겠다. 얼른 와~.

승연이는 덜 완성된 장난감을 들고 식탁에 와 앉는다.

엄마 : 밥 먹는데 그걸 가져오면 어떡해. 얼른 제자리에 놓고 와.

승연 : 이거 내가 만든 거라고~ 내가 좋아하는 거란 말이야.

엄마 : 그걸 식탁에 놓으면 엄마랑 동생 밥 먹기 불편하잖아!

승연 : 밥 먹을 때 안 만질게. 그냥 보기만 할 거야.

엄마 : 그래~ 만지면 안 된다. 그럼 밥 먹자.

밥을 먹기 시작한지 10분도 되지 않아 승연이가 장난감을 만지작거리면서 입안에 있는 음식을 씹지 않고 있다.

엄마 : 승연아 밥 먼저 먹어. 엄마가 장난감 만지지 말랬지.

승연이가 엄마 눈치를 살핀다. 입안에 음식이 든 입술을 삐쭉 내밀며 시무룩한 표정을 짓는다. 장난감을 손가락으로 꼼지락꼼지락 만지고 있다.

엄마 : 장난감 내려놓고 밥부터 먹어. 아까부터 밥그릇에 밥 양이 그대로잖아!

승연 : 장난감 내려놓기 싫어~ 밥 먹을 거야.

엄마 : 신 승 연, 그럴 거면 밥 먹지 마!

오늘도 식사시간에 아이와 실랑이하면서 언성을 높이고 말았다. 우리 집의 식사시간은 하루가 멀다 하고 갈등의 연속이었다. 아이가 식사시간에 돌아다니고, 장난감을 가지고 놀고, 그런 모습을 보며 나는 "장난감 가지고 오지 마", "밥 먹고 놀아"라고 명령조로 말을 했다. 아이의 그런 행동을 무조건 통제하고 싶었고, 언제부턴가 식사시간이 되기 전부터 '오늘은 무사히 식사시간을 잘 넘길 수 있을까?'라는 생각이 들 때가 많았다.

천하무적이 될 무패방법

6세 사례

부모교육코칭전문가 자격증과정을 공부를 하면서 대화법을 알게 되었다.

아이와의 대화에서 공감말하기(나의 관점: 관찰+느낌+욕구+부탁), 적극적 듣기(상대방의 관점에서 보는: 관찰+느낌+욕구+부탁)가 익숙해졌을 때, '이런 게 소통이구나!'라고 생각했다. 갈등상황이 생겼을 때 이런 소통을 통해서 풀고 싶었으며, 대화만이 아닌 어떤 행동으로 더 노력하고 싶은 생각도 들었다. 또, 해결되지 않는 갈등상황에서 쓸 수 있는 방법으로 무패방법이라는 걸 알게 되어 식사시간 규칙에 대해 적용해보고 싶었다.

무패방법이 다른 대화법과 두드러지는 차이점은 갈등이 생겼을 때, 서로 받아들일 수 있는 해결 방법을 함께 찾아보는 방법이다. 3살, 6살 아이를 키우다보니 취침, 식사시간, 생활습관 등 일상생활에서 약속을 정해야 될 일이 많이 생긴다. 평소 식사시간에는 엄마가 일방적으로 만든 규칙을 아이에게 말하며 언성을 높이고, 서로 감정이 상한상태에서 식사를 한 적이 자주 있다. 이런 갈등 상황을 적극적 듣기와 공감말하기를 도구로 하여 체계적인 6단계로 약속정하기를 해보았다.

6살 승연이에게 무패방법을 이렇게 대화로 풀어본다.

밥 먹을 때 장난감 만지기
- 갈등상황을 무패방법 6단계로 약속정하기

[상황]

나와 6살 승연이의 갈등상황은 평소에도 자주 나타났던 상황이었다.

아이가 식사시간에 일어나 장난감을 가지고 와서 앉는다. 밥을 먹다가 장난감을 만진다.

※ 1단계: 갈등을 확인하고 정의한다

나-메시지(공감 말하기)로 감정, 욕구확인 [해결할 문제에 대한 이해]

엄마욕구를 나-메시지 [주어 '나' 감정+욕구+부탁]로 표현하기.

엄마욕구 : 네가 밥 먹을 때 장난감을 가지고 오는데, 가지고 오

면 밥 먹는 도중에 만지게 되어 / [감정+욕구] 어린이집 가는 준비 시간이 늦어져 엄마가 준비할 시간이 부족하다. 바쁘고 마음이 조급해져서 화가 난다. / [부탁] 장난감을 안 만지면 좋겠어.

아이욕구 : 나 그래도 만지고 싶어. 내가 좋아하는 장난감이란 말이야. 옆에서 보고 싶은데.

아이욕구를 적극적 듣기로 표현해서 말해주기

엄마 : 승연이가 좋아하는 장난감이구나. 좋아하는 장난감을 만지고, 보고 싶구나. [아이의 감정+욕구]

그런데 집에서 출발할 시간이 늦어져서 서둘러 준비하다가 승연이랑 엄마가 서로에게 화를 낼까봐 걱정된다.

※ 2단계: 가능한 해결책을 생각해낸다

엄마 : 그럼, 좋은 방법이 있는지 생각해보자.

밥도 시간에 맞춰먹고, 장난감도 보고 싶고, 만지고 싶고 어떤 방법이 있을까?

아이 : 장난감을 만지면 안 돼. => 아이가 의견 제시하는 상황

엄마 : 장난감을 만지면 안 된다고 생각해? 장난감을 만지지 않아도 괜찮겠어?

아이 : 응.

엄마 : 장난감은 좋은데, 밥 먹을 때 장난감을 안만지는 방법은

뭐가 있니?

아이 : 몰라.

※ 아이가 구체적인 해결책을 제시 못하는 상황

1. 아이의 해결 방법을 먼저 듣는다. 부모가 생각한 방법은 나중에 덧붙이면 된다.
   (아주 어린아이들은 먼저 해결책을 생각해내지 못하는 수도 있다.)
2. 더 이상 나올 의견이나 해결방법이 없는 것처럼 느껴질 때까지 계속해서 다른 대안을 생각해보게 격려한다.

방법① 밥 먹는 시간이 됐다. 엄마가 승연이 이름을 부르면 장난감 쪽으로 안 가고, 식탁에 앉는다.

방법② 밥 먹을 때 장난감을 만지려고 하면 엄마가 승연이 이름을 부른다.

=> 엄마가 먼저 구체적인 해결책 예시를 보여주는 상황

엄마 : 승연이가 생각한 방법은 뭐가 있어?

아이 : (듣고 있다가) 방법③ 나는 장난감을 가지고 와서 (손가락 가리키며) 여기다 둘 거야.

=> 아이가 자신이 생각한 의견을 제시하는 상황

엄마 : 그래. 더 좋은 방법이 또 있을까?

아이 : 없어.

엄마 : 그럼, 밥 먹을 때 장난감 안만지는 방법 3가지를 찾은 거야.

※ 3단계: 각 해결책을 평가한다

엄마 : 승연이가 밥도 시간에 맞춰 먹고, 좋아하는 장난감을 안 만져야 하는데, 이 방법은 어떨 것 같니?

방법① 밥 먹는 시간이 됐다. 엄마가 승연이 이름을 부르면 장난감 쪽으로 안가고, 식탁에 앉는다.

아이 : 안 좋아, 장난감을 못 보잖아.

엄마 : 방법② 밥 먹을 때 장난감을 만지려고 하면 엄마가 승연이 이름을 부른다. 이 방법은?

아이 : 엄마가 내 이름 자꾸 부르면 나도 화나지. 더 늦을 것 같은데….

엄마 : 엄마도 안 된다고 승연이 이름을 자꾸 부르면 큰소리로 말하면서 화날 것 같네. 방법③ 장난감을 가지고 와서 (손가락 가리키며) 여기다 둔다. 이 방법은?

아이 : 장난감 안만지는 거고, 밥 먹으면서 장난감 보고 싶으면 보면 되니까 안 늦지.

엄마 : 그럼 방법③을 하면 승연이가 장난감을 보면서 시간에 맞춰 밥을 먹을 수 있을까? 엄마도 아침에 늦지 않고 편안하게 준비할 수 있을까?

아이 : 응. 그렇겠지.

엄마 : 엄마도 승연이가 장난감을 안만지는 방법이어서 만족해.

=> 방법을 한 번씩 다시 질문하여 평가를 이끌어냄.

※ 4단계: 최선의 해결책을 결정한다

엄마 : 승연이는 방법③ 괜찮겠니? 승연이랑 엄마랑 둘 다 마음에 드는 방법인 것 같아?

아이 : 응. 장난감을 안 만지니까 밥을 먹을 수 있지.

엄마 : 그럼 승연이 말한 방법③으로 결정하자. 이 방법이 효과가 있는지 지켜보자.

※ 5단계: 결정된 것을 실천할 구체적 방법을 마련한다

아이가 장난감 놓겠다는 위치를 정확하게 정하기(식탁 옆 테이블)

=> 아이 : 엄마, 여기다 두면 보이는 거야. (위치 확인하기)

어떤 장난감을 가져다 놓을 수 있고(위험하거나 깨지는 장난감이 있을 수 있으므로), 언제 치울 것인지 정하기.

누가 언제 가져다 놓을 건지 (일어나서 놓을 건지, 밥 먹기 전에 놓을 건지) 정하기.

=> 엄마가 '밥 차린다.'라고 말하면, 승연이는 분홍색 바구니에 있는 장난감, 만들기 한 것 중에서 한 개를 골라서 식탁 옆 테이블에 가져다 놓고 밥을 먹는다. 그리고 어린이집 다녀와서 전시한 장난감을 정리하기로 하였다.

※ 6단계: 결과가 어떠했는지를 확인하다

(약속을 정하고 4일 뒤 화요일 오후 문화센터를 다녀온 시간)

엄마 : 승연이가 말한 방법 있잖아. 지금 생각해도 마음에 드는

방법이야?

아이 : 응. (하며 고개를 끄덕인다.)

엄마 : 장난감 저기 올려놓고 밥 먹는 거 그 방법 어떻게 생각해?

아이 : 괜찮아. 요일 정해서 해도 되겠어. 화요일, 목요일 이렇게.

(아이는 화, 목요일 문화센터를 다닌다.)

엄마 : 응. 그것도 좋은 방법이네. 일단 지금 하고 있는 방법대로 일주일 지켜보고, 또 이야기해보자.

아이 : 응.

=> 아이가 나중에 다른 구체적인 해결책 예시를 말해주는 상황

※ 6살 승연이에게 무패방법이 잘 진행이 됐을까?

엄마가 방법을 제시했을 때 아이가 '이건 아니야'라며 의견을 표현하기도 하고, 나중에는 방법을 제시하기까지 했는데 어떤 점 때문에 그런 거라 생각하나요?

'무패방법을 처음 시도할 때 오래 묵은 갈등을 가지고 시작하는 것이 좋다.'는 부모역할훈련 책의 내용을 토대로 진행되었다. 6살 승연이도 이 상황이 엄마와 자주 있었던 갈등상황이라 아이도 이게 문제점이라는 것을 인식하고 있었다. 진행과정에서는 [3단계: 제시된 해결책을 평가한다]에서 6살인 유아임을 고려하여 구체적인 피드백을 해주는 것이 도움이 되었다. 아이가 행동한 것을 되짚어서 관찰하듯 이야기해주고, 방법을 선택하는 과정에서

도 '~방법이면 ~할 수 있을까?'하고 구체적으로 말해주었던 것이 도움이 되었다. [6단계: 결과를 확인한다] 아이가 자기가 정한 규칙을 앞으로도 잘 지키고 싶게 만드는 효과가 있었다. 무패방법을 진행해보니, 아이의 의견이 반영된 규칙이어서 그런지 스스로 책임의식을 가지며 규칙을 더 잘 지키고자 하는 마음이 강했다. 갈등상황에서 서로의 갈등을 합리적이고 구체적인 방법으로 실천 가능하게 하는 대화법이었다. 갈등상황이 생겼을 때 효과적방법이라고 생각했다. 아이가 아직 어려서 다양한 구체적인 방법을 찾기는 어려웠지만 자신의 의견을 수용 받는 좋은 경험이 되었다. 아이에게 무패방법을 적용해보고 나서 질문을 한 적이 있다. "엄마가 평소와 다른 방식(무패방법)으로 이야기 해보았는데, 기분이 어땠어?"라고 묻는 내게 아이는 "엄마가 큰소리로 화를 안내니까 좋아.", "내가 하고 싶은 것도 들어줘"라고 말하였다. 이 방법은 주장이 강해지는 '청소년기에 더 폭넓게 적용할 수 있겠다.'라는 생각이 들었으며 남편과 큰 갈등 상황이 생겼을 때도 적용해보고 싶다는 생각을 했다.

공감이 아이의 마음을 건강하게 한다

나는 우리 남편과 승연이에게 대화법을 설명해준 적이 없다.

내가 우리 가족에게 공감말하기, 공감듣기로 표현을 했고, 그것이 우리 남편과 승연이가 공감 받는다고 생각을 하는 것 같다. 우리 6살 승연이는 상대방의 욕구와 느낌을 잘 알아차리는 모습을 자주 보이고 있다. 나는 이것을 승연이가 자신의 욕구나 느낌을 수용 받아왔기 때문에'그것을 그대로 행동으로 나타내주고 있는 것이 아닐까?'라고 생각되었다. 승연이가 동생의 마음을 공감해준 상황 2가지를 이야기해보고자 한다.

[승연이가 동생의 의사표현을 동생의 시선에서 바라보며 동생의 감정과 욕구를 모두 알아차렸다.]

(3살 준현이가 울고 6살 승연이가 그 장면을 지켜보는 상황)

준현 : (양손으로 블록을 잡고 떼어내는 시늉을 하며 울음을 보인다.)

승연 : 준현아, 왜 울어? 어떤 마음이야?

준현 : (울음 섞인 목소리로) 이거~ 이거~

승연 : 이거 하고 싶어서 그래? 누나가 해줄까?

(캐릭터 비타민을 손가락으로 가리키며 준현이가 말하는 상황)

준현 : 엄마, 띠띠 줘.

엄마 : 띠띠? 그게 뭐야?

준현 : (준현이가 다시) 띠띠~

엄마 : 아~ 비타민 말하는 거구나! 비! 타! 민! 이라고 해야지.

준현 : 띠띠~

승연 : (옆에서 지켜보다가) 엄마, 준현이는 비타민을 띠띠라고 말하고 싶나봐. 그렇게 해줘, 준현아, 띠띠 먹을래?

엄마는 길을 걷는 아이의 행동을 보면 왼쪽, 오른쪽으로 치우지지 않고 정 가운데로 가라고 이야기해주고 싶어진다. 뭔가 바로 잡아주고 싶은 마음이 생기는데, 사실 그건 내 욕구인거다. 뭔가가 내 방식으로 맞춰져야지만 내 마음이 편안한 것이다. 하지만 내 욕구와 느낌이 중요하듯 상대방의 욕구와 느낌 또한 중요하다. 첫째 승연이도 그것을 알고, 동생 준현이에게 표현해가는 중이다.

※ 아빠! 어른이어도 감정표현이 어려워요?

어느 날 저녁시간에 다 같이 앉아서 밥을 먹고 있는데, 승연이가 밥을 먹다가 자꾸 돌아다닌다.

남편 : 승연아, 자꾸 돌아다니면 안 된다고 말하는데도 자꾸 돌아다니니까 승연아, 아빠가 지금 폭발할 것 같다.

승연 : 아빠 폭발할 것 같다고? 아~ 폭발하는 거? 빠~앙? (폭발하는 소리흉내) 장난 그만하고 밥 먹어야겠다.

6살 여자 아이가 아빠가 말하는 감정의 의미를 알아들었다. 내가 봤을 때 뭐 특별한 대화법은 아니었지만 남편은 일단 아빠의 감정이 나빠지고 있다는 것을 미리 아이에게 알려주고 싶었던 것 같다.

남편이 아이들의 행동을 보고 순간 화난 감정을 표출하며 "야!!"하기 바쁜 적이 있었다.

애들한테 그렇게 말하지 말라는 나의 말을 듣고도 고쳐진 적이 없는 말투였다. 갑자기 불쑥불쑥 나오니 말이다. 평소와 같이 남편이 저녁식사시간에 장난하는 아이들의 모습을 보고 화를 못 참고 나온 "야~~~!"그리고 3초 후에 "호"라고 붙여서 말하는 것을 보았다.

"야~~호" 처음에는 나도 승연이도 아빠가 뭐하는 건가 싶었는데, 순간 자기 입에서 툭하고 나온 감정이 담긴 말을 성찰하고 스스로 정리하고 있었다.

어른들은 순간 아이가 위험한 행동을 하면 걱정되는 마음에 화가 나기도 한다. 이날 저녁에도 우리 3살 둘째가 식탁 위로 올라가 서서 아빠를 불렀다. 남편이 "식탁 위에 누가 올라갔어? 그러다 머리 깨진다. 그러면 병원가야 돼~"라고 말하던 남편이었다. 6살인 첫째는 "아빠 그런 말 하지 마. 나 그런 말 듣기 싫어해."라고 말했다. 위험한 상황임을 이야기해주는 것은 맞지만 첫째는 무서운 생각이 들어 그런 말을 싫어하였다.

내가 남편을 공감하려고 노력했던 것이 남편을 변화시키고 있었다. 남편이 변화되고 있음을 느낄 수 있는 일이 일어났다.

보름쯤 지나고 같은 상황이 반복됐다. 3살인 둘째가 식탁위에 또 올라가 서서 아빠를 부르는 것이었다. 남편은 "위험해! 내려와~ 올라가면 안 돼!!"라고 큰소리로 말하며, 아이를 안아서 내렸다. 안 되는 행동을 구체적으로 이야기하며 식탁에서 아이를 내리는 모습을 보였다. 둘째 준현이가 아빠의 큰 목소리에 놀라기도 했고, 하고 싶은 행동을 못하게 하니까 펑펑 울었다. 남편이 준현이를 보더니 "속상해?"라고 물었다. 남편은 감정표현 하는 것을 어려워하는 사람이라 상대방 감정을 읽어주기 어려워하는데, 남편이 아이의 감정을 물어볼 수 있다니 놀라웠다.

그 뒤로 남편은 아이들이 자신이 생각한대로 행동하지 않았다고 해서 화를 냈던 행동들을 줄여갔다. 첫째 승연이가 밥을 먹다가 동생과 툭툭 치는 장난을 하고, 필요한 물건이 있다며 돌아다니는 상황을 봐도 자신의 화난 감정으로 부르는 호칭 '야! 너!'가 아닌 타이르는 대화를 하려고 노력하는 모습이 보였고, 눈으로 아이들을 관찰하는 시간이 생겼고, 아이들의 행동을 기다려주는 시간이 늘어났다. 내 욕구와 느낌이 중요하듯 아이의 욕구와 느낌 또한 굉장히 중요하다는 것을 남편도 알아가고 있는 것 같다. '아이에 대한 사랑을 이렇게도 표현을 할 수 있구나! 이런 표현도 사랑이구나!'라고 깨달아가는 중이다.

아이들의 존재, 3살 아이가 어리지만 존재로서 마주하고 대화하니 변화한다.

코로나라는 것이 힘들고 어려운 문제점이라고만 생각했는데 나에게는 배움의 기회가 되었다. 나의 마인드만 바뀐 것이 아니고, 마인드로 대화방식이 바뀌었다. 그 대화방식을 사용하면서 아이의 마음을 변화시켰고, 그런 좋은 영향이 나와 우리 남편에게 또 다시 좋은 영향으로 되돌아왔다. 가족 안에서 서로에게 좋은 영향력이 순환되고 있음을 느꼈다.

아이의 마음에 공감할 수 있고, 내 감정과 욕구를 알아가기 시작했다면 가족의 성장에 한발 더 가까워진겁니다. 아이 마음에 공감하고 싶은 마음을 응원합니다.

Part 6

* 나는 누구? 나는 어디에?
* 형형색색의 엄마들
* 호랑이 아빠와 캥거루 엄마 사이에서 자란 나
* 일곱 살 아들과의 팽팽한 욕구 줄다리기!
* 엄마와 아들이 평화로워지는 약속 정하기

남자 셋과 사는
종교 교사 이야기

이한울

남자 셋과 함께한 가을 여행

힘겹게 여름을 지나온 내게 9월, 오아시스 같은 시간이 찾아왔었다. 시작은 공부와 이력서에 넣을 경력을 쌓고자 함이었는데, 단순한 그 도전이 내게 많은 자양분을 주는 시간이 될 줄은 몰랐다. 그것이 바로 '부모교육 코칭전문가 자격증 과정'이었다.

나는 그곳에서 많은 세대의 엄마들을 만났고, 지금 이글을 쓰도록 해주신 이주연 소장님을 만났다. 누군가는 말한다. 인생의 만남 중 중요한 다섯 가지가 있는데, 그것은 부모, 형제, 배우자, 친구 그리고 스승이라고… 나는 이 시간을 통해 좋은 친구와 좋은 스승을 만날 수 있었다. 부모코칭이라는 타이틀을 들었을 때는 내 자신이 코칭 전문가가 되어서 누군가를 리드할 자격을 갖추게 되는 거라 생각했지만 그 시작과 방향은 전혀 달랐다. 자신을 알아가는 시간을 갖게 되었고, 그것이 대화와 소통의 시작임을 알게 되었다. 누군가를 코칭할 수 있다는 것은 먼저는 내 자신을 코칭 하는 일이 아닐까?

아이를 키우는 엄마로서, 직장에서 학생들을 가르치는 교사로서, 한 남편의 아내로서 많은 영역을 감당해내는 나이지만 그리고 많은 것들을 주관하고자 이리저리 고군분투 하지만 정작 왜 갈등이 빚어지는지, 왜 소통의 부재가 오는지, 무엇이 문제인지 인지하지 못한 채 묻어두고 지나치고 걸어갈 때가 참 많았던 것 같다.

부모교육코칭 전문가 수업을 들으며 그 걸음을 잠시 멈춰 서게 되었고, 내 자신과 주변을 관찰하고 돌아보기 시작했다. 그러면서 소통과 공감을 위해 노력하게 된 나의 대화 방법이 이 글에서 소개하는 '나 메시지', '비폭력대화', '무패방법'이다. 나에게 이 대화법들은 참 신선하고 많은 생각을 하게 하였다. 무엇보다 배운 것을 직접 삶에 적용하고 실천해보고자 노력했던 부분들이 기억에 많이 남는다. 지식이 머리에만 남는 경우가 허다한데 그것을 직접 적용하고 실천해 나가는 것은 내 삶의 작은 변화이기도 했다.

아이들과의 대화, 남편과의 대화, 그리고 직장에서의 대화. 대화만 잘 이루어져도 내 삶의 긍정적 에너지들이 넘쳐나는 것을 느낄 수 있었다. 나로 인해 주변 사람들이 밝아지는 것을 느낄 수 있었다. 이것이 소통과 공감의 힘이 아닐까? 우리는 소통과 공감의 대화를 하고 싶지만 많이 서툴고 그 방법을 잘 알지 못할 때가 많다. 그러나 진정한 소통과 공감의 대화를 시작하게 된다면 지금보다 더 행복하고 만족한 삶을 살아갈 거라 확신한다. 내가 그랬기 때문이다.

아직 많이 부족하고 서툴지만 그 작은 용기와 실천의 모습들을 이 글에 담아 보았다. 엄마이기 전 내 자신이 누구인지 돌아보며 아들과의 의견 충돌로 갈등이 빚어질 때 배운 대화법을 통해 어떻게 해결하였는지 담아보았다. 누군가는 콧방귀를 뀌고 말 사소한 일로 여겨질 수도 있지만 내용 속에 대화하고자 하는 나의 진심과 문맥은 도움이 될 거라 믿는다.

마지막으로 이 글을 쓰기까지 도전하게 해주시고, 용기를 주신 이주연 소장님께 감사하다. 그분이 내게 해준 말씀 가운데, "선생님, 자신을 너무 자책하지 마세요, 지금 충분히 잘하고 계십니다." 라고 해주신 말씀이 마음에 남는다.

나는 생각보다 내 자신을 많이 자책하고 살아왔다. 잘 하는걸 잘한다고 좋은걸 좋다고 그대로 인정하면 되는데, 나는 그것이 수줍고 민망했다. 무엇보다 내 자신에 대한 자신감이 결여되어 있던 것 같다. 그 부분에서 좀 더 용기를 내어서 '그래 난 잘해왔고, 지금도 잘하고 있고, 앞으로도 잘할 것'이라는 당당함을 갖게 해주셨다. 이 글을 쓰도록 그 용기가 한 몫을 했다. 이 땅의 많은 엄마들, 그리고 워킹맘들에게 용기를 주고 싶다.

지금까지 잘해왔고, 지금도 잘하고 있고, 앞으로도 잘할 것이라고. 그러니 이 글을 읽게 되는 많은 분들이여! 용기를 가지시라! 내 글이 그렇게 누군가에게 한줄기 웃음이자 빛이 될 수 있길 소망해 본다.

2022년의 한 해의 희망을 느끼며,

나의 서재에서

나는 누구? 나는 어디에?

개인적으로 SF영화를 좋아하는데, 그 중에서도 주인공이 시간 여행을 하며 과거와 미래를 오가는 스토리의 영화를 재미있게 봅니다. 과거의 사건 중 단 한 가지만 달라져도 전혀 다른 미래가 펼쳐지는 것이 흥미진진하고 상상력을 자극하기 때문입니다.

살면서 과거 어느 시점으로 다시 돌아가고 싶다는 생각을 해본 적이 있으신가요? 저는 자주는 아니지만 현재 상황이 불만족스러울 때 과거로 돌아가 다른 선택을 한다면 지금의 나는 어떤 모습일까 생각해 본적이 있습니다. 후회 없는 인생이었노라, 실패 없는 인생이었노라 자신 있게 말할 수 있는 사람이 몇이나 있을까요? 그런 사람은 거의 없을 것 같습니다.

시간을 되돌리고 싶다지만 모두 영화에서나 나오는 이야기 이지요.

미국의 사회학자 토니 캠폴로가 90세 이상 노인 50명에게 이런 설문조사를 한 적이 있습니다. “만약 다시 삶이 주어진다면 어떤 삶을 살고 싶은가?” 조사결과 1위가 날마다 반성하는 삶, 2위가 용기 있는 삶, 3위가 죽음 후에도 무엇인가 남기는 삶이었습니다.

이 조사를 들었을 때 왜 이분들은 날마다 반성하는 삶을 살고 싶다는 것을 가장 많이 말했을까 의아해 했습니다. 나라면 어릴 적부터 공부를 더 열심히 하겠다 라거나 더 많이 도전해 보며 살겠다가 먼저 일 것 같은데, 반성이라니… 여기서 반성은 ‘자기 성찰’을 의미 합니다. 자신을 돌아보며 살아가지 못했던 것이 가장 후회스럽다는 조사 결과에 대해 생각을 해볼 필요가 있습니다. 자신을 성찰하면 무엇을 얻을 수 있나요? 반대로 자신을 모르고 살아가면 어떤 삶을 사나요? 그 차이는 분명 클 것 같습니다. 이 글에서 소개하고자 하는 공감과 소통의 대화 방법의 기본이 먼저는 나를 알아가는 것입니다.

‘나는 누구인가?’ 잊고 있던 질문이라면 묻어 두고 바쁘게 살아왔던 일상이라면 90세 이상 할아버지들이 얼마 남지 않은 여생 앞에 나를 성찰하는 삶을 살고 싶다고 외쳤던 것처럼 우리 또한 나를 돌아보는 시간이 필요하지 않을까요? 이 질문은 나의 삶에 살아갈 목적과 이유를 생각하게 합니다.

저는 엄마가 되면서 삶의 많은 변화를 겪었습니다. 결혼이 인생의 새로운 출발점이었다면 아이를 출산한 다음 엄마가 된 인생은 장르가 바뀌는 인생 2막이라 표현하고 싶을 정도입니다. 그만큼 많은 변화를 경험했던 것 같습니다. 신체적으로 정신적으로 모든 면에 있어서 저는 전과는 전혀 다른 '엄마'로서의 새로운 존재가 되어 있었죠. 제 인생의 우선순위는 당연 '아이'였고, 자신의 욕구를 열심히 외치던 혈기 왕성한 20대 시절의 모습은 사라졌습니다.

치열한 육아 전쟁을 치르며 지금은 4살, 6살의 아이들이 되었습니다. 자라면서 연령대마다 생겨나는 문제의 크기와 성격만 다르지 육아의 고민과 짐은 항상 있었습니다. 여러분은 어떠신가요? 대부분의 열심을 가진 엄마들은 좋은 엄마가 되기 위해 어떤 엄마가 좋은 엄마이고, 좋은 부모일까를 고민하며 고군분투의 삶을 살아가고 있지 않나 생각합니다. 그런데 중요한 것은 내가 누구인지에 대한 물음은 묻어둔 채 매일의 일상에 치여 살아가고 있지 않은지 묻고 싶습니다. 우리는 어쩜 자신의 마음과 욕구를 묻어둔 채 주어진 삶을 위해 모든 에너지를 쏟아 부으며 살아가고 있는지도 모릅니다. 그리고 그렇게 하는 것이 옳은 것이며 당연한 것이라 여기며 왔을 것입니다. 그래서 저는 잠시 멈춰 서서 생각해 보기로 했습니다. 나도 언제가 내 삶을 마감할 때가 있을 것인데 내가 누구인지도 모른 채 내 욕구와 감정 그리고 갈망, 나라는 존재에 대한 성찰과 반성 없이 인생을 살아간다면 얼마나 허무할까?

모든 것을 다 쏟아 놓고 정작 자신을 모른 채 인생의 끝자락에서 빈손으로 서있는 자신을 발견하는 날이 온다면 어떨까요? 그 허무함과 허탈함은 인생 전체를 무너뜨릴 만큼 큰 충격이지 않을까 생각합니다.

형형색색의 엄마들

엄마를 표현하는 다양한 신조어들이 있습니다. 타이거 맘, 스칸디 맘, 헬리콥터 맘, 알파 맘, 캥거루 맘, 팬텀 맘, 키친 맘, 매니저 맘, 보스 맘, 유리인형 맘, 맘 충 등 마더링 유형에 따른 신조어입니다. 몇 가지 설명하자면 타이거 맘은 엄격하게 훈육하고 간섭하면서 자녀를 혹독하게 교육하는 엄마(에이미 추아 미 예일대 교수가 2011년 중국식의 엄격한 자녀 훈육방식을 강조한 「호랑이 엄마의 군가」라는 책을 통해 제시한 개념)를 말하며, 스칸디 맘은 스칸디나비아(북유럽 반도)맘의 줄임말로 친환경적이면서 아이에게 자유를 주고 정서적 교감과 유대감을 키우는 엄마를 뜻합니다. 헬리콥터 맘은 항상 자녀의 주위를 맴돌며 자녀의 일거수일투족을 살피며 남들과의 경쟁에서 우위를 점할 수 있도록 온갖 간섭을 하는 엄마를 뜻하며 빗자루 맘은 자녀 스스로 학습 및 진로를 탐색해 나가는 가운데 주변에 장애물이 되는 것들을 치워주는 방식으로 학습 장애물을 걷어내지만 자녀들의 주도적인 학습을 방해하지 않는 엄마를 가리킵니다. 저는 아이와의 유대 관계를 중요시하는 스칸디 맘과 강한 어조로 지시하는 보스 맘의 유형이 합쳐진 것 같습니다. 스칸디 맘처럼 되고 싶은데 정작 나오는 행동은 보스 맘일지도 모릅니다. 저희 아버지가 그랬기 때문입니다. 가정의 무서운 보스이셨지요. 반면 엄마는 모든 것을 다 해주려는 캥거루 맘과도 같으셨고요. 여러 마더링 유형을 보면 자신이 어떤 유형의 엄마인지 우리 부모님은 어떤 유형이셨는지 생각해 보게 되실 겁니다.

엄마는 참으로 형형색색 여러 가지 양육 방식의 모습들을 갖고 살아갑니다.

이렇게도 많은 엄마 유형들이 양산되는 것은 모두가 내 아이를 잘 키워 내기 위한 고민에서 생기는 현상이라 생각합니다. 또한 이 시대의 문화나 주위 사람들, 가족, 자기 자신 등이 '엄마'라는 타이틀에 품는 기대가 있기에 이런 엄마의 유형이 계속해서 만들어진다고 생각합니다. 부모로서의 열심이 있지만 내 자신의 욕구와 감정을 무시한 채 단지 엄마로써 좋은 엄마가 돼야 한다는 책임감에 또는 욕심으로 이 무거운 짐들을 지며 방향 없는 질주를 하고 있다면 잠깐 내려놓고 숨을 좀 돌려 봅시다.

이제는 여러분들과 제가 함께 하는 시간입니다. 아래 물음에 자신의 생각을 채워 주세요.

(오래 생각하고 적을수록 평가의 척도가 떨어집니다. 순간 떠오르는 것을 그대로 적어 보세요.)

* 나는 누구인가? (내가 생각하는 나에 대해 문장으로 열거하기)

1.

2.

3.

4.

5.

6.

7.

8.

9.

10.

어떻게 적으셨나요? 적으면서 어떤 생각을 하셨나요? 혹시 적는데 어려움은 없었나요?

끝까지 다 적으셨나요?

저는 이렇게 적어 보았습니다.

나는 이한울이다. 나는 한서와 한결(가명)이의 엄마다. 나는 오영빈(가명)의 아내이다. 나는 목회자이다. 나는 교사이다. 나는 음악 듣는 것을 좋아한다. 나는 영화를 좋아한다. 나는 말하는 것을 좋아하는 사람이다. 등 써내려 간 것을 살펴보니 처음 부분은 거의 저희 외적인 모습이었습니다. 그리고 이어서 적게 되는 것들은 나의 내면에 대한 부분이었습니다. 그래서 뒤로 갈수록 적는 것이 쉽지 않았습니다. 문득 생각보다 내가 나를 잘 모르는구나 하는 생각도 하게 되었습니다.

위 질문에 대해 10번까지의 문항을 다 쓰려다 보면 보통 앞 번호에는 자신의 위치나 직업, 역할 등 외적인 나에 대하여 적고, 아래 번호로 갈수록 자신의 내면을 적게 된다고 합니다. 평소 해보지 않은 질문이기에 자신에 대해 막연한 사람은 쓰기가 쉽지 않을 것 같습니다.

여러분은 어떻게 적으셨을지 궁금합니다. 자신을 얼마나 알고 계신가요?

이제 저의 자라 온 성장 배경을 오픈하고자 합니다. 나 자신을 이해하기 위해서요. 때론 되돌아보기 싫은 과거도 떠오르지만 빙산의 일각 너머 바다 속 크게 자리하고 있는 진정한 빙산의 모습을 들여다보지 않는다면 나에 대해 안다고 할 수 없겠지요? 저의 성장 이야기를 소개 하는 것은 저를 통해 독자 분들의 바다 속 빙산에는 무엇이 있는지 살펴보는 시간이 되시기를 바라기 때문입니다. 마음를 얻는 대화 방법을 터득하려면 먼저는 나를 아는 것이 먼저겠지요? 지피지기 백전백승!!

호랑이 아빠와 캥거루 엄마 사이에서 자란 나

저는 저의 의견을 표현하는 것이 서툰 사람이었습니다. 항상 의견을 제시할 때는 상대의 눈치를 보며 의도치 않게 돌려 말하게 되는 소심한 아이였습니다. 그러다 보니 상대방은 저의 말을 잘못 이해하거나 곡해해서 해석하는 경우가 종종 있었습니다. 내가 그때 왜 그랬을까 생각해 보면 그것은 저에 대한 자신감 내지 자존감이 낮았기 때문이었습니다. 아버지는 엄격하시고 무서운 분이셨습니다. 말 그대로 호랑이 아빠! 자녀와 다정다감하게 교류하는 법을 잘 모르셨던 분이었습니다. 항상 회사 일에 바쁘셨고, 자녀가 실수를 하거나 원하는 성적을 받아오지 못하면 매서운 눈빛으로 무섭게 혼내시는 분이셨습니다. 그러다 보니 아버지 앞에서는 항상 경직되고 저의 의사를 똑바로 말하기가 두려웠습니다. 기질 상 눈물이 많은 저는 이미 말하기 전부터 벌벌 떨며 눈물을 쏟아 버리곤 했고 그런 패턴이 자주 반복되었습니다. 아버지와의 관계는 거의 그랬습니다. 어머니는 그에 반해 다정다감하고 위트 있는 분이셨지만 어려서 부모님을 일찍 여의시고, 장녀로서 동생들을 키우다시피 하셨기에 막중한 책임감 및 걱정을 떠안고 살아가는 것이 일상이셨고 그러한 성향은 양육 방식에도 고스란히 나타났습니다. 그래서 어머니는 많은 영역에서 모든 걸 해결해 주려는 캥거루 맘이셨습니다. 내 감정과 욕구보다 엄마가 원하는 방향대로 가게 하려는 경우가 더 많았습니다.

그러다 보니 저는 선뜻 나서서 무엇을 하는 것에 소극적이었고, 내 자신에 대한 믿음과 자신감이 부족했습니다. 저는 자존감이 낮은 아이였습니다.

낮은 자존감으로 인해 상대방의 작은 언행에도 상처를 받고, 작은 실수에도 자책하며 큰 낙심을 불러 오기도 했습니다. 이 모든 것이 주변 상황에서 온 것이 아닌 내 존재 안에서 시작된 문제였음을 나중에서야 알게 되었습니다. 사람들 앞에 나를 나타내는 것이 두려워 나를 감추기 위한 방어 기재의 가면을 썼습니다. 때로는 겸손의 임포스터(Imposter)[4], 때론 당당해 보이는 임포스터가

4 스스로를 감추는 방어기재 모습이다. 각종 전문가나 고학력자 등이 객관적으로 충분한 실력을 갖고 있는데도 불구하고, 자기 자신은 실력이 없으며 그저 운으로 현재 본인의 지위를 유지하고 있는 사기꾼이라고 생각하는 현상이다. 그래서 자신을 감추고자 거짓으로 포장하는 것을 지칭한다.

되기도 했습니다.

진실한 사람만이 사람의 마음을 얻을 수 있음을 깨달은 후로 내 스스로에게 자신감을 갖고자, 제 자신을 사랑해 보고자 노력했던 것 같습니다. 그러나 이러한 깨달음이 있기까지, 노력이 있기까지의 시행착오와 넘어짐은 큰 괴로움의 시간이었습니다. 내가 나를 너무 모르고 있었다는 걸 새삼 느끼는 순간들이었습니다. 지금도 나를 알려고 하면 할수록 나는 나를 모른다는 것을 더더욱 깨닫게 됩니다.

제 안의 욕구와 감정을 무시한다고 그것이 사라질까요? 잠시 조용히 가라앉아 있는 것이지 삶의 어느 순간 갑자기 튀어나와 나를 곤욕스럽게 할 수도 있습니다. 저는 그런 방황의 시간을 보냈습니다. 저의 10대가 그랬고, 20대 직장 생활을 하면서는 더더욱, 그리고 엄마가 되어서도 아직 자신과의 씨름을 하고 있는 중입니다. 인생을 살다 보면 누구나 이와 같은 방황의 시기를 보낸다고 생각합니다. 그런데 그 씨름을 하지 않고 흘러가는 시간에 자신을 맡긴 채 그렇게 살다 보면 어느 순간 진실을 감춘 채 자신이 임포스터로 살고 있다는 것마저 잊은 채, 자신을 잃어버리고 살아가게 되지 않을 까 상상해 봅니다. 너무 안타까운 일인 것 같습니다. 진실을 감춘 채 빙빙 돌고 있는 대화들. 그 속에 생겨나는 인간에 대한 회의감과 허무함, 그리고 무의미하게 느껴지는 인생. 우울증은 감기처럼 누구에게나 올 수 있습니다.

누군가 자신의 마음을 채워 주기를, 욕구를 알아주기를 바라지만 그것을 알아주는 사람은 없습니다. 불현듯 누군가 자신을 조금이라도 헤아려 준다면 목말랐던 그 갈증을 채우고자 다가가지만 어느새 또 실망하게 되고 상처받고… 이러한 굴레 속에 살아가는 많은 사람들을 보게 됩니다.

저는 제 자신이 자라 온 배경을 돌아보며 나 자신을 믿자, 그리고 지지해 주자, 실패를 두려워하지 말자는 말을 되뇌며 변화를 위해 애썼던 것 같습니다. 특히나 교사로서 아이들을 가르치는 것이 즐겁고 행복하다는 감정이 들자 그 일이 제겐 자신감과 자존감을 키우는 계기가 되었습니다. 재미를 추구하고 인정의 욕구가 강한 저로써는 학생들과의 수업과 소통을 통해 그 욕구가 채워지는 것을 느꼈습니다. 아이들이 나로 인해 밝아지는 것을 볼 때 그리고 수업에 대한 기대와 애정의 반응들은 쏟아낼 때 그것은 나로 하여금 자존감의 상처를 낫게 해주는 치료제가 되었습니다. 그렇게 저는 사랑하는 일을 하며 그것에서 오는 성취감을 통해 자존감이 커지는 것을 경험하게 되었습니다.

아직 부족한 것이 많지만 나를 알고, 나를 회복해 나가는 과정에서부터 관계의 문이 열리고 가정의 화목이 시작되는 것 같습니다. 이제는 여기에 더해서 비폭력 대화, 무패 방법들을 적용한 이야기들을 통해 내 자신이 얼마나 더 성장해 나갔는지를 소개하도록 하겠습니다.

여섯 살 아들과의 팽팽한 욕구 줄다리기!

저는 4살, 6살 두 아들 한결이와 한서(가명)를 키우고 있습니다. 성별도 같고 한 배에서 나왔는데도 성향은 어찌나 다른지 모릅니다. 그래서 잘 놀다가도 다투고 다투다가도 별일 없었다는 듯 잘 노는 못 말리는 형제입니다. 특히나 첫째는 동생이 생기면서 더 예민하고 여러 가지 면에서 스트레스를 받아 합니다. 모든 것을 혼자 쓰고, 부모의 사랑도 독차지하던 아이가 동생이 생긴 이후로 모든 것을 둘로 나누어 받으니 자기도 힘들겠지요. 그 마음을 헤아려 주려 하지만 부족할 때가 많습니다.

저의 욕구와 상황이 아이의 욕구와 충돌할 때는 서로 진이 빠지는 힘든 시간을 보냅니다. 여러분은 어떠신가요? 그 갈등의 시점에서 어떻게 대처하시나요?

첫째와의 갈등 시점에서 비폭력 대화를 통해 어떻게 소통하였는지 그리고 무패 방법을 통해 어떻게 문제를 해결하였는지 이야기하고자 합니다.

세상에 둘도 없는 절친이자 라이벌인 4, 6살 형제

비폭력 대화

저희 첫째 아이의 성향은 'INFJ'입니다.

사교적이고 친구들과의 관계를 중요시하면서도 외향적이기 보다 내향적인 부분이 많아 조용히 혼자만의 놀이를 좋아하는 아이입니다. 반면 둘째 아이는 외향적이며 활달한 성향의 아이입니다. 혼자 놀이하는 것보다 형이 함께 놀아주는 것을 좋아하기에 혼자 있을 때면 언제나 형을 찾고 친구들을 찾습니다. 서로가 이렇게 다르다 보니 놀이의 초점도 다른데, 첫째가 가만히 앉아 종이를 접고 만들기를 하는 것을 원한다면 둘째는 그것보다 동적이고 활동적인 놀이하기를 원합니다. 그러다 보니 첫째 입장에서는 동생과의 놀이가 항상 즐겁지는 않고 오히려 자신의 놀이를 방해하는 장애물과도 같이 여겨지기도 했을 것입니다.

동생 없이 혼자서 놀고 싶어 할 때가 종종 있습니다.

어느 날이었습니다. 퇴근 후 유치원에서 아이를 하원 시켰고 이미 5시가 훌쩍 넘어간 시간이었습니다. 둘째를 떠올리며 재빨리 어린이집에 가려 했지만 어김없이 첫째가 울며 가기 싫다고 먼저 집에 가서 엄마하고 종이접기를 하며 놀겠다며 떼를 쓰는 것입니다. 전 같으면 이미 그 표정과 울먹이는 목소리에 짜증과 화부터 냈을 텐데 그러면 서로의 기분만 상한 상태로 갈 것을 알기에 잠시 숨을 고르고, 비폭력 대화의 방법을 써 보았습니다.

-관 찰-

"한결아, 무엇이 속상해서 가던 길을 멈추고 이렇게 소리를 지르며 우니? 엄마의 손은 왜 이렇게 잡아당기고…"

-느 낌-

"한결이는 지금 한서를 데리러 가는게 싫은 거구나? 시간이 늦었는데 한결이가 이러니 엄마는 마음이 속상하네."

-욕 구-

"왜냐하면 동생이 하염없이 오랫동안 기다리고 있을 것을 생각하니 걱정이 되어서 빨리 데리러 가고 싶은 마음이거든. 엄마는 동생이 오랫동안 어린이집에 있으면 미안하고 계속 생각이 나서 마음이 불편하단다."

-부 탁-

"지금은 시간이 늦었으니 어서 한서를 데리러 가면 좋겠어. 한

결이가 엄마와 단둘이 놀고 싶은 마음을 엄마가 충분히 아니까, 따로 시간을 마련해 보자, 어떠니?"

첫째는 처음에는 싫은 기색이 역력하고, 상한 감정이 쉽게 사그라지지 않았지만, 본인의 욕구와 마음을 읽고 경청하려는 자세를 보이자 그것만으로도 한결 감정이 나아지는 것을 보게 되었습니다. 이 대화 방법을 통해 느낀 점은 상대를 관찰하고 그의 마음과 욕구를 읽으려는 노력과 경청의 자세가 소통의 대화로 나아가게 하는 첫 단추라는 것을 알 수 있었습니다.

엄마와 아들이 평화로워지는 약속 정하기

무패 방법

(규칙과 약속을 정하는 방법으로 여기에도 서로의 욕구에 대한 궁금함이 들어 있습니다.)

이번에도 이어서 첫째 아이와의 대화 사례를 소개하고자 합니다. 앞에서 첫째와 둘째에 대한 성향을 간단히 소개 했는데, 저렇게 하원 후 동생을 바로 데리러 가기 싫어하는 첫째 아이의 행동으로 힘들었던 상황들이 여러 번 있었습니다. 비폭력 대화를 통해 아이의 감정과 욕구 읽기를 하면서 조금은 더 대화의 물꼬가 트였지만 감정만 가라앉을 뿐 똑같은 일은 또 반복되었습니다. 그래서 이번에는 한 단계 더 나아가 서로가 함께 방법을 모색하고 약속을 정해 보는 무패 방법의 대화를 하게 되었습니다.

[상 황]

첫째 아이 하원 후 함께 둘째를 데리러 가야 하는 시간(앞선 상황과 비슷), 그런데 첫째 아이는 집에서 종이접기 영상을 보고 만들기를 한 후에 갔으면 좋겠다고 떼를 쓰고 있음.

1단계: 갈등 확인과 정의

아이의 욕구 : 동생의 방해 없이 엄마와 놀이를 하고 싶다.

방해받지 않고 혼자만의 놀이를 하고 싶다.

나의 욕구 : 기다리는 둘째가 안쓰럽고 걱정이 되어 빨리 데리러 가고 싶다.

2단계: 여러 해결책, 함께 생각해 보기

(아이에게 서로의 욕구를 이야기한 후 함께 방법을 정해 보자고 권했습니다.)

1) 아이의 의견 : ① 데리러 가기 전 긴 영상 말고 그럼 짧은 영상으로 만들기를 하고 간다. (평소 종이접기 영상을 보며 따라서 종이접기를 했음.)

2) 나의 의견 : ② 동생을 데리고 온 후 종이접기를 한다.

③ 다음에 동생 없는 시간을 따로 마련해서 놀이한다.

④ 앞으로 시간을 정해서 5시 30분까지는 무조건 데리러 가는 것으로 하고, 그전까지 긴 영상이든 짧은 영상이든 보면서 놀이한다. 다만 시간이 되면 멈추고 동생을 데리러 간다.

3단계: 각 해결책을 평가

1) 아이의 평가 : ① 오늘은 괜찮지만, 시간에 대한 제한이 없으면 다음에도 똑같은 일이 반복될 것 같다.

2) 나의 평가 : ② 동생이 만들기를 방해해서 서로 다투고 싸우는 혼란스러운 일이 생긴다.

③ 다음을 기약해야 하므로 당장의 욕구를 해결해 주지 못한다.

④ 시간을 정해서 고지해 줌으로 아이도 그 시간 전까지 원하는 놀이를 할수 있고 (욕구 충족) 나도 그 시간이 되면 무조건 아이를 데리러 가기에 조급함 없이 노파심이나 분노의 감정 없이 아이를 데리러 갈 수 있다.

4단계: 최선의 해결책 결정

④번을 결정! 아이의 생각을 묻자 앞으로는 그렇게 하겠다고 화색을 띠며 대답을 하였다.

5단계: 실천 방법

그 시간에 대한 약속을 명확히 하고자 동생 데리러 가는 시계라고 해서 커트라인 시간에 분, 초가 맞춰져 있는 시계 그림을 그려서 잘 모이는 곳에 붙여 놓았다.

6단계: 결과가 어떠했는지 확인

매번 그 시간까지 놀지 않았지만 아이는 마음의 여유를 갖고 언제든 자신이 좀 더 있다 가고 싶으면 그렇게 하고 싶다는 의사를 표현했습니다. 그리고 약속한 시각에 맞추어 놀이하고 동생을 데리러 갔습니다. 서로가 함께 만들어 놓은 약속이고 스스로도 지키겠다고 했기에 아이는 아주 불편한 마음 없이 즐겁게 순종적으로 행동해 주었습니다.

비폭력 대화는 상대의 마음과 욕구를 읽고 공감해 줌으로 연민의 대화를 이끌어 냅니다. 무패 방법은 서로의 생각을 함께 맞대어 구체적인 해결 방법을 고민하고 그중 가장 최선의 방안을 선택해서 실천하도록 함으로 '행동의 변화'가 확실하게 일어납니다.

이런 방식으로 계속 대화의 방법을 이어가고 확장 시켜 나간다면 아이가 자라면서 장성해서도 나의 부모는 나를 이해하려 하고 나의 마음을 읽으려 하며 대화하고자 노력하는 분이셨다고 기억하지 않을까 싶었습니다. 어떤 일이든 억지로 해서 잘 되는 것은 없다고 생각합니다. 억지로 억압으로 자신의 일방적인 욕구만을 가지고 이야기해서는 결코 건강한 관계로 나아갈 수 없습니다. 그렇기에 '나 메시지', '비폭력 대화', '무패 방법'은 진정한 소통을 위한 최고의 대화 도구라 말하고 싶습니다.

또한 이러한 대화 방법을 사용하는 데 있어 서로를 '관찰'하는 것이 얼마나 중요한지를 깨달았습니다. 그리고 어떤 욕구도 함부로 무시당해선 안 된다는 존중의 마음을 갖게 되었습니다. 사람은 자신의 욕구를 인정받고 존중받는다는 것 자체만으로도 많은 변화가 일어남을 느꼈습니다.

저는 "남에게 대접받고자 하는 대로 너도 남을 대접하라."는 말을 좋아합니다. 그리고 이것이 참으로 맞는 말이라는 것을 살아가며 경험하게 됩니다. 내가 상대를 존중해 줄 때 상대도 나를 존중해 줍니다. 상대를 인정해 줄 때 나 또한 인정을 받습니다. 상대방을 존중하고 인정해 주는 마음 없이 받기만을 바란다면 그것은 어리석을 일일 것입니다. 이 대화의 방법들은 나와 상대방을 동등하게 놓고 보게 하며 나만큼이나 상대방을 소중하게 생각하는 마음을 갖게 합니다. 이 대화의 방법을 통해 이 부분을 다시금 깨닫게 됨이 감사합니다.

나아가 이제는 이 대화법이 내 마음과 생각에 완벽히 습득되도록 계속적으로 실천하며 나의 감정을 컨트롤 하는 훈련을 해야겠다고 다짐하였습니다. 나를 알아 가고, 나를 사랑하며 상대를 알아 가고, 상대를 사랑하는 성숙한 사람이 되고 싶습니다. 자녀가 버겁고 힘든 짐이 아닌 내 인생의 즐거운 대화상대가 되기를 간절히 원하며 여러분을 응원합니다!

Part 7

* 가깝고도 먼 너와 나
* 너와 나 거리 좁히기
* 내 마음을 읽는 시간의 소중함

나와 달라도 너무 다른 아이,
어떻게 대화할까?

안민정

프롤로그

아빠 얘기 나누며
즐거웠던 순간

햇살 좋은 가을날, 우리 가족 세 명은 공원으로 산책을 갔다. 뭐든 엄마, 아빠처럼 해보고픈 6살 아들도 음료수를 손에 쥐고 보란 듯이 함박웃음을 지었다. 벤치에 앉아 음료수를 마시며 여유를 만끽하던 중 무리 지어 가는 소년들이 보였다. 유쾌한 웃음소리를 내며 자전거를 타고 신나게 내달렸다. 중학생쯤 되어 보이는 아이들이 내 눈엔 그저 예뻐 보였다. 남편은 도저히 공감할 수 없다는 표정이었다. 귀여움이라고는 찾아볼 수 없는 덩치 큰 남학생들이 어떻게 예뻐 보일 수가 있냐며 고개를 저었다.

10여 년 동안 나는 교단을 비롯해 다양한 경로로 중고등 학생과 함께 했다. 아이들과 소통하는 매순간이 즐거웠다. 감정 변화의 폭이 큰 사춘기의 학생들이었지만 나에겐 그저 사랑스러운 아이들이었다. 아이들의 말과 이야기를 듣고 표정과 몸짓을 보고 있자면 아이들의 기분은 어떤지, 무엇을 원하는지 알 수 있었다.

아이들과 나는 서로에게 늘 진심이었고 문제없는 소통이 이어졌다. 덕분에 우린 졸업한 후에도 안부를 주고받으며 어색하지 않게 즐거운 대화를 나누는 사이다.

그런데 매일 매순간을 함께하는데도 대화가 어려운 상대가 있다. 아들이다. 배 속에 있을 땐 그저 설레는 마음으로 태담을 주고받고 하루하루가 행복했는데, 배 속에서 나오는 순간 모든 게 달라졌다. 내 눈 앞에 누워있는 아들을 본 순간 머릿속이 하얘졌다. 아이의 손짓, 발짓, 표정을 봐도 아무 것도 알 수 없었다. 아이가 무엇을 원하는지, 기분은 어떤지 도통 알아채기 힘들었다. 그간 내가 배운 교육학적 지식과 현장 경험도 아들 앞에서는 무용지물이었다. 암흑이었다. 나는 영유아에 대해 아는 게 없다는 생각마저 들었다. 뿌연 안개 속에서 길을 잃은 기분이었다. 불안했다. 자격이 안 되는 엄마처럼 느껴졌다.

나를 다독이기 위해 영유아 발달에 관한 공부부터 시작했다. 다행히 공부할수록 안개가 조금씩 걷히며 불안감도 차츰 사라져갔다.

그러나 산 넘어 산이라 했던가. 아들은 나와 기질이 달라도 너무 달랐다. 내 기준으로 아이를 몰아붙여 아이를 망칠 것만 같았다. 지켜보고 관찰하면서 기다리는 수밖에 없었고 기다리는 시간은 불안의 연속이었다. 그나마 다행인 건, 불안감이 나를 움직이는 동력이 되어줬다는 점이다.

또 다시 짙은 안개 속에서 길을 잃은 나는 '한국심리적성협회'에서 진행하는 부모교육 커리큘럼을 발견했다. 내면을 돌아보면서 실전 대화법과 같은 구체적인 적용 프로그램도 배울 수 있다는 문구가 내 마음을 사로잡았다. 이거다 싶어 왕복 9시간이 넘는 거리를 운전해 가며 배움의 열정을 불태웠다. 이제껏 수많은 부모 교육을 들었지만 늘 채워지지 않는 무언가가 있었는데, '나를 사랑하게 되는 부모 교육'은 운명이라고 밖에 표현할 수밖에 없겠다.

이 과정을 통해 나의 내면을 들여다보기 시작했다. 아이의 행동에 감정적으로 대처하던 미성숙한 내 모습은 배움을 통해 바뀌어 갔다. 나는 편안함을 되찾았고, 아이와의 관계도 긍정적인 방향으로 흘렀다. 나와 내 아이의 감정과 욕구를 알아차리고 표현하기 위해 노력했다. 이 과정에서 나는 놀라운 경험을 했고, 그 중 한 사례를 이 책에서 소개하고자 한다.

내가 실생활에 적용했던 이론과 실천이 아이를 키우면서 불안에 지쳐 가는 누군가에게 도움이 되길 진심으로 바란다.

가깝고도 먼 너와 나

달라도 너무 달라

어릴 적에 낯가림이라고는 찾아볼 수 없었던 나. 그런 나는 처음 보는 사람들에게 스스럼없이 안기고 낯선 공간에서도 울음 한 번 없이 잘 놀았다고 한다. 실제로 성인이 된 지금도 처음 보는 이들, 처음 가는 공간이 설레는 편이다. 그렇다 보니 다양한 모임을 하게 되었고, 우연히 지금의 남편을 만나게 되었다.

8년의 연애와 1년 반 남짓의 결혼 생활. 나와 기질이 다른 남편을 이젠 좀 이해하고 받아들였다고 생각했다. 남편이 있는 그대로의 나를 바라봐 주듯, 나도 상대를 있는 그대로 바라보려 했다. 우리는 상대가 변화하길 바라기보다는 자신이 먼저 변해야겠다는 마음가짐으로 일상을 함께 했다. 평온한 날들의 연속이었다.

2016년 3월, 아들을 낳으면서 일상이 변했다. 내 품에 안긴 아들은 나와 기질이 많이 달랐다. 올해로 6살이 된 아들은 여전히 엘리베이터에서 이웃에게 인사할 때 어색해 하고 부끄러워한다. 아들에겐 용기가 필요한 일이다. 정기적으로 찾아뵙는 양가 조부모님들과도 만날 때마다 처음에는 어색해 하다가 헤어질 때면 언제 그랬냐는 듯 아쉬워하며 발길을 떼지 못한다.

작년 초(아이 5세) 한 달에 한 번 아이와 함께 진행되는 '엄마와 숲 나들이'라는 생태 프로그램에 신청했었다. 3월 첫 모임을 앞두고 터져 버린 코로나19로 일상은 멈춰 버렸다. 긴장과 불안 속에서 지낸 두어 달, 이제 멈춰 있을 수만은 없기에 유치원도, 학교도 조심스럽게 문을 열기 시작했고, '엄마와 숲 나들이'도 설렘 속에 첫 모임을 했다.

처음 보는 선생님, 처음 만나는 친구들 속에서 아이는 당연히 낯설어 했다. 한참을 내 옆에 붙어 탐색한 끝에 차츰 조금씩 나아가며 활동하기 시작했다. 아이는 활동 시간 후반부로 갈수록 활발해졌다. 숲 나들이 모임이 4시간 동안 진행되는 게 얼마나 감사했던지! (만약 1시간 남짓 하는 활동 시간이었다면 아이는 탐색만 하다 끝났을 것이다.)

문득 아이가 첫 돌쯤 됐을 때 다녔던 문화 센터 촉감 놀이 수업이 생각난다. 수업 시간은 총 40분으로 아이는 30분 동안 탐색전을 벌이기 일쑤였다. 선생님이 수업을 진행하는 모습, 옆의 아이들이 참여하는 모습, 엄마인 내가 하는 모습을 한참 지켜보기만 했다. 그러다 탐색전을 끝내고 촉감 놀이에 뛰어들려 하면 선생님께서 '자, 이제 마무리할 시간입니다.'라고 말했다. '아니, 우리 아이는 이제 시작했는데 끝이라니!' 나는 좌절하고 말았다. 촉감 놀이를 재미나게 즐기는 주변 아이들과 달리 멀뚱멀뚱 쳐다만 보던 우리 아이가 답답해 보였다. 매사 적극적이고 활동적인 나였기에 더 못마땅했다. 그러나 정작 아이가 느낀 감정은 어땠을까? 나와 달랐을 수 있다. 아니나 다를까. 무덤덤한 표정을 보니 개의치 않는 듯 했다(이 또한 내 자의적 판단일지도 모른다는 단서를 붙인다). 그 얼굴을 보니 아이를 못마땅하게 여겼던 마음이 열어지면서 기다릴 수 있었다.

물론, 매번 그럴 수 있었겠는가. 나 또한 아쉽고 속상한 마음에 아이의 행동을 과하게 유도하기도 했다. 잠시라도 수업에 적극적으로 참여했으면 하는 내 욕심에 마음이 조급해지기도 했다. 그래도 기다려 보려고 했다. 그리고 지켜보려 했다. 내 배 속에서 나왔지만 나와 너무 다르기에 일단 아이를 관찰부터 해야 할 거 같았다. 그러나 나의 급한 성미가 아이를 억압할 수도 있을 것 같다는 불안감이 때때로 엄습해 왔다.

시간이 필요한 아이

2021년 11월. 코로나19로 어렵게 시작된 '엄마와 숲 나들이' 모임도 어느새 1년이 넘었다. 한 달에 한 번 정도 만났으니 열다섯 번은 넘게 만난 셈이다. 하지만 아이가 숲 선생님과 친해지기까지는 1년 정도, 10번의 만남이 필요했다. 10번의 만남이 있기까지 숲 나들이에 갈 때마다 아이는 처음 가는 것처럼 낯설어 하고 긴장했다. 모임이 시작되기 전, 인사를 나눌 때부터 아이는 어색해서 쭈뼛거렸다. 그러다 본격적인 활동이 시작되고 선생님 곁으로 친구들은 다가가지만 아이는 한참을 내 곁에 머물고 있었다. 활동할 마음의 준비가 될 때까지 기다렸다가 나아가기 시작했다.

숲 나들이에 12번 째 참여한 날, 모임 장소에 도착한 나는 주차를 한 뒤 짐을 챙기고 있었다. 갑자기 아이가 '선생님~'하고 외치며 망설임 없이 달려갔다. 어디로 달려가는지 보니 선생님이 아이에게 손을 흔들고 계셨다. 그렇게 아이만의 탐색 기간과 적응 기간이 끝났고, 지금은 숲 나들이에 가기 전날이면 설레는지 밤잠을 설치곤 한다.

아이는 이렇게 자신만의 속도로 열심히 애쓰며 세상에 적응해 가고 있다. 그런 아이를 지켜보고 격려하는 게 부모라지만 쉽지만은 않았다. 지금도 마찬가지다. 특히 내가 생각하는 속도와 아이의 속도 간의 간극이 크면 클수록 더 힘이 드는 거 같다. 자꾸만 내 기준으로 아이를 판단하려 할 때 '너와 나는 다른 거야.'라고 되뇌고 되뇌었다. 그러나 때때로 머리로는 알겠는데 가슴에서 거부할 때가 있었다.

그럴 땐 답답함이 밖으로 불거져 나와 나는 무의식중에 아이에게 한숨을 내쉬거나 감정적인 말투로 말하기 일쑤였다. 기분은 언짢은데 말로는 괜찮다는 이중 메시지가 자연스럽게 나왔다. 애써 못마땅한 표정을 숨기려 했지만 섬세하고 예민한 아이라 나의 표정과 말투를 놓치지 않았고 눈치를 살폈다. 그런 날들이 꽤 오래 지속되었다. 나는 자신에게 화가 났지만 도리어 눈치를 보는 아이를 질책했다. 아이의 감정은 아랑곳하지 않고 제대로 된 소통을 하지 않았던 것이다. 아무에게도 도움이 되지 않았다. 아이는 아이대로 힘들고, 나는 자괴감에 빠져 허우적거렸다. 악순환의 연속이었다. 미성숙한 나를 계속해서 마주하는 건 엄청나게 괴로웠고 그 속에서 헤어 나오고 싶었다. 변화가 절실히 필요했다.

너의 속도를 존중해

나는 적어도 아이를 낳기 전까진 나를 잘 안다고 생각했다. 돌이켜보면 나는 늘 성찰하려 애쓰는 꽤 괜찮은 사람이라고 여겼다. 그런데 아이를 낳고 난 뒤 아주 낯선 내가 있었다. 한 마디로 미성숙한 나의 발견이었다. 특히 육아 초기 2년이 가장 힘들었다. 육아 휴직을 끝낸 지인들이 하나둘씩 복직하기 시작했을 때, 아무렇지도 않은 척했지만 복직하는 지인들을 보는 마음은 마냥 편하지만은 않았다. 여러 가지 현실적인 이유로 커리어보다 육아를 선택한 상황을 받아들이기 힘들었다. 엄마라는 역할에 집중할수록 '안민정'이라는 존재는 점점 밀려났다. 채워지지 않은 공허함 때문에 일상에 지쳐 갔다.

게다가 기질이 나와 많이 다른 아이가 있었다. 내 기준으로 아이를 몰아붙여 망칠 것만 같아 불안감은 커졌다. 내가 알던 나와 엄마로서의 나 사이의 괴리가 커지면서 다시 궁극적인 물음이 커지기 시작했다. 나는 누구인가. 나는 도대체 어떤 사람인가. 그런 물음과 밀려드는 불안감은 결국 나를 움직이게 했고 공부하게 했으며 '한국심리적성협회'와 인연을 맺게 했다. 그리고 지금의 내가 있게 되었다.

지난 1년간 왕복 9시간이 넘는 거리를 마다 않고 운전해 가며 '부모교육코칭 전문가 자격증 과정'의 3급부터 1급까지 공부했다. 이 과정에서 무엇보다 의미 깊었던 건 이론으로 배우고 끝나는 게 아니라 실제에 적용해 보는 시간이었다. 특히 대화법에 관한 공부는 유용함을 넘어서 내 삶을 변화시켰다. 한참 세상을 배우며 자라는 아이를 키우면서 말을 주고받지 않는 날을 찾기란

불가능에 가까웠다. 일상에서 아이와 소통의 비중이 많은 내게 대화법은 큰 의미로 다가왔고 꾸준히 연습하여 내 것으로 만들고 싶었다.

당연히 몇 십 년이 넘도록 사용해 온 나만의 대화 방식을 몇 달 만에 바꾼다는 건 쉽지 않아 지금도 노력 중이다. 의식하지 않는 순간 어느새 예전의 대화 방식을 쓰고 있는 나를 발견한다. 물론, 예전의 나를 무조건 부정하는 것도 아니고 나의 대화방식이 전부 잘못되었다는 것도 아니다.

지난 1년간의 공부가 다음과 같은 물음을 내게 던져 준 건 분명하다. 진정한 공감이란 무엇인가, 진정으로 상대의 이야기에 귀 기울이는 것은 어떤 것인가. 나아가 진정한 소통이란 어떤 것인가. 이와 같은 물음은 앞서 판단하고 말하던 나의 입을 닫게 해주었으며 당장 아이와 나의 관계에 변화를 가져다주었다.

너와 나 거리 좁히기

짱짱이(가명)가 5살이 되어 유치원에 다니게 됐다. 방과 후 과정을 마치고 집에 돌아온 아이는 씻고 간식을 먹는 등 휴식 시간을 가지며 아빠를 기다린다. 드디어 세 식구가 모여 함께 즐거운 저녁 식사를 한 뒤, 한 시간 정도 놀다 잘 준비를 하게 된다.

5살 중반 정도까지는 별 무리 없이 일과가 돌아갔다. 다만 아이는 음식을 오랫동안 씹어서 삼키는 편이라 식사 시간이 길어 놀이 시간이 줄어들 때마다 아쉬움과 속상함을 표현했다. 그래서 아이만 먼저 저녁 식사를 하게 하는 경우도 있었다. 그러던 중 취침 시간에 관한 갈등이 본격화 된 건 5살 후반이 되어서였다. 아빠, 엄마와 함께 할 수 있는 놀이가 다양해지면서 놀이의 즐거움도 배가 되었다. 그러다 보니 아이 입장에선 저녁 식사 후 1시간 정도의 놀이 시간이 언제나 짧게 느껴지는 것 같았다. 저녁 식사

후 놀이 시간이 끝나갈 때쯤이면 아이는 속상한 마음을 표현하는 강도가 점점 세졌다. 취침 준비 시간만 되면 하루가 멀다고 갈등의 연속이었다. 취침 시간이 우리 가족의 고질적인 문제가 되어 가는 시점에 나는 무패 방법을 알게 되었고 적용해 보기로 했다.

1) 거리 좁히기 1단계 (2021년 초, 58개월, 만 5세 되기 전)

다음은 내가 무패 방법을 제일 처음 적용해 보고자 했을 때 아이와 나눈 대화이다. 첫 시도는 이틀에 걸쳐 이루어졌다.

[첫째 날]

엄마 : 짱짱아, 매일 저녁에 잠잘 시간 다 되었다고 얘기를 해도 짱짱이가 매번 속상해 하면서 더 놀고 싶다고 떼를 쓰니 엄마 아빠가 힘들어. 어떻게 하면 좋을까? 서로 약속을 잘 지킬 수 있는 방법은 없을까?

아이 : (생각하더니) 짱짱이도 모르겠어. 잘 모르겠어.

엄마 : 그래? 그러면 내일 다시 얘기할까?

아이 : 네.

[둘째 날]

엄마 : 짱짱아, 어제 우리 잠자러 들어가는 시간에 대해 잠시 얘기 나누었잖아. 기억나?

아이 : 네.

엄마 : 그러면 오늘 좀 더 얘기를 나눠 봤으면 좋겠어. 어때?

아이 : 네, 좋아요.

엄마 : 엄마가 어제도 말했듯이 저녁에 잠잘 시간 다 되었다고 얘기를 해도 짱짱이가 매번 속상해 하면서 더 놀고 싶다고 떼를 쓰면 엄마 아빠도 힘들더라고. 어떻게 하면 좋을까? 서로 약속을 잘 지킬 수 있는 방법은 없을까?

아이 : 음(잠시 생각하더니) 이렇게 말해 주세요.

짱짱아, 내일도 놀 수 있어. 내일 놀자.

엄마 : 그렇게 말하면 되겠어? 알았어. 내일부터는 "내일도 놀 수 있어. 내일 놀자."라고 말해 줄게.

다음 날부터 취침 준비 시간이 되면 아이가 낸 의견대로 "내일도 놀 수 있어. 내일 놀자."라고 말해 주었다. 아이는 기다렸다는 듯이 스스로 일어나 양치를 하러 갔다. 그렇게 한동안 약속이 잘 지켜지는 듯했으나 어느 날부터 갈등은 다시 시작되었다.

위 사례는 모두 무패 방법 6단계 중 1단계(갈등을 확인하고 정의한다)와 2단계(가능한 한 해결책을 생각해 낸다)가 동시에 이루어졌으며 다양한 해결책이 나오지 않았기에 사실상 3단계(각 해결책을 평가한다)는 이루어지지 않고 4단계(최선의 해결책을 결정한다)로 바로 넘어갔다고 볼 수 있다. 그리고 5단계(결정된 것을 실천할 구체적 방법을 마련한다) 또한 생략되었고 6단계(결과가 어떠했는지를 확인한다)는 미비했다.

어린 아이들에게 무조건 여섯 단계를 모두 고집하는 것은 발달단계에 맞지 않다. 특히 처음 시도했을 땐 아이도 속상한 마음이 떠오르고 정말 어떻게 해야 할지 몰라 불편해 하는 기색이 역력했다. 그래서 대답을 더 이상 강요하지 않고 다음으로 유보했다. 설령 나는 좋은 의도로 시작했다 하더라도 빨리 해결하고 싶은 나의 조급함으로 아이는 강요받는다는 부정적인 인상을 받게 될 거 같았다.

일상에서 당면한 문제에 무패 방법을 적용해 보고자 하는 시도는 좋았으나 좀 더 탄탄한 이론 숙지와 아이 연령에 맞는 언어로 바꾸어 말하는 노력이 많이 필요했다.

2) 거리 좁히기 2-1단계 (2021년 가을, 67개월, 만 5세 중반)

다음은 무패 방법을 다시 적용한 사례이며, 첫 시도한 날로부터 대략 9개월이 지난 후이다. 그간 나-메시지와 적극적 듣기는 일상에서 늘 쓰려고 노력했으나 무패 방법 6단계의 적용은 시도하지 않고 있었다. 그래도 기회가 되면 무패 방법을 적용해 보겠노라 생각하고 있던 와중에 취침 시간 때문에 갈등이 빚어지는 날이 다시 찾아왔다. 나는 무패 방법을 적용해 보기로 했다.

무패 방법을 적용한 날은 아이가 몇 달 동안 기다리고 기다렸던 농장 장난감을 선물로 받게 된 특별한 이벤트가 있었다. 저녁 식사 후 평소처럼 노는 시간을 정한 뒤 아이는 아빠와 함께 새 장난감을 갖고 놀기 시작했다. 어느새 잠잘 시간이 되었고 나는 아이에게 잘 준비를 해야 한다고 했다. 아이는 평소보다 더 속상한 마음을 표하며 급기야 울먹이기 시작했다. 그래서 이날은 이대로 흘러가게 두기보다는 당면한 문제를 바로 해결해야겠다는 생각에 무패 방법을 시도했다. 그리고 9개월 동안 아이도 성장했기에 무패 방법 6단계에 따라 대화를 해보려고 최대한 노력했다.

[1단계 : 갈등을 확인하고 정의]

아이 : 시간이 1초 만에 지나가 버린 거 같아. 더 놀고 싶어.

엄마 : 시간이 1초 만에 지나가 버린 거 같아? 더 놀고 싶구나. 하지만 내일을 위해서 약속된 시간에 잠자리에 들 준비를 했으면 좋겠어.

아이 : 그래도 너무 짧은 시간이었어! 더 놀고 싶은데… 힝.

엄마 : 내일 공원에 가서 친구들과 힘껏 뛰어 놀아야 하니 아쉬워도 지금 자러 갔으면 좋겠어. 어제도 금요일이라 늦게 자고 오늘 저녁에도 늦게 자면 짱짱이가 너무 적게 자는 거 같아. 짱짱이가 잠을 충분히 못 잤을 때 어떻게 됐었지?

아이 : 열이 났었어.

엄마 : 그래서 엄마 아빠는 짱짱이가 열이 나서 아프게 될까 봐 걱정 돼.

아이 : 열 안 날 거야~~~~.

엄마 : 그래? 그럴 수도 있겠지. 그렇지만 만약 짱짱이가 아프게 되면 누가 제일 힘들까?

아이 : 엄마, 아빠.

엄마 : 물론 아픈 짱짱이를 지켜보는 엄마 아빠도 마음이 많이 힘들지. 하지만 몸과 마음이 모두 힘든 건 누굴까?

아이 : 짱짱이.

[2, 3, 4단계 : 가능한 해결책 도출, 평가, 결정]

엄마 : 그러면 우리 지금 어떻게 하면 좋을지 얘기 해볼까?

아이 : 30분 더 놀고 싶어.

엄마 : 30분은 너무 길어. 자러 가기로 한 시간이 이미 지나 버렸어. 엄마는 네 건강이 걱정되지만 그래도 너무 놀고 싶다 하니 30분의 반인 15분은 어때?

아이 : 15분도 너무 짧아. 30분 놀고 싶어.

엄마 : 아, 그러면 이런 방법이 있어. 새 장난감이라 너무 갖고 놀고 싶을 테니 30분 동안 더 노는 대신 책을 1권만 읽고 바로 불을 끄고 자는 거야, 어때? 그런데 책을 더 많이 읽고 싶으면 조금만 놀아야 할 거 같아.

아이 : (잠시 생각 후) 그러면 15분 놀고 책 많이 보고 잘래요.

엄마 : 정말 그렇게 하면 되겠어?

아이 : 네, 15분 되면 얘기해 주세요. 그런데 이거 정리하고 자야 되는데….

엄마 : 새 장난감이라 내일도 갖고 놀 거지?

아이 : 네.

[5단계 : 결정된 것을 실천할 구체적 방법을 마련]

엄마 : 그러면 오늘은 이대로 놔두고 내일 정리하도록 하자. 대신 15분 지났다고 얘기하면 놀던 거 멈추고 바로 양치하러 가는 거야, 알았지? 연습해 볼까?

"자~ 시간 다 되었습니다. 잠을 자러 가야 할 시간입니다."

아이 : (벌떡 일어나 방으로 들어가는 시늉을 한다.) 다다다다~~

약속한 시간이 되어 나는 아이에게 말해 주었고 아이는 바로 일어나 양치하러 갈 준비를 하였다.

엄마 : 짱짱이가 약속한 시간에 바로 일어나 양치하러 가니 엄마 아빠도 참 기뻐.

[6단계 : 결과가 어떠했는지를 확인]

〈잠잘 준비를 마친 후〉

아이 : 엄마, 책 한 권만 엄마가 읽어 줄 수 있어요?

(오늘 내가 할 일이 있어 아이는 아빠랑 자기로 한 날이다.)

엄마 : 좋아! 한 권 읽어 줄 시간은 있어. 그리고 오늘 엄마 아빠랑 의논해서 방법을 정하니까 짱짱이는 어땠어?

아이 : 기분이 좋았어. 그런데 그래도 더 놀고 싶어.

엄마 : 그래, 그럴 거야. 엄마도 짱짱이가 더 놀게 해주고 싶었어. 대신 내일 공원에 가서 더 신나게 놀자. 혹시 새 장난감이어서 더 놀고 싶었던 거야?

아이 : 응. 그래서 더 많이 놀고 싶었어.

엄마 : 그랬구나. 엄마 아빠라도 그런 마음이 들었을 거야.

이번 대화에서도 무패 방법 6단계가 정확하게 구분 지어 적용

된 건 아니지만 제일 처음 시도했을 때보다는 명료하게 드러나는 편이다. 단계별로 살펴보도록 하자.

특히, 1단계인 갈등을 확인하는 과정은 명확하게 드러난다.

반면 2단계에서는 아이가 어리면 다양한 해결책 제시가 힘들 수 있다는 걸 알 수 있다. 아이는 줄곧 더 놀고 싶다는 자신의 욕구만 주장했다. 그래서 내가 몇 가지 해결책을 제시했고 최종적으로 제시한 건 노는 시간에 따라 잠자리 독서 권수를 조절하는 방법이었다. 30분 놀고 한 권만 읽고 잘 것인가, 15분 놀고 여러 권을 읽고 잘 것인가. 이렇게 제시는 내가 했지만 선택은 아이가 할 수 있게 했다. 그리고 무조건적으로 무패 방법 6단계를 정확하게 적용하고자 하기 보다는 아이의 나이에 따라 2, 3, 4단계는 간략화 할 수 있다. 아이와 부모 모두 좋은 해결책을 찾아내어 실천하는 게 우선이라 생각한다.

5단계인 결정된 것을 실천할 구체적 방법 마련을 위해 좀 더 얘기 나눈 뒤 예행연습도 해보았고 실제 약속된 시간이 되었을 땐 아이는 바로 일어나 씻으러 갈 준비를 했다. 결과가 어떠했는지를 확인하는 6단계는 아이와 자러 들어가 잠시 대화를 나누어 보았다. 다음은 단계별로 대화를 분석한 표이다.

1단계	아이의 욕구	엄마의 욕구
	- 많이 놀고 싶음. - 잠자는 시간이 늦어지더라도 더 놀고 싶음.	- 평소 수면 시간보다 부족하게 자면 아이가 아플 가능성이 커서 빨리 자길 원함.
2, 3, 4 단계	아이의 의견	엄마의 의견
	- 30분 더 놀기.	- 15분 놀고, 잠자리 독서 책 여러 권 읽기. - 30분 놀고, 잠자리 독서 책 한 권 읽기.
	- 15분 놀고, 잠자리 독서 책 여러 권 읽기(해결책 결정).	
5단계	- 시간이 되면 아이에게 '15분 지났어.'라고 말해 줌. - 놀이를 멈추고 바로 들어감.	
6단계	- 아이는 더 놀고 싶은 마음이 남아 있지만 욕실로 감. - 아이가 바로 욕실로 이동하여 대견함.	

3) 거리 좁히기 2-2단계 (다음 날, 지속가능한 약속 정하기)

거리 좁히기 2-1단계의 대화는 당면한 과제를 해결하기 위한 조율의 과정이었다면 오늘은 앞으로 지속가능한 규칙[2,3,4단계]을 정하기 위해 대화를 나누었다.

엄마 : 짱짱아, 우리 어제 저녁에 잠을 자러 들어가는 시간 때문에 의논했었잖아. 기억 나?

아이 : 응, 기억 나.

엄마 : 그러면 우리 오늘부터는 어떻게 할지 좀 더 얘기 나눠 볼까?

아이 : 좋아.

엄마 : 짱짱이는 매일 많이많이 놀고 싶은 마음이야?

아이 : 응, 엄~~~~~청 많이 놀고 싶어.

엄마 : 엄마도 짱짱이가 매일 저녁에 신나게 많이 놀았으면 좋겠는데 건강을 위해서 잠도 충분히 잤으면 해. 엄마는 무엇보다 9시에는 짱짱이가 눈을 감고 꿈나라에 갔으면 좋겠어. 그렇게 하려면 몇 시에 자러 들어가야 할까?

(이 때 시계를 같이 보며 얘기를 나눴다.)

아이 : 짱짱이는 누워도 바로 잠이 안 들어요.

엄마 : 그래, 맞아. 그래서 좀 미리 누워서 잘 준비를 해야 할 거 같아, 어때?

아이 : 응, 그래야 할 거 같아. 그러면… 8시?

엄마 : 엄마 생각에도 1시간 전에 양치하고 들어가면 책도 충분히 읽고 잠들기까지 시간도 있으니 여유도 있고 좋을 거 같아.

아이 : 그러면 얼마나 놀 수 있어요?

엄마 : 짱짱이가 유치원에서 집에 오면 5시쯤 되거든. 8시 양치하러 들어갈 때까지 3시간이 있어. 어떻게 하면 놀이 시간이 길어지게 할 수 있을까?

아이 : 집에 오자마자 손 씻고, 가방 정리부터 해.

엄마 : 오~ 그렇지. 집에 오자마자 손 씻고, 가방 정리부터 하고 그 다음엔 뭘 할까?

아이 : 아빠 오기 전에 샤워하고 있으면 되겠다!

엄마 : 그래, 가방 정리하고 배고프면 간식 조금 먹고 바로 샤워하자. 그런 뒤 놀면서 아빠를 기다리는 거야, 어때? 그러면 시간이 많이 절약될 거 같아.

아이 : 응, 그렇게 해볼래요.

엄마 : 그럼 이제 아빠 오실 시간 다되었으니 저녁 먹고 오늘부터 시간 지켜보자. 이미 샤워도 했으니 잘됐네! (때마침 현관문 열리는 소리가 들렸다)

아이 : 네! 아빠~~~~~!!! (현관문을 향해 달려 나간다)

예전에는 타이머를 이용했는데 아이는 그 타이머를 보며 나름의 압박감과 부담감이 있었나 보다. 타이머보다는 시계를 이용하는 편이 마음이 편하다 하여 시계를 보고 시간을 체크하라고 했더니 아이는 시계 보는 연습에 적극적이었다. 그리고 이 때는 갈등이 일어났거나 불편한 상황이 아닌 상태에서 얘기를 나누었기에 아이도 적극적으로 의견을 내주어 좀 더 구체적인 방법을 정할 수 있었다.

1차 의견 조율	저녁 8:00에 양치하러 감. 잠자리 독서 후 저녁 9:00에는 잠자기로 함. 저녁 8:00를 확인하기 위해 아이는 시계 보는 연습 중.

4) 거리 좁히기 2-3단계 (취침 시간 규칙 정한 지 한 달 후, 68개월)

아이가 잠자는 시간의 조정을 요구하여 규칙을 다시 조율하였다.

엄마 : 짱짱아~ 이제 8시 다 되어 간다~.

아이 : 힝- 더 놀고 싶은데… 많이 못 놀았는데.

엄마 : 놀다 보니 시간이 짧게 느껴졌어?

아이 : 조금 밖에 못 놀았어.

엄마 : 엄청 신나게 놀았나 보다. 엄마도 재밌게 놀면 놀수록 시간이 짧게 느껴지더라.

아이 : 엄마도 그랬어요?

엄마 : 그~럼. 엄마도 어릴 때 더 늦게까지 놀고 싶어 했었어.

아이 : 그러면~~ 내일 유치원도 안 가는데 조금만 더 놀면 안돼요?

엄마 : 아, 그래? 내일 쉬는 날이니까 조금 더 노는 건 괜찮을 거 같아. 짱짱이는 얼마나 더 놀고 싶어?

아이 : 1시간이요!

엄마 : 그럼 우리 쉬는 날에는 조금 더 놀다가 자는 걸로 할까?

아이 : 그게 정확히 무슨 날이에요? (여기서 '날'이란 요일을 의미한다.)

엄마 : (달력을 보며) 토요일과 일요일이 쉬는 날이니까 금요일 저녁, 토요일 저녁에는 1시간 더 놀다 9시에 잠 잘 준비를 하자. 대신 월요일에 일어나기 힘들어 할 때가 많았으니 일요일 저녁에는 더 일찍 잤으면 좋겠어. 한 7시30분쯤?

아이 : 네, 좋아요! 그렇게 할게요!

엄마 : 그러면 유치원 가는 월, 화, 수, 목은 8시에 잠 잘 준비하고, 금, 토엔 9시에 잠 잘 준비하는 거야. 일요일엔 7시30분에 잠 잘 준비하는 거고. 이렇게 하면 되겠나요~?

아이 : 네! (아이는 신나서 놀기 시작한다.)

평일 저녁 8시에 잠잘 준비하러 들어가는 것에 대해선 아이가 어느 정도 수긍했으나 여전히 아쉬워했고 특히 주말 전날은 더더욱 아쉬워했다. 그래서 아래 표와 같이 변경했다. 물론, 이대로 매일 같이 규칙적으로 잘 이행되는 건 아니다. 삶이란 게 변화의 연속 아니던가! 늘 변수가 있기 마련이기에 예외적인 날들에는 융통성 있게 대처하도록 노력하고 있다.

2차 의견 조율 및 수정	월요일~목요일 :저녁 8시 양치 후 책 읽기, 9시 취침 금요일, 토요일 : 저녁 9시 양치 후 책 읽기, 10시 취침 일요일 : 저녁 7시 30분 양치 후 책 읽기, 8시 30분 취침 예외적인 날 : 융통성 있게 대처

갈등이 있었던 날부터 3번에 걸쳐 무패 방법을 활용해 약속을 정했더니 점점 더 구체적이고 명확한 취침 시간에 대한 규칙들을 세우게 되었다. 규칙들이 좀 더 구체화되고 명료해지니 아이는 오히려 취침 시간 규칙을 잘 지킨다. 물론, 매일 기분 좋게 '네, 알겠습니다!' 하고 양치하러 가는 건 아니지만 서운함을 표하는 시간도 줄었고 잠자러 들어가는 시간 때문에 갈등이 일어나는 날도 현저히 줄어들었다.

가까워진 우리

사실 아이가 체력이 아주 좋은 편이 아니라서 늘 충분한 수면시간에 대해 신경을 썼다. 그러나 아이는 자라면서 자의식이 강해져 늦게 자고 싶어 했고, 취침 시간에 대한 갈등이 일어났다. 통제하려는 엄마와 통제를 벗어나고픈 아이. 반복되는 갈등으로 잠잘 준비를 해야 하는 시간이 다가오면 나도 모르게 예민해졌다. 오늘은 무사히 넘어갔으면 하는 바람과 함께.

그러나 무패 방법을 적용해 취침 시간 규칙을 정하고 난 뒤에는 잠자는 시간으로 인한 갈등은 발생하지 않았다. 의견 조율 및 수정을 통해 세밀한 규칙이 만들어지니 아이는 규칙을 지키는 게 훨씬 수월해 보였다. 변화는 다음과 같이 나타났다.

몇 차례 의견 조율 후, 초기에는 우리 부부가 아이에게 다음과 같이 알려주었다.

"오늘은 8시에 잠자는 날이야."

8시가 다 되어 가면 아이에게 한 번 더 주지시켰다. 그런 날들이 쌓이고 쌓여 약속을 정하고 한 달이 되었을 때 아이가 먼저 말했다.

"엄마, 오늘은 유치원 갔다 온 날이니까 8시까지만 놀 수 있는 날이지요?"

이렇게 자신이 알고 있는 바를 확인하고 저녁 때 놀면서 시계를 보며 시간을 체크 하고 있다.

그러나 삶이란 게 늘 변수의 연속이거늘 이 평화로운 광경이 매일 같이 연출되겠는가. 단지 이 변화가 아이와 우리에게 긍정적인 경험으로 쌓여 일상이 될 수 있도록 노력할 뿐이다. 서로에게 온전히 귀를 기울이고 진심으로 소통하려 애쓰다 보면 평온한 날들이 많아지리라 믿는다.

내 마음을 읽는 시간의 소중함

아이의 언어가 달라졌다

아이는 분명히 자라고 있었다.

몸도 마음도.

그리고 우리의 대화 속에서 아이의 언어가 달라지고 있었다.

나는 무패 방법을 적용함에 있어 '나-메시지'와 '적극적 듣기'를 의식적으로 많이 활용하려고 애썼다. 하지만 이미 내 몸에 깊숙이 밴 언어 습관을 바꾼다는 게 정말 쉽지 않았다. 그래도 나는 '나-메시지'와 '적극적 듣기'를 사용하려고 노력하고 또 노력했다. 아이를 향해 비난 섞인 말, 비교하는 말, 판단하는 말들은 멀리하고 내 감정과 욕구를 표현하려 했다. 어떤 감정인지 잘 모를 때는 감정 단어 목록을 이용했다. 그 당시 내 마음을 제일 잘 나타내 줄 수 있는 단어를 목록 속에서 찾아 표현했다. 처음에는 어색하기도 하고 번거롭기도 했으나 내 일상의 언어가 조금씩 바뀌어 가는걸 알 수 있었다. 나아가 예전에는 '좋다' 또는 '나쁘다'로만 파악했던 내 마음을 이젠 구체적으로 알 수 있게 되었다. 어느새 아이도 감정과 욕구의 표현에 점점 익숙해지고 있었다.

아이는 자신의 감정을 알아차리고 원하는 바를 보다 더 구체적으로 표현하기 시작했다. 표현하는 감정 단어 또한 다양해졌다. 예전에는 감정을 그저 기분이 '좋다', '안 좋다'로 단순하게 표현했었는데 어느새 아이는 '불쾌하다, 속상하다, 슬프다, 즐겁다, 짜증이 난다' 등의 언어로 표현하기 시작했다. 더불어 감정 단어가 적힌 '감정 카드'를 제시해 활용하기 시작했더니, 이젠 아이가 먼저 제안한다. 예를 들면 자신이 울고불고 떼 쓸 때 어떤 마음인지, 유치원에 가고 싶지 않을 때와 가고 싶을 때 어떤 마음인지 감정 카드에서 고르고 싶다 한다.

그렇게 아이도 나도 자신의 마음속에 다양한 감정이 존재함을 인지하고 구체적으로 어떤 감정인지 알아차려 가고 있다. 자신의 마음을 안다는 게 얼마나 중요한가.

대화법에 대해 공부하면서 내 유년 시절의 기억이 하나 떠올랐다.

아버지께서는 사업을 하셔서 늘 바쁘신 편이었다. 그래도 시간이 날 때는 항상 우리 남매와 함께 하려 애쓰셨고 운동회와 같은 모든 행사에 일부러 시간을 내서라도 참석하시곤 했다. 그리고 아버지께서 우리 가족을 위해 가장 신경 쓰신 부분은 바로 '가족회의'였다. 아버지에게 조금이라도 시간적 여유가 생기면 가족회의 시간을 가졌다. 그리고는 우리 남매에게 물으셨다. 요즘 무엇이 가장 힘드냐, 엄마와의 주된 갈등 거리가 있느냐 등등, 용돈 문제라든지, 좀 커서는 귀가 시간에 대해서도 가족회의를 통해 정했던 기억이 있다.

토마스 고든은 『부모 역할 훈련』에서 기존의 가족회의는 부모님이 결정을 내리고, 아이들에게는 훈계하는 경우가 많았다고 말한다. 그러나 나는 가족회의에서 이런 분위기가 느껴졌던 기억은 없다. 항상 우리 얘기에 귀를 기울여 주시고 우리의 의견이 반영된다는 기억이 남아 있을 뿐. 그래서 『부모 역할 훈련』을 읽고 공부할 때 아버지께 전화해서 여쭤 봤다. 아버지는 그때 당시에 왜 우리와 가족회의 시간을 가졌었냐고. 아버지의 대답은 다음과 같았다.

"너희들 얘기가 궁금해서 그랬지. 들어보려고."

나도 아이에게 나의 아버지와 같은 부모가 되고 싶다는 생각을 한다.

아이의 마음을, 아이의 이야기를 진심으로 궁금해 하고 들어줄 수 있는 엄마가 되려고 한다.

내 마음이 보이니 우리가 보이더라

'부모교육코칭 전문가 자격증 과정' 2급을 막 시작했던 때가 생각난다.

3급 과정에서 나를 알게 되는 실마리 하나를 찾아내고 삶이 예전보다 조금 더 가벼워졌었다. 그 가벼움을 안고서 2급 과정을 시작했다. 『부모 역할 훈련』과 마셜 B. 로젠버그의 『비폭력 대화』를 읽고 관찰 일지를 쓰며 욕구를 알아차려 보는 등 공부하고 적용해 보는 일련의 과정이 반복되었다.

아이를 바라보는 나의 시선과 일상의 언어가 변하니 관계에 변화가 찾아왔다. 나아가 삶의 에너지가 바뀌었다. 상대방을 관찰하여 감정과 욕구를 알아차리고, 나의 감정과 욕구를 들여다보려고 노력했다.

나-메시지와 적극적 듣기를 활용하면서 실로 놀라운 경험들은 여러 번 있었다.

자꾸만 먼저 내뱉고 싶어 하는 나의 입을 닫고 관찰하고 적극적으로 듣기 시작하니 섣부른 판단으로 아이를 오인하는 일이 줄어들었다. 그리고 아이의 진짜 마음이 보이기 시작했다. 예전 같았으면 몇 십 분이고 계속될 법한 갈등 상황이 10분도 채 되지 않아 종료되는 경험은 숱하게 많아졌다.

아이 자신의 감정과 욕구만 알아주어도 아이와 나 사이의 공기가 달라짐을 느꼈다. 괜찮은 날들이 많아졌다. 삶이 가벼워졌다. 내 어깨에, 온 몸에 들어가 있던 힘이 쑥 하고 빠지는 느낌이었다.

『부모 역할 훈련』에 이런 구절이 있다.

"부모는 신이 아니라 사람이다."

그렇다. 나 또한 신이 아닌 사람이라 늘 노력할 뿐이다. 어제보다 나은 오늘을 위해, 내일을 위해 노력한다. 아이와 부모 사이가 매일 좋을 수만은 없다.

사실 어제보다 오늘이 낫지 않으면 어떠한가. 이런 날도 있고 저런 날도 있다. 예전과 다른 건 망쳐 버린 어제가, 오늘이, 순간이 있다 해도 이젠 훌훌 털고 빠져나오는 속도가 빨라졌다는 것이다. 자괴감으로 나를 괴롭히고 침잠의 기운에 나를 내맡겨 버리기보다는 그럴 때일수록 내 감정과 욕구를 들여다보려 한다.

내가 나를 관찰한다. 내가 나에게 귀 기울여 보려 한다. 그러면 들리니까. 보이니까. 내 마음도, 너의 마음도.

Part 8

* 우리 가족의 마음이 궁금해
* 짱짱아 장난감이 갖고 싶어?
* 나는 너의 거울
* 아이 마음 채워 주고 출근하는 날
* 놀이터만 재밌는 건 아니란다
* Shall we talk?!

부모를 긴장시키는 아이의 말,
나는 이렇게 대처했다

장성진

프롤로그

아이와 호캉스 중

분만실 문이 열리는 소리에 나는 고개를 들었다. 간호사가 아이를 안고 나에게로 걸어온다. 아이를 처음 만나는 순간, 아이를 기쁜 마음으로 안아줬어야 했지만 수술한 아내에 대한 걱정과 너무 작은 아이를 어떻게 해야 할지 몰라 나는 얼어붙어 있었다. 아이와 처음 마주했을 때 활짝 웃어주지 못한 것이 아직도 마음에 걸린다. 바쁜 회사 생활과 동호회 활동으로 가족과 보내는 시간이 길지 않아서였을까? 목욕시키기와 잠자리 독서를 통해 아이와 시간을 함께 보냄에도 불구하고 아이와 친밀도가 높지 않았다.

2020년 2월 대한민국에 코로나19가 발생했고, 가족과 보내는 시간이 자연스럽게 길어졌다. 가족과 보내는 시간이 길어진 만큼 아이와 한층 가까워졌다. 아이와 친밀도가 높아질수록 자꾸 지난 시간들이 떠올랐다. '지금까지 나와 가족을 위한 삶을 살았나?', '잘 살고 있나?'라는 생각에 잠기곤 했다. 되짚어 보니 내 인생의 목표는 화목한 가정을 꾸리는 것이었다. 10년이란 시간을 같이 해온 아내와는 궁짝이 잘 맞았지만, 아이와는 그러지 못했다. 그래서 아이를 알아가기 위한 나의 노력이 시작되었다.

육아 관련 책, TV, 유튜브 등 다양한 매체를 활용한 단편적인 지식만으로는 아이에 대하여 알 수 없었다. 그러던 중 '한국심리적성협회'에서 진행하는 '부모교육코칭전문가 자격증 과정'을 알게 되었다. 우리 부부가 고민했던 아이를 대하는 방법을 배울 수 있었고, 그중 가장 도움이 된 것은 아이와 대화하는 방법이었다. 나-메시지, 적극적 듣기, 비폭력 대화, 그리고 무패 방법 등의 대화법은 아이와 소통을 하는데 큰 도움이 되었다.

나는 대화법을 배우기 전 아이의 요구에 어떻게 대처해야 할지 몰라 난감한 경우가 많았다. 그러나 소통을 위한 대화법을 배우고 난 후 가족이 달라지는 것을 느꼈다. 이 책에서는 대화법을 배우기 전과 후에 갈등 상황에서 아이의 반응이 어떻게 바뀌었는지 나열하였다. 우리 가족의 사례를 통하여 여러분의 가정에 갈등이 줄어들길 바란다. 그리고 내가 경험한 기적을 여러분도 경험하길 바란다.

우리 가족의 마음이 궁금해

나는 대한민국 3인 가족의 가장이다. 아침이면 어김없이 울리는 알람이 있다. 바로 6살 된 아들의 목소리다. 아이러니하게도 아이의 목소리를 알람으로 만들어 준 것이 코로나19였다. 코로나19가 있기 전까진 여느 평범한 직장인들과 마찬가지로 가족과 지내는 시간보다 밖에서 지내는 시간이 많았다. 특이하다면 특이한 건데, 나는 술자리가 아니라 동호회 활동에 많은 시간을 보냈다. 내가 활동한 동호회는 커플 댄스를 추는 동호회였다. 동호회에서 강사를 하고 있었고 춤이 좋았기 때문에 가족과 보내는 시간보다 동호회에서 활동하는 시간이 길었다. 아내와는 동호회를 통해 만났고, 결혼했기에 가능한 일이었다. 아내는 동호회가 내 인생의 활력임을 이해하는 사람이었다. 나는 동호회와 회사 이외에는 가족과 즐거운 시간을 보내는 다정한 남편이자 아빠였다. 하지만 가족과의 활동에서 즐거움을 느끼기엔 같이하는 시간이 짧았다.

2020년 2월, 코로나19가 대한민국에 퍼지면서 내 인생에 전환점이 찾아왔다. 나는 사람들과 접촉이 많은 동호회 활동을 멈추었다. 자연스레 동호회 활동으로 사용하였던 시간은 모두 가족과 보내는 시간으로 활용되었다. 가족과 같이 있는 시간이 늘어나다 보니 아이와 만들기, 실험, 놀이와 같은 활동을 같이 하게 되었다. 아이와 나는 점점 친해졌다. 내가 동호회 활동을 마음껏 할 수 있었던 이유가 가족의 희생임을 알게 되었다. 가족과 보내는 시간이 길어지면서 좋은 점만 있는 것은 아니었다.

길어진 시간만큼 갈등도 잦아졌다. 아니, 내가 모르던 갈등들이 보이기 시작했다. 아이가 더 놀고 싶어 하는 상황이나, 잠자는 시간의 갈등 등을 인지하게 되었다. 우리 가족에겐 갈등을 해소하는 방법이 필요했다. 그러던 중 우리 부부는 가족 간의 소통에 도움을 주는 대화법(나-메시지, 적극적 듣기, 비폭력 대화, 그리고 무패 방법 등 이하 '소통을 위한 대화법')을 알게 되었고 적용해 보기로 했다.

소통을 위한 대화법의 효과적인 활용을 위해 내가 가장 먼저 한 것은 가족 구성원의 성격과 성향을 파악하는 것이었다. 적을 알고 나를 알면 백전백승이라고 하지 않았는가. 가족 구성원이 서로의 성격과 성향을 잘 파악하고 있다면, 성향에 맞게 대화를 이끌어 나갈 수 있기 때문이다. 이 책을 읽고 있는 여러분들은 가족들의 성향을 얼마나 파악하고 있는가? 여러분은 어떤 성향의 가족 구성원들과 살아가고 있는가? 가족 구성원들의 좋아하는 음식이나 TV 프로그램은 잘 파악하고 있지만, 생각보다 가족의 성향을 파악하고 있지 못한 경우가 많다. 가족의 성향을 파악하지 못하면 다음과 같은 상황이 발생할 수 있다.

<상황 1> 깔끔하고 꼼꼼한 아내, 빠르지만 대충하는 남편

아내는 남편이 한 설거지를 보고 꼼꼼하게 하지 않았다고 잔소리를 한다. 남편은 일이 빠른 대신 대충하다 보니 아내에게 자주 잔소리를 듣는다. 남편은 아내의 말을 듣고 나름 깔끔하게 한 것인데 잔소리를 들으니 기분이 상한다. 어떤 날은 남편은 집안일을 빨리하고 쉬고 싶은데 아내가 일하는 속도가 늦다 보니 아내에게 잔소리를 한다. 아내는 깔끔하게 하고 싶어 늦어지는 것이라며 화를 낸다.

<상황 2> 외향적인 부모, 내성적인 아이

만약 아이가 부끄럼이 많다면 엘리베이터에서 인사하는 것조차 쉽지 않다. 그런데 부모가 인사를 하지 않는다고 잔소리를 한다면 아이는 자존감이 떨어지고, 스트레스가 쌓인다. 이런 일들이 반복되면 아이는 도리어 짜증을 내거나 부모의 말을 들으려 하지 않을 것이다.

위와 같은 상황은 가족 간의 성향을 파악하지 못하여 발생하는 갈등이다. 서로의 성향을 파악하고 있었다면 서로를 이해하고 문제 해결을 위한 접점을 찾음으로써 갈등이 줄어들 것이다. 따라서 가족의 성향을 파악하는 것만으로도 가족을 이해할 수 있으므로 갈등을 줄일 수 있다. 소통을 위한 대화법을 사용하기 이전에 가족의 성향을 파악하는 시간을 가져 보길 바란다.

나도 소통을 위한 대화법을 사용하기에 앞서 가족의 성향을 파악하기 위해 가족들을 유심히 관찰하기 시작했다. 아내와 아이가 평소에 자주 사용하는 말(단어)은 무엇인지, 상황에 따라 가족 구성원들의 감정이 어떻게 변화하는지 유심히 살펴보았다. 나 같은 경우에는 가족들과 보내는 시간의 밀도가 높아서인지 가족들의 성향을 파악하는데 2~3일이면 충분했다. 그러나 나의 성향을 파악하는데 오랜 시간이 걸렸다. 오히려 내가 어떤 사람인지 잘 몰랐던 것 같다.

우리 가족의 사례를 소개하기에 앞서 가족 구성원의 성향부터 알려주고자 한다. 독자 여러분이 '이런 가족은 이런 상황에서 이렇게 대처했구나.', 혹은 '우리 가족과 같은 성향의 가족 구성원이네. 나도 한번 해봐야겠다.'라고 생각이 든다면 같은 상황에서 도움이 될 것이다. 우선 우리 가족은 여러분들이 길에서 마주칠 수 있는 지극히 평범한 가족이다. 그래서 앞으로 소개할 사례가 많은 분들이 겪고 있는 일상일 거라 생각된다.

<아빠(나)의 성향_소심한 아빠>

나는 어렸을 때부터 친한 친구 몇을 빼고는 아이들과 어울리지 않았다. 지금 생각해 보면 다수의 사람들과 어울리는 것이 부담스러웠던 것 같다. 다수의 사람들과 있는 것이 부담스러워 사람들이 많으면 필요한 대화 이외에는 대화를 하지 않았다. 그러다 대학원에서 다양한 발표 경험과 동호회 활동을 통해 다수의 사람들과 어울리는 것에 익숙해지면서 사람들이 많이 모이는 자리가 점점 편해졌다.

나는 결혼은 하고 싶었지만 아이는 낳고 싶지 않았다. 아이를 좋아하지도 않았고, 잘 키울 수 있을 것 같지도 않았다. 결혼할 당시에도 아내에게 아이 없이 지내자는 말까지 했다. 그래도 아내가 아이를 낳고 싶으면 언제든지 다시 이야기하기로 했었다. 결혼생활 6개월 쯤 아내가 '여보, 우리를 닮은 아이를 갖고 싶어요.'라는 말을 건넸다. 아내의 말에서 많은 고민이 느껴져, 나는 망설임 없이 그러자고 하였다. 아내가 아이를 낳자고 하지 않았다면 우리 가족은 여전히 둘이었을 것이다.

아내는 하루하고도 반나절 동안 진통을 하다 의사 선생님의 자연분만이 어렵다는 이야기에 제왕절개 수술로 어렵게 아이를 낳았다. 아내가 수술실에 들어가고 난 뒤, 초조한 마음에 수술실 앞을 서성이며 시계만 계속 바라보았다. 분만실 문이 열리는 소리와 함께 간호사의 발소리가 들리고, 고개를 드니 아이를 안고 있는 간호사가 눈에 들어왔다. 아이를 처음 만나는 순간이었다. 아내에 대한 걱정으로 나의 얼굴은 경직돼 웃음이 나오지 않았다. 이렇듯 아내가 걱정되는 표정으로 아이와의 첫 만남이 이루어졌다. 아내가 괜찮은지 확인한 이후에야 나의 얼굴에는 웃음이 피어났고, 아이가 눈에 들어왔다.

조리원을 퇴원한 후에도 아이보다 아내의 몸조리가 더 신경이 쓰였다. 그래서 집안일을 더 많이 도우려고 했다. 아차, 참여하려고 노력했다.(우리 부부 대화의 성과다. 하하) 나는 손목이 시큰거린다는 아내를 위해 아이의 목욕은 내가 전담하였다. 아이와의 스킨쉽이 많았음에도 불구하고 아이와의 유대감이 커지지는 않았다. 내가 아이에게 애정이 없는 것 같아 초조했다. 아이와 빨리 친해지고 싶었다. 아이가 기어서 나에게 와 안기고 '아빠'라고 불리면서부터 '아~ 나는 아빠구나.'라는 생각과 함께 아이는 나의 가슴속에 자리를 잡아가기 시작했다. 그리고 첫돌이 지났을 무렵 아이를 바라보는 나의 눈빛은 사랑이 감돌기 시작하였다. 지금은 아내가 꿀이 떨어지는 눈빛으로 아이를 바라본다고 내게 말한다.

나는 감정을 소모하는 행동을 힘들어하는 편이다. 그래서 나는 화를 잘 내지 않고, 갈등이 발생하는 상황을 못 견디는 성격이다. 운전 중에 누군가 위험하게 끼어들면 화가 날 법도 하지만 나는

'급한가 보다.'라고 생각해 버린다. 화를 내지 않는 것도 갈등이 일어나는 상황을 만들기 싫어서일지 모르겠다. 회사에서 갈등이 생길 것 같으면 내가 손해를 보더라도 너무 힘들지 않다면 내가 일을 처리하고, 집에서는 더 많이 움직인다. 갈등이 생기는 것을 싫어하는 성격 때문에 아이가 원하는 것은 대부분 들어주려고 하는 아빠이다.

<아내의 성향_사교적인 엄마>

아내는 어렸을 때부터 하고 싶은 것도 많고, 친구도 많은 아이였다. 어렸을 때 배우고 싶은 것이 많았지만 시간이 없어서 다 못 배웠다고 했다. 지금도 새로운 것을 배우거나 도전하는데 거리낌이 없다. 아내는 처음 만나는 사람과 짧은 시간에 깊이 친해지는 편이다. 그래서 약속이 많고 지인과의 관계를 중요하게 여기는 사람이다. 지인이 많은 아내 덕분에 나는 아내의 모임에 자주 참석하고 있다.

나의 아내는 중고등 학교에서 10여 년 이상 사회과 과목을 가르쳤다. 그래서 청소년과 달리 말을 하지 못하는 영유아를 어떻게 대해야 할지 모르겠다며 힘들어했다. 아내는 내게 '10살까지만 당신이 신경 써 줘요. 10살부터는 내가 잘 키울 수 있을 것 같아요.'라는 말을 자주하곤 했다. 나도 사실 어떻게 해야 할지 몰랐다. 초보 부모에게는 아이의 행동, 손짓을 알아들을 능력이 부족했다. 아이의 몸짓을 이해하기 위해 아내는 노력하였고, 이런 시간이 길어지면서 아내의 몸과 마음은 지쳐 갔다. 나는 회사가 바쁘다는 핑계로 아내의 마음을 다독여 주지 못했고, 지금도 그때를 생각하면 가슴이 먹먹하다. 아내는 아이와 의사소통이 되기 시작할 무렵부터 다양한 육아 관련 서적을 통해 지식을 습득하고 아이에게 활용하기 시작했다. 아내는 육아 공부를 하면서 아이와의 관계가 좋아짐을 경험했다. 그리고 지금은 마음이 훨씬 편해 보인다. 아내의 열정은 아이와 아내를 연결하는 연결고리가 되어 주었다.

<아이의 성향_조심성 많은 남자아이>

우리 부부의 아들(이하 '짱짱이')은 6살이다. 나는 남자아이에 대한 편견이 있었다. 예를 들어 남자아이는 에너지가 많아서 두 다리가 땅에 닿으면 달리고, 궁금한 물건이 있으면 바로 만져 본다고 생각했다. 그러나 짱짱이는 그런 남자아이가 아니었다. 궁금한 물건이 있어도 다른 사람이 만지는 것을 확인하고 안전하다고 생각되면 만져 본다. 6살이 되기 전까지 짱짱이는 우리 부부를 앞질러 달려간 적이 없을 정도이다.

짱짱이는 엘리베이터를 탔을 때 모르는 사람이 있으면 엄마와 아빠 뒤에 숨는다. 왜 숨었는지 물어보면 부끄러워서 숨었다고 한다. 사람을 대할 때도 조심하는 성격은 여전했다. 짱짱이가 3살 때 이런 일도 있었다. 아침에 아빠에게 잘 다녀오라고 인사하던 짱짱이가 회사에 다녀오면 약간 어색해 하다가 30분 정도의 시간이 지나 어색함이 사라지면 아빠에게 안아 달라고 했다. 할아버지, 할머니를 만나도 이야기를 나누는 데까지 시간이 필요했다. 자라면서 어색해 하는 시간이 점점 줄어들고 있으나, 아직 누군가를 만났을 때 바로 다가서는 성격은 아니다.

짱짱이는 놀이를 하거나 만들기를 할 때 계획한 방향으로 흘러가지 않으면 힘들어한다. 예를 들어 그림을 그릴 때 창문을 그리지 않으려고 했는데, 같이 그리던 아빠가 창문을 그리면 다시 그리자고 한다. 얼마나 꼼꼼한지 색칠 놀이를 할 때 하얀색이 보이지 않을 정도로 색을 칠한다. 얼마 전에는 거북선을 만들었는데 갑판에 못을 0.5mm 간격으로 빼곡하게 붙이고 있었다. 이런 모습을 보면 꼼꼼하고 인내심이 강한 성격인 거 같다.

어릴 때부터 짱짱이는 질문이 많았다. 예를 들어 길을 걷다가 맨홀 뚜껑을 보고 '이건 뭐예요? 왜 뚜껑이 둥글게 생겼어요?'와 같은 질문을 한다. 그러면 나는 아이에게 '이건 어디에 쓰는 물건 같아? 왜 둥글게 생겼을까?'라고 다시 질문을 하고 아이의 대답을 듣는다. 그리고 맨홀 뚜껑이 무엇인지 설명해 주고 집에 와서는 책을 찾아 설명을 한 번 더 해주곤 했다. 짱짱이는 설명을 여러 번 반복해 줘도 지겨워하지 않았다. 짱짱이는 새로운 지식을 습득하거나 탐구하는 지적 욕구가 있는 아이이다.

나의 가족 구성원의 성향을 간단하게 정리해 보면 소심한 아빠, 사교적인 엄마, 조심성 많은 6살 남자아이이다. 이런 가족이 어떻게 살아가는지 다양한 사례로 이야기해 보겠다.

짱짱아 장난감이 갖고 싶어?

마트에 장을 보러 갔다가 의도치 않게 혹은 아이가 구경만 하고 싶다고 해서 장난감 매장을 방문하는 경우가 있다. 그런데 구경만 하기로 한 아이들은 이내 사고 싶은 마음이 생기곤 한다. 이럴 때 여러분들은 어떻게 하는가? 일반적으로 아래의 두 가지 방법을 많이 사용하고 있다.

(1) 장난감을 사지 않는다

아이 : 아빠, 장난감 사주세요.

아빠 : 장난감 구경만 하기로 했잖아. 잠시만 보고 가자.

아이 : 사고 싶어요.

아빠 : 안 돼. 오늘 장난감 사러 온 거 아니야.

아이 : 아~~~~~ 사고 싶어요. (울면서 떼를 쓴다.)

아빠 : 안 돼. 구경하고 있으면 사고 싶으니까 나가자. (우는 아이를 억지로 데리고 나간다.)

(2) 장난감을 사준다

아이 : 아빠, 장난감 사주세요.

아빠 : 장난감 구경만 하기로 했잖아. 잠시만 보고 가자.

아이 : 사고 싶어요. (울려고 한다.)

아빠 : (우는 모습을 보는 게 불편한 아빠) 그럼 작은 장난감 하나 사줄게.

첫 번째 방법은 아이의 감정은 무시하고 부모의 욕구(장난감을 사지 않기로 한 약속)만을 충족시키기 위하여 권위를 사용하는 것이다. 이럴 때 아이는 우는 것 말고는 할 수 있는 방법이 없다. 이런 일들이 반복되다 보면 '아빠는 내 말을 들어주지 않아.'라고 생각할 것이다. 극단적인 예로 아이의 욕구불만이 쌓이다 보면 자신의 욕구를 드러내지 않거나 부모와의 대화를 줄여 나갈 수도 있다.

두 번째 방법은 부모와 아이가 정한 규칙을 배제하고 아이의 욕구만을 충족하는 방법이다. 규칙을 어기는 행위로 인해 아이가 규칙은 지키지 않아도 되는 것으로 받아들일 수 있다. 따라서 향후 규칙을 정하더라도 쉽게 약속을 어기거나 바꾸려 할 것이다. 또한 아이가 자신이 원하는 것을 언제든지 쉽게 얻었다면 실패에 대한 수용과 좌절의 감정을 배우지 못하게 된다. 원하는 것을 모두 얻을 수 없다는 것을 인지해야 성인이 되어서 실패하여 쓰러졌을 때 빨리 일어설 수 있다. 따라서 이 방법의 유일한 장점은 갈등이 발생하지 않다는 것이다.

나도 무패 방법을 접하기 전에는 두 가지 방법 중 하나를 사용하기 일쑤였다. 앞에서 언급하였듯이 나는 갈등 상황을 견디지 못하는 성향이 강하기 때문에 아이가 울면서 떼쓰는 모습을 지켜보기 힘들다. 그래서 속으로는 '이러면 안 되는데.'라고 생각하면서 작은 장난감을 사주고 아이를 타이를 때도 있었다.

내가 적극적 듣기와 나-메시지를 접하고 얼마 지나지 않아 우리 가족에게 위의 사례에 해당하는 상황이 발생했다. 짱짱이의 손목시계를 사기 위해 마트에 들렀는데, 하필이면 시계 매장이 장난감 매장과 붙어 있었다.

짱짱이 : 아빠, 장난감 구경하면 안 돼요?

나 : 오늘은 장난감 사는 날이 아니니까 장난감을 살수는 없어. 장난감 매장은 구경만 하고 식품 매장에 가자. 약속할 수 있어?

짱짱이 : 약속할 수 있어.

나 : 그럼 장난감 매장에 가 보자.

짱짱이 : 아빠, 여기 물고기 키우는 장난감이 있어요. 정말 재미있겠다, 그죠?

나 : (아이가 사고 싶어 한다는 속마음은 알지만) 와~ 정말 재미있겠네.

짱짱이 : 물고기 장난감 재미있겠다. 사고 싶다.

나 : 짱짱아, 물고기 장난감으로 재미있게 놀고 싶구나. 그런데 오늘은 시계를 사기 위해 마트에 온 거야.

짱짱이 : 그래도 갖고 싶어요.

나 : 짱짱아, 아빠도 짱짱이라면 물고기 키우는 장난감 정말 갖고 싶을 거 같아. 그래서 아빠도 사주고 싶은데 그러지 못해서 아빠 마음이 아파.

짱짱이 : 왜?

나 : 우리 가족의 생활비는 정해져 있고 장난감을 사면 생활비가 줄어들어. 그러면 먹는 거나 필요한 물건을 못 사게 될 수 있어. 그러면 아빠가 너무 속상할 것 같아.

짱짱이 : 그렇구나. 알았어요. (더 이상 물고기 장난감을 사고 싶다고 말하지 않았다.)

이 사례에서 나는 짱짱이가 장난감을 갖고 놀고 싶어 하는 마음을 알아주었으며, 나의 감정과 이 감정의 원인을 말해 주었다. 짱짱이가 나의 감정을 이해하였는지 아니면 장난감을 살 수 없는 상황을 이해하였는지는 모르겠지만 더 이상 떼를 쓰지 않았다.

집에 돌아와서 더 좋은 방법이 있지 않았을까 곰곰이 생각해 보았다. 예를 들면, '짱짱아, 아빠도 짱짱이라면 물고기 키우는 장난감 정말 갖고 싶을 거 같아. 짱짱이가 아빠랑 한 약속을 지키면 아빠 기분이 좋을 것 같아.'와 같이 장난감 매장을 구경만 하기로 한 약속에 초점을 맞추어 이야기하였으면 어땠을까? 아이에게 부모의 감정을 말하는 방법은 여러 가지가 있다. 부정적인 표현보다는 긍정적인 표현을 사용하거나, 상황을 벗어나지 않는 이야기를 하는 것이 중요하다.

아이의 말에 담겨 있는 마음을 알아주고, 부모의 마음을 전달하면 아이도 부모의 마음을 알아준다. 아이도 하나의 인격체이다. 아이를 하나의 인격체로 여기고 대화한다면 아이와 부모의 관계는 더 돈독해지지 않을까 생각해 본다.

나는 너의 거울

부모들은 아이가 예의 바르게 자라 건실한 성인이 되길 바란다. 그리고 아이가 다른 사람에게 인정을 받았으면 하는 마음에 착한 아이, 예의 바른 아이로 타인에게 비춰지길 원한다. 그래서 부모들은 아이에게 아래와 같은 행동을 요구한다.

(1) 엘리베이터에서 이웃을 만났을 때 인사하기

(2) 부모 출퇴근 시간에 현관에서 인사하기

(3) 잠자기 전 어른에게 인사하기

(4) 타인에게 피해를 입히는 행동인 공공장소에서 뛰어다니거나, 소리를 지르는 행동 하지 않기

(5) 고의든 실수든 타인에게 피해를 주었을 때는 사과하기

1번에서 3번까지는 부모가 실천하면 아이도 보고 배운다. 엘리베이터에서 아이에게 인사를 강요하는 것이 아니라 이웃에게 먼저 인사를 하고, 출퇴근 시간에 집에 있는 부모가 출퇴근하는 배우자에게 잘 다녀오라고 현관에서 인사를 하고, 잠자는 시간에 아이에게 '잘자.'라고 먼저 말을 하면 된다. 그러면 언제부턴가 부모를 따라 하기 시작한다. 짱짱이는 잠자는 시간과 출퇴근 시간에는 인사를 잘하는데 부끄럼이 많은 아이라 엘리베이터에서 이웃에게 인사를 하지 않았다. 아내와 나는 아이에게 이웃 간에는 서로 인사하는 거라고 알려는 주되 인사를 강요하지는 않았다. 대신 우리 부부는 이웃에게 인사하는 모습을 보여주었다. 5살 때까지만 하여도 부끄럽다고 우리의 뒤에 숨던 아이가 6살 때부터 씩씩하게 인사하기 시작했다.

4번의 경우 부모가 아이에게 타인에게 피해를 입히지 않는 행동을 보여주기 어렵다. 왜냐하면 대부분의 어른은 공공장소에서 뛰어다니거나, 소리 지르는 행동을 하지 않는다. 그러므로 이런 행동이 타인에게 피해를 주는 행동이라는 걸 영유아는 잘 알지 못한다. 따라서 아이들에게 대화로 옳고 그름을 알려 주어야 한다. 그런데 아빠는 뛰어다니는 것을 허용하고, 엄마는 뛰어다니지 못하게 한다면 아이가 어떻게 해야 할지 혼란이 올 수 있다. 따라서 부부간의 대화를 통해 상황에 따른 허용 범위를 설정하고, 아이에게 올바른 행동에 대한 설명을 해주는 것이 좋다.

영유아기 아이들은 사과가 필요한 행동과 필요 없는 행동을 구별하지 못한다. 따라서 5번의 경우와 같이 아이가 사과를 해야 할 상황이 생긴다면 부모나 어른이 아이에게 사과할 마음이 생기도록 해줘야 한다. 아이에게 사과를 해야 하는 이유를 설명해 주지 않고 사과를 하라고 강요하면 억지로 하겠지만 속으로는 '엄마가 시키니까 사과를 하긴 하는데 왜 해야 하지?'라고 생각할 것이다. 따라서 진심이 담기지 않은 보여주기식 사과를 하게 될 것이다.

우리 가족의 사례(4번, 5번)를 통해 여러분은 같은 상황에서 아이에게 어떻게 행동하고 이야기 하고 있는지 한번 생각해 보기 바란다.

<식당에서 얌전히 있기>

식당에 저녁을 먹으러 간 날이었다. 짱짱이가 음식이 차려지기 전 우리 테이블을 빙글빙글 돈다. 짱짱이는 처음 보는 것을 덥석 잡거나 미지의 공간으로 달려가는 성격이 아니라 그런지 식당에서 우리가 식사하는 테이블에서 멀리 벗어나지 않는다. 그러나 테이블을 빙글빙글 도는 행위는 식사에 방해가 되기 때문에 우리는 자리에 앉기를 원했다.

나 : (테이블을 돌고 있는 짱짱이에게) 짱짱아, 자리에 앉아 있자. (여전히 짱짱이는 테이블을 돌고 있다.)

짱짱이 : 빙글빙글 도는 게 재미있어요.

나 : 짱짱아, 아빠는 짱짱이가 움직이다가 음식을 나르시는 분과 부딪혀 뜨거운 음식 때문에 다칠까 봐 걱정이야. 그리고 짱짱이가 계속 도니까 어지럽네. 자리에 앉았으면 좋겠어. 앉아서 아빠랑 이야기하자.

짱짱이 : 예. 알았어요.

아이들에게 '하지 마.'라고 하면, 아이들은 '왜요?' 혹은 '하고 싶어요.'와 같이 계속 같은 행동을 하기 위한 대답을 한다. 아이의 행동에 지적을 하면 아이는 자신의 행동이 잘못된 행동이 아님을 합리화하려 한다. 왜냐하면 아이들은 자신이 나쁜 아이가 되는 것이 싫기 때문이다. 그래서 아이의 행동을 지적하기 보단 그 행동을 하면 부모의 마음이 어떤지 설명하면 아이는 행동을 멈춘다. 아이들은 생각보다 부모의 마음에 공감하고 잘 받아들인다.

그리고 아이가 그런 행동을 하는 가장 큰 이유는 심심해서이다. 따라서 끝말잇기, 수수께끼 등으로 심심함을 해소해 준다면 더 쉽게 하던 행동을 멈추고 부모와 좋은 시간을 보낼 수 있게 될 것이다.

<사과하기>

아침 햇살이 창문을 통하여 방에 스며드는 시간, 짱짱이가 가

장 먼저 잠에서 깼다.

짱짱이 : (엄마에게 갑자기) 엄마 냄새나.

아내 : 사람이 자고 일어나면 입에서 냄새가 날 수 있어. 엄마, 아빠, 짱짱이 모두 냄새가 날 수 있어.

짱짱이 : 엄마 입이 아니라 머리에서 냄새가 나.

아내 : (기분이 상했는지) 그럼 오늘부터 엄마는 아빠와 같이 잘게.

(평소에 나는 침대에서, 아내와 아이는 침대 밑 매트에서 잠을 잔다.)

짱짱이 : 예.

짱짱이가 주위에 없을 때 아내에게 물었다.

나 : 평소에는 짱짱이에게 왜 그런 말을 했는지 물어보면서 이야기 잘 나누더니. 오늘은 왜 바로 나와 잔다고 했어? 어제 내가 모르는 일 있었어?

아내 : 어젯밤에 잘 때 짱짱이가 옆에 사람이 있어서 힘들다고 투정을 많이 해서 기분이 많이 상해 있는 상태였어요. 그래서 그런지 나도 모르게 그렇게 말했네.

위의 일이 있기 1개월 전 짱짱이가 엄마 마음을 상하게 한 일이 있었다. 이때 "짱짱아, 아빠는 짱짱이가 엄마에게 '엄마 싫어, 미워.'라고 이야기하는 모습을 보니 속상하네. 아빠는 짱짱이가 엄마에게 미안하다고 용기 내서 말했으면 좋겠어."라고 말했었다. 그리고 짱짱이가 1시간 정도 있다가 "엄마, 미안해요."라고 이야기를 했었다. 그러나 이날은 짱짱이에게 나의 감정을 이야기 하지 않았다. 유사한 일에 반복적으로 하는 것이 좋지 않을 것 같다는 생각과 아이도 감정을 추스를 시간이 필요할 것 같다는 생각에서였다. 짱짱이가 잠든 그 날 저녁에 짱짱이가 아내에게 사과를 하였는지 물으니 사과를 하지 않았다고 한다.

며칠이 지난 어느 날 아내가 짱짱이 잠자리를 정리하고 있는데, 짱짱이가 "엄마 머리에서 냄새난다고 말해서 미안해요." 라고 했다. 며칠 동안 '머리 냄새 사건'에 대한 언급이 전혀 없었는데, 짱짱이가 갑자기 이야기하는 것이 신기했다. 짱짱이는 지금까지 '머리 냄새 사건'을 계속 생각하고 있었고 엄마에게 말할 타이밍을 찾고 있었을까? 아내도 이렇게 다가오는 아이를 안아주며, "사과해 줘서 고마워."라고 했다. 시간이 지나 짱짱이에게 "어떻게 엄마에게 미안하다고 말할 생각을 했어?"라고 물으니 "그냥 말하고 싶었어요."라고 한다. "짱짱아, 미안하다고 말하고 나니 기분이 어땠어?"라고 물으니, "좋았어."라고 한다.

아이와 엄마 사이의 신뢰와 공감이 형성되지 않았다면 '말해도 소용이 없어.'라고 생각하고, 자신의 감정을 표현하지 않을 것이다. '엄마에게 내 감정을 말하면 엄마가 공감해 줄 거야.'라고 하는 신뢰가 있었기 때문에 아이는 감정을 표현했을 것이다. 부모와 아이가 서로의 감정을 잘 표현하고 이해하며 감정의 소통이 원활하게 이루어진다면 아이는 충분히 부모의 감정을 이해하고 행동할 것이다. 아이가 부모의 감정을 잘 이해해 주길 바라기 전에 아이의 감정을 잘 헤아려 주자. 그러면 아이도 부모의 감정에 귀 기울일 것이다.

예의바른 아이가 되길 원한다면 부모가 먼저 예의 바른 사람이 되면 된다. 타인을 배려하는 아이가 되길 원한다면 아이에게 부모의 감정을 잘 전달하여 타인을 이해하고 배려할 수 있도록 알려 주면 된다. 아이는 부모를 거울삼아 자라난다. 아이의 모습을 바꾸려면 나의 모습부터 바꾸어 보자.

아이 마음 채워 주고 출근하는 날

출근 준비 중인 나에게 아이가 다가와 '아빠, 오늘 회사 출근하지 말고 짱짱이랑 놀면 안돼요?'라고 말한다. 입술이 바짝바짝 마른다. 빨리 대답을 해야 한다. 나의 대답에 따라 어떤 출근길이 될지 결정되는 위급한 순간이다.

출근하는 부모라면 이런 경험이 한 번쯤은 있을 것이다. 여러분들은 이 상황에서 어떻게 대답을 하였는가? 회사를 출근하는 발걸음이 가벼웠는가?

짱짱이도 나에게 출근 시간에 놀자고 수없이 말했다. 나-메시지와 적극적 듣기를 배우기 전에도 그리고 배운 후에도 이런 상황이 발생했다. 그래서 나-메시지와 적극적 듣기를 배우기 전에 내가 대처했던 사례와 배웠으나 잘못 적용하여 실패했던 사례, 그리고 나-메시지와 적극적 듣기를 적절히 사용했던 사례를 공유하고자 한다.

(1) 나-메시지와 적극적 듣기를 배우기 전

짱짱이 : 아빠, 오늘 회사 출근하지 말고, 짱짱이랑 놀면 안돼요?

나 : 안돼. 출근은 꼭 해야 하는 거야.

짱짱이 : 같이 놀고 싶어요.

나 : 아빠가 회사에 가야 해서 놀 수 없어.

짱짱이 : 같이 놀고 싶어요(울려고 한다.).

나 : 아빠가 회사에 가지 않으면 회사 상사가 이렇게 말해. '장성진씨, 어제 왜 출근하지 않았어요? 장성진씨, 다음부터 출근하지 마세요.' (재미있는 말투로 주위를 환기 시킨다.)

짱짱이 : 하하하하 (크게 웃고 다른 주제의 이야기를 한다.)

나-메시지와 적극적 듣기를 배우기 전에 주로 사용하였던 방법은 짱짱이가 울려고 할 때 물을 마시게 하거나 짱짱이가 웃도록 하여 주위를 환기시키는 방법이었다. 이 방법은 상황을 빨리 종결하기엔 좋은 방법일 수 있으나 상황을 회피하는 방법이다. 아이가 수긍을 하지 않았기 때문에 다음에도 이와 동일한 일이 반복될 우려가 있다. 짱짱이의 경우도 위의 대화로 그날은 회사에 출근을 무리 없이 했지만 며칠이 지나지 않아 동일하게 놀자고 하고 나는 재미있는 말투를 사용해야 했다. 이런 일이 반복되는 것이 좋지만은 않다고 생각하고 있었다. 그러던 중 나-메시지와 적극적 듣기라는 좋은 방법을 알게 되었다.

(2) 나-메시지와 적극적 듣기를 적용했으나 실패한 사례

짱짱이 : 아빠, 오늘 회사 출근하기 전에 짱짱이랑 놀면 안돼요? (평소보다 30분 일찍 일어나 놀아 달라고 한다.)

나 : 짱짱아, 너무 빨리 일어났어. 조금 더 잠을 자야 할 것 같은데. 아빠가 피곤하네.

짱짱이 : 아빠, 꼭꼭 숨어라 하면 안돼요?

나 : 아빠, 더 자고 싶은데.

짱짱이 : 꼭꼭 숨어라 하고 싶은데.

나 : ('아이가 원하고 내가 해줄 수 있으며 해주자.'라고 마음먹었던 기억이 난다.) 짱짱아, 그럼 꼭꼭 숨어라 하는 중에 아빠 전화기의 알람이 울리면 그만하는 거야.

짱짱이 : (약간 울먹이며) 너무 짧아.

나 : (빨리해야겠다는 마음에 침대에서 일어나며) '하나, 둘, 셋 ~'

짱짱이 : 왜, 규칙을 안 지켜. 왜, 규칙을 안 지켜! (똑같은 말을 반복하며 울기 시작한다.)

나 : 짱짱아, 많이 놀 수 없을 것 같아서 우는 거야? (짱짱이의 마음 읽어주기(적극적 듣기)를 시도한다.)

짱짱이 : 아니야. 왜, 규칙을 안 지켜! (같은 말을 반복한다.)

나 : 짱짱아, 그 규칙이 뭔지 말해 줬으면 좋겠어. (짱짱이의 마음을 몰라 질문을 한다.)

짱짱이 : 아빠도 아는 규칙이잖아.

나 : 짱짱이가 이야기해 줬으면 좋겠어. 아빠는 어떤 규칙을 말하는지 모르겠어.

짱짱이 : 아빠가 알잖아.

나 : 아빠가 아는 규칙은 10번을 세는 동안 숨는 거야.

짱짱이 : 그걸 말하는 건 아니잖아.

아이는 울고 어떤 규칙인지 찾지 못한 채 알람이 울린다.

짱짱이 : 그전에 하는 거 있잖아. 이제 못 놀잖아. (더 크게 운다.)

나 : 혹시 '시작한다.'라고 말을 안 해서 그래?

짱짱이 : 응.

나 : 짱짱이가 준비가 안 되었는데 아빠가 숫자를 세서 화가 났구나. 그런데 알람이 울렸으니 오늘 저녁에 꼭 숨바꼭질하자.

짱짱이 : 그래도 지금 하고 싶어.

아내 : 짱짱아, 엄마가 '업어 택시' 해주는 동안 아빠 씻고 한 번만 꼭꼭 숨어라 하자. (아내가 구세주처럼 등장했다. '업어 택시'는 아이가 업혀서 택시 운전을 하는 놀이이다.)

짱짱이 : (엄마에게 업히며) 두 번 하고 싶은데.

나 : (씻으러 가며) 그럼 시간 되면 두 번 하자.

이렇게 나는 출근 준비를 하고, 짱짱이와 숨바꼭질을 두 번 하고 출근했다.

숨바꼭질 시간은 2분 정도였다. 2분만 놀아주면 되는 것을 30분 동안 실랑이를 했다. 아이의 욕구를 파악하지 못하면 마음 읽어 주기가 되지 않는다. 그런데 위의 대화에서 알 수 있듯이 아이는 규칙을 이야기하는데 나는 아이의 욕구를 파악하지 못하고 있다. 적극적 듣기를 통하여 아이의 이야기에 더 귀를 기울였다면 아이의 욕구를 빨리 파악하였을 것이다. 그러나 나는 아이의 욕구를 지레짐작하여 '오래 놀고 싶다는 것이구나.'라고 섣불리 판단해 버리고 아이의 이야기에 귀를 기울이지 않았었다. 나도 모르게 상황에 따라 아이가 원하는 바를 단정을 짓는 경향이 있었던 거 같다. 내 기준에서 지레짐작하고 아이의 이야기를 듣는다면 아이의 욕구를 파악하기 힘들다. 적극적 듣기를 할 때는 섣부른 판단은 완전히 배제하고 아이의 이야기에 온 마음을 다하여 귀를 기울여 보자. 그러면 아이의 욕구가 보일 것이다.

(3) 나-메시지와 적극적 듣기를 적용한 성공 사례

짱짱이 : 아빠, 오늘 회사 가지 말고 짱짱이랑 놀아요. (나가려는

아빠의 다리를 잡으며)

나 : 짱짱아, 오늘 아빠와 같이 놀고 싶구나. (빨리 회사에 가야 해서 마음은 급하지만 최대한 여유로운 마음으로)

짱짱이 : 응.

나 : 아빠도 짱짱이와 같이 놀고 싶어. 오늘 아빠 회사에 실험이 있는데 안 갈 수가 없는데 어떻게 하면 좋을까?

짱짱이 : 오늘 실험이 있어? 그럼 사진 찍어서 보여줘요.

나 : 그럼 아빠가 사진과 동영상 찍어서 퇴근하고 보여줄게. 어때?

짱짱이 : 알았어요.

짱짱이는 새로운 것을 탐구하거나 접하고 싶은 욕구가 있는 아이이기 때문에 아빠가 회사에서 하는 실험을 보고 싶었던 것 같다. 아빠가 회사에 출근하면 실험 사진을 찍어 자신에게 보여줄 수 있다는 것을 알게 되었고, 아빠의 출근이 자신의 지적 욕구를 채워 줄 수 있겠다고 판단한 것 같다. 위의 대화를 나누고 3개월 동안 회사에 가지 말고 놀자는 이야기를 한 번도 하지 않았다. 오히려 '아빠, 오늘 회사에서 실험해요? 실험하면 사진이나 동영상 찍어 와 주세요.'라고 이야기한다. 아이의 성향을 파악하고 아이의 성향에 맞춰 대처한다면 아이가 하지 말았으면 하는 행동이나 대화에서 자유로울 수 있는 방법을 찾을 수 있을 것이다.

놀이터만 재밌는 건 아니란다

아이와 놀이터에서 놀고, 귀가할 시간이 되면 어떤 일이 벌어지는가? 여러분들은 아래와 같은 상황에 아이에게 어떻게 이야기하는가? 대부분은 다음과 같은 상황이 벌어질 것이다. 짱짱이와 같이 놀던 아이와 부모도 우리와 같은 대화를 나누는 것을 심심치 않게 목격했다. 그러니 많은 부모들이 이와 같은 상황에 직면할 것으로 생각된다.

나 : 집에 가야 할 시간이야.

짱짱이 : 더 놀고 집에 가면 안돼요?

나 : 안 돼. 저녁 식사 시간이야 집에 가서 저녁 먹어야 해.

짱짱이 : 놀고 싶은데. (약간 울먹인다.)

나 : 짱짱아, 밥 먹는 시간이 되면 집에 가기로 약속했잖아.

짱짱이 : 약속한 적 없어.

나 : 집에서 나올 때 약속했잖아.

짱짱이 : 기억 안 나.

나 : 기억이 안 나도 아빠는 짱짱이에게 이야기 했어. 그리고 식사 시간이기 때문에 집에 가야 해. (집에 가기 싫어하는 아이를 억지로 집에 데려간다.)

집에서 놀이터에 나갈 때 짱짱이에게 '저녁 식사하기 전까지 놀고 들어오자.'라고 말을 했다. 그리고 짱짱이는 '예.'라고 대답을 했다. 그러면 왜 이런 일이 벌어졌을까? 나는 아이와 약속을 통해 귀가 시간을 정했다고 생각했다. 그러나 귀가 시간을 정할 때 짱짱이는 나갈 준비를 하고 있었다. 나의 이야기를 짱짱이가 인지하고 대답을 한 것이 아니라 자동 반사적으로 대답이 나온 것이다. 그래서 짱짱이는 그런 대화를 했는지 기억조차 하지 못하는 듯하다. 그래서 아이에게 부모의 의사를 전달하고 싶을 때는 아이의 행동을 멈추고 눈을 바라보며 정확하게 이야기를 나누어야 한다.

짱짱이의 경우는 역할 놀이와 만들기를 좋아하기 때문에 야외에서 놀이를 하는 시간보다 집에서 놀이를 하는 시간이 많다. 그래서 짱짱이가 놀이터에 나가자는 말을 자주 하지 않는다. 오히려 아내와 내가 '놀이터에 나가 놀자.'라고 하는 편이다. 어떤 날은 놀이터에 나가기 싫어하는 짱짱이를 억지로 데리고 나가는 날도 있다. 그런데 이상하게도 야외 활동을 하기 싫어하던 아이가 나가면 더 놀고 싶어 한다. 그렇다면 야외 활동을 좋아하는 아이라면 얼마나 집에 가기 싫겠는가? 아이에게 아래와 같은 이야기를 나누고 어렵지 않게 귀가를 한 경험이 있어 공유하고자 한다.

짱짱이 : 뭐 하고 놀까요?

나 : 우리 놀이터 갈까?

짱짱이 : 좋아요. 그럼 자전거 탈래요.

나 : (짱짱이의 눈을 보며, 나에게 집중하게 하고) 짱짱아, 저녁 시간이 되면 집에 와야 해. 그래서 2시간만 놀고 들어오자, 알았지?

짱짱이 : 알았어요.

짱짱이와 괴물 놀이, 자전거 경주, 그네 타기 등을 하며 2시간을 재미있게 논다.

나 : 짱짱아, 저녁 먹을 시간 되었어. 집에 가자.

짱짱이 : 더 놀고 싶어요.

나 : 짱짱이가 많이 재미있었나 보네.

짱짱이 : 재미있었어요.

나 : 짱짱이가 재미있었다고 하니 아빠 기분이 좋네. 아빠도 짱짱이랑 더 놀고 싶어. 그런데 더 놀다 보면 집에 가는 시간이 늦어지고, 저녁을 늦게 먹으면 잠을 늦게 자게 되잖아. 그러면 짱짱이가 잠을 적게 자서 아플까 봐 걱정이 돼. 그리고 우리 나올

때 2시간만 놀고 집에 가기로 했잖아. 짱짱이가 약속을 안 지키는 것 같아 속상해.

짱짱이 : 그럼 집에 가요.

아이가 더 놀고 싶어 하는 마음을 알아주고, 아빠의 마음과 욕구를 이야기함으로써 어렵지 않게 집에 돌아올 수 있었다. 그리고 집에서 나가기 전에 눈을 보고 이야기 한 것이 아이에게 약속을 했다는 인지가 있어서 귀가하는 데 더 도움이 된 것 같다.

부모들이 아이와 정해진 시간에 귀가를 하고 싶은 이유는 유사할 것이다. 식사 시간이 늦어지면 자는 시간이 늦어지고, 이에 따라 다음날 기상 시간이 늦어져 정신없는 아침을 맞이해야 할 수 있기 때문이다. 또한 잠을 적게 잔 아이는 열이 나는 경우도 종종 있기 때문에 아이의 건강이 걱정스럽다. 한 마디로 부모는 아이가 걱정되기 때문에 귀가 시간을 지키려 한다. 그렇다면 이런 부모의 감정을 아이에게 전달하면 어떨까? 아이에게 부모의 감정을 전달하면 아이도 부모의 감정과 연결되어 부모를 이해하게 된다.

위의 사례와는 다르지만 아이와 야외 활동을 마치고 쉽게 귀가하는 방법이 있다. 그건 바로 집에 아이가 좋아할 수 있는 다른 놀이나 활동이 있다면 아이는 쉽게 귀가를 한다. 예를 들어 아이가 좋아하는 피자를 만들거나, 아이가 좋아하는 지인이 집에 방문하거나, 혹은 아이가 좋아하는 놀이를 집에서 한다면 귀가가

쉬워진다. 그래서 집에서만 할 수 있고 아이가 좋아하는 놀이를 몇 가지 만들어 놓는 것도 귀가에 도움이 된다.

Shall we talk?!

아이를 만나기 위해 우리는 많은 준비를 한다. 임신 전에 준비해야 할 것들에 대해 알아보고, 임신 후에는 태교를 어떻게 할지 공부한다. 아이가 태어나면 아이를 이해하려고 노력하고 아이가 말을 하면 아이의 말에 귀를 기울인다. 첫 아이와 만난 초보 부모는 아이에 대해 모르는 것이 당연하므로 노력한다.

초보 부모인 우리 부부도 아이가 언제부터 '엄마, 아빠.'라고 말하는지, 아이가 언제까지 기저귀를 차는지 궁금했다. 그리고 우리의 어떤 말과 행동이 아이에게 좋은 영향을 미치는지 알고 싶었다. 다양한 정보를 습득하기 위하여 책, TV, 유튜브 등을 활용했다. 그러나 단편적인 지식으로 아이를 이해하기에는 부족했다. 그러던 중 〈한국심리적성협회〉에서 진행하는 '부모교육코칭전문가 자격증 과정'을 알게 되었고, 우리 부부는 '심봤다!'를 외쳤다. 이

과정으로 나에 대해 성찰하고, 대화법을 통하여 아이와 공감했으며, 가족을 이해하는 시간을 가질 수 있었다.

아이를 사랑하지 않는 부모는 없다. 그러나 아이와 관계를 맺는 것에 서툰 부모는 있다. 아이와의 소통을 위해 부모는 다양한 방법을 사용하지만, 그 중 90% 이상을 차지하는 것이 대화이다. 한마디로 부모의 대화 방법이 아이와의 관계에 영향을 미친다. 대화법이 고착화 되지 않은 유아기 아이와의 관계는 부모의 대화법이 영향을 더 크게 미칠 것이다. 아이가 청소년이나 성인이더라도 부모가 대화법을 바꾸면 영향을 받는다.

아이가 울면 어떻게 해야 할지 몰랐던 나에게 가장 도움이 되었던 건 나-메시지와 적극적 듣기였다. 예전에는 아이가 울먹이려고 하면 긴장이 되어 빨리 아이에게 당근을 줬었다. 상황을 끝내기 급급했던 것이다. 그러나 지금은 아이의 감정과 욕구를 들여다보기 위해 아이를 관찰한다. 나와 아이에게 모든 신경을 집중한다. 나에게 문제가 있다면 나의 감정과 욕구를 이야기하고, 아이의 문제라면 아이의 감정과 욕구를 알아차리려고 노력한다. 그리고 서로를 조금씩 알아 간다. 관찰을 통해 감정과 욕구를 이야기함으로써 자연스럽게 아이가 변해 간다. 그리고 나도 변해 간다. 나의 작은 노력이 아이의 울음소리를 웃음소리로 바꾸어 간다. 나와 가족들은 서로를 알아 가고, 서로를 이해해 가고 있다. 그렇게 우리는 같은 곳을 바라보고, 같이 성장해 가고 있다.

부모는 아이에 대해 알고 싶고, 아이가 자라는데 도움을 주고 싶은 마음에 아이와 다양한 대화를 나눈다. 아이와 어떻게 대화를 하는지에 따라 아이는 '우리 부모는 나를 이해해 줘.' 혹은 '우리 부모는 나의 마음을 몰라.'라고 생각할 것이다. 여러분의 아이는 지금 여러분을 어떻게 생각하고 있을까? 여러분의 아이가 '우리 부모는 나를 이해해 줘.'라고 생각한다면 지금처럼 하면 된다. 그러나 '우리 부모는 나의 마음을 몰라.'라고 생각한다면 아이와의 대화에서 나-메시지와 적극적 듣기를 적용해 본다면 여러분 가족에게도 큰 도움이 될 것이다.

소설은 읽고 재미있으면 그것으로 충분하다. 그러나 이 책은 읽고 '아~ 이럴 수 있구나.'로 끝나지 않고 '나도 해봐야겠다.'라는 마음이 생겼으면 한다. 내가 바뀌지 않으면 아이는 변하지 않는다. 내가 대화법을 바꾸지 않으면 아이의 언어도 바뀌지 않는다. 내가 아이의 감정을 알아주지 않으면, 아이도 내 감정을 이해해 주지 않는다. 말하는 습관을 바꾸는 것은 쉽다면 쉽고, 어렵다면 어렵다. 그래도 가족의 행복을 위해 충분히 시도해 볼 만한 가치가 있다고 생각된다. 우리 부부를 포함한 모든 초보 부모들이 아이와 연결되는 그날이 기대된다.

Part 9

* 아무도 알려주지 않는 육아
* 감정을 관찰하고 인정하자
* 세상에 나쁜 욕구란 없다
* 욕구의 좌절을 좌절시켜라
* (관찰)부모는 감독이 아닌 진심 어린 관객이다

부모는
진심 어린 관객이다

양현진

프롤로그

나의 사랑스런 세 아이들

지금 많은 아빠들은 이전 세대와는 다른 큰 불안과 혼란을 겪고 있다. 아빠 육아에 대한 책을 출간한 이후 강연과 상담을 통해 많은 아빠들을 만났다. 대부분 자신의 부모로부터 보고 배운 아버지의 모습과, 현재 자신에게 요구받는 아버지 역할의 차이로 인해 혼란스러워 했다. 내가 알던 아버지의 모습과 현재 아내가 요구하는 아빠의 이미지는 너무나 다른 것이다. 요즘에는 가족을 위해 아무리 몸이 부서져라 일해도 아이를 돌보지 않으면 나쁜 아빠가 되어 버리기 때문이다.

아빠들은 억울하기도 하고 미안해지는 복합적인 심리가 작용한다. 우리 아버지 세대가 하는 것보다 분명히 잘 하고 있는데 아내들은 턱없이 부족하다고만 한다. 실제로 아빠들의 혼란은 엄청나다.

나 또한 육아에 준비되지 않은 채 아빠가 되었다. 아이의 행동에 어떻게 대응하고 말해 주어야 할지 몰라 난감한 적이 많았다. 그래서 육아 서적들을 공부하고, 비폭력 대화를 배우고 아이들에게 적용해 봄으로써 나름대로 노하우를 쌓았다. '지금 알고 있는 것들을 아이들이 어렸을 때 알았더라면 더 좋았을 텐데."하는 아쉬움이 남는다.

그래서 아이 때문에 고민하는 대한민국 부모들을 위해 글을 써서 메시지를 전하고 있다. 나와 같은 시행착오를 겪지 않고 행복하고 즐거운 육아를 했으면 하는 바람이다.

지금도 나는 아이들과 함께 시간을 보내며 실수를 하고 시행착오를 겪으며 문제들을 하나씩 해결해 나가고 있다. 단지 좋은 아빠가 되기 위해 오늘도 최선을 다할 뿐이다. 좋은 아빠, 훌륭한 부모를 목표로 할 필요는 없다. 완벽한 부모는 세상에 없다. 다만 진심으로 아이를 대하고 행동할 뿐이다. 내가 할 수 있는 일을 하고, 자책하지 않고 긍정적인 에너지로 나를 채우는 것이 중요하다. 다른 사람과 비교하기 이전에 어제의 나 자신보다 더 나아지도록 노력해야 하는 것이다.

핸드폰에는 내 사진보다 아이들 사진으로 가득하다. 용량이 모자라 막상 지우려 해도 삭제할 사진이 하나도 없다. 비슷한 사진이라도 모두 소중한 모습이다. 이전 사진을 보면 언제 이렇게 컸는지 대견해질 때가 많다. 아이들은 하루가 다르게 자란다. 아빠가 회사 일로 바쁘고 피곤하다는 이유로 아이와 함께하는 시간을 미루다 보면 아이는 기다려 주지 않는다. 금방 사춘기가 올 것이고 아빠의 자리에 친구와 컴퓨터가 대신할 것이다.

가랑비에 옷이 젖듯이 아이와 평소 나누는 대화를 통해서 좋은 관계를 유지하고 서로 신뢰를 쌓을 수 있다. 아무리 바쁘고 파김치가 된 몸이라도 즐겁고 유쾌하게 육아를 할 수 있는 길잡이가 되길 바란다.

2022년 화창한 봄 햇살이 비치는 어느 날,

양현진

아무도 알려주지 않는 육아

아내가 다급한 목소리로 나를 깨운다. 아직 한밤중이다.

"오빠 일어나 봐. 병원에 가야 할 것 같아."

첫째를 임신한 아내의 양수가 갑자기 터진 것이다. 아직 병원에서 알려준 예정일보다 4주는 빠르다. 아내는 침착하게 가방 정리를 하고 나를 깨웠다. 깜짝 놀라 급히 옷을 입고 차를 몰았다. 한밤 중 도로는 다른 세상처럼 고요하고 더 어두워 보였다.

"아이스크림 먹고 싶다. 애기 낳으면 당분간 못 먹으니 가면서 하나 사 먹을까?"

진통 중에 아이스크림을 먹고 싶다는 아내가 웃기기도 하면서 걱정이 되었다.

"병원 가는 길에 편의점 보이면 하나 사 먹자."

결국 편의점은 찾지 못하고 병원에 도착했다. 간호사는 이미 많이 진행되었는데 왜 이렇게 늦게 왔냐고 말했다. 아내가 고통을 잘 참는 줄은 알았지만 이 정도인 줄은 몰랐다. 내가 옆에서 해줄 수 있는 것은 아무것도 없었다. 옆에서 손만 잡아 줄 뿐이었다. 아내는 진통 중에도 못 먹은 아이스크림을 계속 아쉬워했다. 애기 낳고 아이스크림을 박스로 사다 주겠다며 달래 주었다. 결국 진통 10시간 만에 애기가 나왔다. 간호사의 안내에 따라 아기의 탯줄을 자르는데 얼떨떨했다. 영화나 드라마에서 보던 것처럼 탄생의 신비와 환희보다는 말 그대로 정신이 하나도 없었다. 감정 자체를 느낄 여유가 없었다.

아빠가 된다는 것은 사실 무방비 상태에서 갑자기 깨닫는다. 아내가 임신 중에는 아기를 만질 수도 없고, 소리도 들을 수 없다. 아내의 배가 점점 커지지만 아이의 실체가 보이지 않으니 실감이 나지 않는다. 엄마는 자신의 배속의 아이를 느끼지만 상대적으로 아빠는 아이의 존재 자체가 낯설다.

그러나 아이가 태어나는 순간 내가 아빠가 되었다는 것을 실감할 수 있었다. 아내와 아이는 나를 절대적으로 더 필요하게 되었기 때문이다. 이전과 다르게 더 중요한 존재가 된 것이다. 아내의 출산 후 다음날이 되자 난 서서히 정신을 차렸다. 흰 속싸개에서 곤히 자고 있는 아이를 보니 신기할 따름이었다. 새로운 가족이 생겼다는 기쁨이 나를 감싸 안았다. 주변이 환해지며 행복한 빛이 내리쬐는 것 같았다. 새로운 생명의 탄생과 동시에 나에게는 '아빠'라는 이름이 붙여졌다.

자연분만이었기에 3일 후에 퇴원을 했다. 예약해 두었던 산후조리원으로 갔다. 처음에는 2주일로 예약을 했지만 아내는 너무 돈이 아깝다며 1주일로 줄였다. 산후 조리원 직원들은 나를 '아버님'으로 불렀다. 아버님이라고 불리는 것이 너무 어색했다. 어색한 것은 호칭뿐만이 아니었다. 신생아실에서 방으로 아기를 데려왔을 때 기저귀며 속 싸게 싸는 것까지 너무 어려웠다. 핸드폰 동영상을 보며 속 싸게 싸는 것을 아내와 공부했다. 잠깐 기저귀 가는 것도 온몸에 힘을 주었더니 허리가 끊어질 것 같았다.

조리원에서 1주일을 보내고 셋이 된 우리 가족은 집으로 돌아왔다. 아기를 두고 출근하는 것이 너무 아쉬웠다. 하루 종일 아기를 볼 수 있는 아내가 부러웠다. 장모님께서 몇 주 동안 옆에서 아내의 산후 조리를 도와주셔서 안심은 되었다. 육아 용품은 출산 전에 아내가 준비했다. 하지만 출산 후 사야 할 것은 예상외로 많았다. 하루 종일 먹고, 자고, 싸니 기저귀도 금방 떨어졌다.

아기를 보는 것은 정신의 기쁨이었지만 육체의 피로함은 점차 쌓여 갔다. 아기는 한밤중에도 젖을 달라고 울었다. 나와 아내의 수면 시간은 극도로 줄어들었다. 회사에 출근하면 수면 부족으로 항상 눈 밑에 그림자가 따라다녔다. 부부의 관심사는 남편과 아내에서 아기로 변했다. 그러다 보니 서로 소홀해 지고 다투는 일이 자주 발생했다. 아내는 항상 빠른 퇴근을 요구했다. 하루 종일 아이와 씨름하느라 신경이 날카로워졌기 때문이다.

아내의 출산 이후로 많은 것이 달라졌다. 생활 방식 자체가 변해 버렸다. 너무나 큰 변화이기 때문에 적응하기 쉽지 않았다. 기저귀 갈아주는 것부터 아이와 어떻게 놀아줘야 할지 난감하기만 했다. 육아에 지친 아내와 말싸움이라도 하게 되면 집은 지옥이 되었다. 한마디로 무엇을 어떻게 해야 할지 몰랐다. 아무도 육아에 대해 알려준 사람이 없었기 때문이다.

태어난 지 얼마 되지 않은 아기가 울면 아내와 나는 당황했다. 어떻게 해야 할지를 몰라 우왕좌왕 했다. 어느 정도 익숙해지면서 아이가 울면 3가지를 우선 확인했다. 기저귀, 입, 눈이다. 기저귀를 확인하고 대소변을 봤으면 갈아준다. 입에 손을 갖다 대고 먹으려는 시늉을 하면 젖을 준다. 눈이 졸려 하는 것 같으면 아기띠를 하고 재운다. 기저귀를 갈아주고, 젖도 먹였고, 아기띠를 해도 울음을 멈추지 않을 때가 문제였다. 아픈 곳이 있거나 심심한 것이다. 아기들은 아직 소화 기관이 발달하지 않아 젖을 먹으면 배가 아프다. 따뜻한 손으로 아기 배를 문질러 줄 수밖에 없다. 아기가 심심해 할 때는 여러 가지 자극을 줬다. 대표적인 까꿍 놀이부터 해서 딸랑이로 청각을 자극했다. 아기를 안고 집안을 돌아다니며 이야기해 주고 노래를 불러 주었다.

아이는 목 가누기, 뒤집기, 기어 다니기 등 한 단계씩 성장 단계를 밟아 나갔다. 그럴 때마다 큰 미션을 완수한 아이에게 큰 행복을 느꼈다. 나를 보며 웃을 때는 그렇게 기분 좋을 수가 없었다. 어떻게든 한번이라도 더 웃게 하려고 아이에게 재롱을 부렸다. 아이가 기어 다니기 시작하면서 집안 물건에 호기심이 왕성해졌다. 누워 있을 때는 그나마 편한 시절이었다. 아이가 기어 다니면서 잡으러 다니기 바빴다. 신기하게 매트를 안 깔아 놓은 곳만 가서 맨 바닥에 머리를 부딪쳤다. 아이가 다칠까 봐 가구 모서리에 보호대를 붙여 놓으면 금세 다 뜯어내곤 했다.

나는 출근 전과 퇴근 후에 짧은 시간 동안만 아이를 돌봤다. 짧은 시간이지만 많은 일들이 발생했다. 상황에 따라 어떻게 대처해야 하는지 뭘 하고 놀아줘야 하는지 난감했다. 아이가 크면서 단순한 문제뿐 아니라 복잡한 문제들이 생겼다. 훈육은 어떻게 해야 할지, 어떻게 놀아줘야 할지 알 수가 없었다. 그래서 육아 관련 책을 보며 나름대로의 훈육법, 놀이 방법 등을 개발하고 적용하면서 많은 시행착오를 겪었다. 물론 아내가 없었으면 불가능한 일이었다. 아내와 같이 노력하고 실수하면서 정답은 아닐지라도 최선을 다했다.

그랬던 우리가 지금은 세 아이의 부모가 되어 있다.

나는 아무런 준비 없이 부모가 되었다. 세 아이의 부모가 되어서야 삼 형제를 키우신 나의 부모님 생각이 많이 난다. 많은 부모들이 아무런 준비 없이 부모가 된다. 사실 우리 부모 세대도 마찬가지였다. 부모 공부를 누가 따로 했겠는가? 부모가 지혜롭게 아이를 키우기 위해서는 공부를 해야 한다. 아무도 알려주지 않았지만 지금부터라도 육아에 대해 공부해야 한다.

감정을 관찰하고 인정하자

처음에는 귀엽고 사랑스러운 아이도 오랫동안 돌보다 보면 지치고 힘든 순간이 온다. 여기서 부모는 크게 2가지 유형으로 분류된다. 아이를 보면서 화를 내거나, 아니면 마음이 평온한 유형이다. 평온해 보이기만 하고 속으로는 참고 있는 것일 수도 있다. 순간순간 감정이 욱 해지는 부모들! 나도 모르게 화를 내기도 하고, 시간이 지나서 스스로 '내가 왜 그랬을까' 하면서 자책하기도 한다. 아이가 떼를 쓰고 있을 때는 '내가 너무 화를 내서 나에게 나쁜 영향을 받았나?' 이러면서 죄책감을 가지기도 한다. 그래서 내 감정을 자꾸 억누르고 감추고 참으려고만 하게 된다.

이미 경험했겠지만 감정을 억누른다고, 또 참는다고 해결되지 않는다. 억누를수록 어느 순간 한꺼번에 분출되곤 한다. 특히 대한민국 남자라면, 감정을 억누르고 표현하면 안 된다고 무의식적으로 배워 왔다. 나도 세 아이를 키우면서 나의 감정을 항상 억누르기만 했었다. '애들한테 화내면 안 돼, 짜증내면 안 돼, 참자. 내가 참아야 가정의 평화가 올 수 있다.' 이러면서 계속 감정을 억누르고만 있었다.

이렇게 억압된 감정은 우리를 우울하게 하고 무기력하게 만든다. 더 큰 문제는 아이들이 이런 부모의 감정을 보고 배운다는 것이다. 참고 자책하다가 폭발하고, 참고 자책하다가 폭발하고. 이렇게 무한 반복하는 모습을 아이가 보고, 스스로도 이 패턴을 전수받아서 같은 감정 흐름을 보이는 것이다.

그런데 여기서 가장 중요한 것이 무엇인지 아는가? 세상에는 나쁜 감정도 없고, 좋은 감정도 없다는 것이다. 화가 나고, 슬프고, 반대로 기분 좋고, 행복한 느낌은 다 우리에게 필요한 것이다. 부모가 감정에 휘둘리지 않고 정서적으로 건강한 부모가 되기 위해서는 반드시 해야 하는 일이 있다. 바로 자기 자신의 감정을 관찰하고 인정하는 것이다.

내 감정을 관찰하기

퇴근하고 집에 도착했다. 그날따라 회사 일도 많고 정신없던 하루라 몸은 이미 녹초가 되어 있었다. "아빠!"하며 반기는 아이들을 한 번씩 안아줬다. 추운 날씨에 몸이 얼음장 같아서 얼른 따뜻한 물로 샤워하고 싶었다. 샤워하러 들어간 화장실에 세 아이들도 따라 들어왔다. 나가 있으라고 했지만 말을 듣지 않았다.

할 수 없이 샤워를 하는데 아이들이 장난을 치다가 샤워 부스 문을 열었다. 물이 밖으로 튀어서 아이들 옷이 살짝 젖었다. 몇 번 주의를 주고, 샤워를 이어나갔다. 유준이는 샤워 부스 유리문 손잡이에 매달리며 장난을 치고 시작했다. 유리문이 깨질 수 있으니 위험하다고 했지만 같은 행동을 반복했다. 목소리에 힘을 주어 조금 전보다 더 강하게 주의를 주었다.

샤워를 마치고 거실로 나왔다. 한 명씩 하고 싶은 놀이를 선택한 후 가위바위보로 순서를 정하기로 했다. 서준이는 권투 놀이, 유준이는 숨바꼭질, 채윤이는 '무궁화 꽃이 피었습니다' 놀이를 선택했다. 가위바위보로 순서를 정했는데 서준이가 먼저였다. 아이들은 권투 놀이를 하다 보면 너무 몰입한 나머지 힘 조절을 못하는 경우가 많았다. 놀이 전에 주먹을 아빠 손바닥에 쳐보라고 해서 강도를 먼저 정하고 시작했다. 처음에는 강도가 약하지만 아이들이 흥분하면서 강도가 쌔졌다. 결국 마지막에는 아빠가 실컷 얻어터진 후에야 끝이 났다.

샤워 부스에서 아이들이 문을 열어 물이 튀었을 때 짜증이 났다. 샤워도 마음 편하게 할 수 없는 상황이 짜증이 났던 것이었다. 아이가 샤워 부스 문에 매달리며 놀 때는 화가 밀려왔다. 자칫하면 위험할 수 있는 상황이었기 때문이다. 권투 놀이의 강도를 정했지만 흥분해서 아빠를 마구 때리는 아이에게 불쾌한 느낌이 들었다. 이런 감정은 그 당시에는 몰랐다. 그저 마음이 불편하다는 것만을 느낄 뿐이었다. 글을 쓰고 있는 지금에서야 내가 구체적으로 어떤 감정을 느꼈는지 기억해 낼 수 있었다.

그 당시의 불편한 감정들을 기억하고 관찰하면서 조금 더 명확해짐을 느꼈다. 손에 잡히지 않고 모르는 것은 긴장되고 두렵다. 하지만 일단 실체가 보이고 대상을 알게 되면 마음이 안심이 되고 긴장이 줄어든다. 우리의 감정도 마찬가지다. 평소 그저 불편한 감정이라고만 느끼고 지나치면 그런 감정의 찌꺼기가 남아 있다. 하지만 어떤 감정인지 구체적으로 바라보는 것만으로도 명확하게 보이고, 마음이 가벼워진다. 마치 손에 잡히지 않는 기체를 고체로 바꾸어 손에 잡는 것과 비슷하다.

'내가 어떤 감정을 가지고 있지? 지금 기분이 어떻지?'

'내가 지금 슬슬 짜증이 나는구나. 화가 올라오고 있구나. 불쾌한 느낌이 드는구나.'

이렇게 평소 내 감정을 계속 '관찰'을 해야 한다. 이렇게 감정을 바라보는 것만으로도 그 속에서 휘둘리지 않도록 도와준다. 그래서 감정은 '조절'하는 것이 아니라 '관찰'하는 것이다.

내 감정을 인정하기(당연하지)

아이들은 아빠를 보니 반갑기도 하고 빨리 같이 놀고 싶은 마음이었을 것이다. 마음도 급하고 놀이를 서둘러 시작하고 싶은 흥분 상태였다. 하지만 나는 피곤한 상태에서 집에 돌아온 몸과 마음이 지쳐 있었다. 최대한 이것저것 신경 쓰기 싫고, 조용하고 평화로운 상태를 원했다.

'왜 이렇게 짜증이 나지?'

'아, 오늘 몸이 너무 피곤했구나. 오늘따라 애들이 너무 흥분해서 아빠 말이 귀에 잘 안 들어 왔구나.'

'맞아. 이러니까 내가 당연히 짜증이 났지.'

이렇게 내 감정을 '관찰'하면서 인정을 해주면 도움이 된다. 내가 지금 느끼는 이 감정을 나쁜 것이라 생각하지 말고 당연한 것으로 받아들여야 한다. 이걸 '수용'이라고 한다. 아이 키우다 보면 좋을 때도 있지만 말 안들을 때는 화도 나고 신경질도 나고 짜증도 난다.

'내가 왜 이렇게 아이에게 화를 내지? 이러면 안 되는데' 이런 생각의 흐름이 아니라 '내가 느끼는 이 감정은 당연하다'고 받아들이는 것이다. 이렇게 관찰 인정, 관찰 인정. 이것만 반복해서 잘

해도 평소 멘탈 관리를 잘 할 수 있게 된다.

그런데 '버럭!'하고 화가 났는데 '아~ 내가 화가 많이 났구나'하면서 관찰하기는 어렵다. 화가 나는 그 순간에 관찰하는 것은 쉽지 않다. 그래서 평소에 내 감정을 관찰해야 한다. 그러다 보면 나 자신의 감정을 '당연한 거야' 이러면서 인정하고, 잘 받아들일 수 있게 되는 것이다. 그래야 배우자나 아이의 감정도 받아들일 수 있다.

많은 사람들이 이런 이야기를 많이 한다. "아이를 공감해 줘야 하고, 경청해 줘야 한다." 물론 맞는 말이지만, 중요한 것이 빠졌다. 양육자인 부모의 감정이다. 부모가 자기 자신도 받아들이지 못하는데 누구의 감정을 받아 줄 수 있겠는가? 절대적인 우선순위는 나 자신이다. 부모의 감정이 편안하면 아이도 정서적으로 안정감을 느낀다. 그러니 자기 자신과 아이를 위해서 불편한 감정이 들 때 스스로를 억압하지 말자. 제발! 잘못된 것은 감정이 아니라 그 감정을 다루는 우리의 '태도와 행동'이다. 진짜 내 감정을 관찰하고 인정하는 순간, 자연스럽게 해소가 된다. 그러면 힘들어하는 배우자와 아이의 감정도 잘 받아들일 수 있게 된다. 그때 가서야 진정으로 타인의 감정을 공감하고 경청을 할 수 있는 준비가 되는 것이다.

"지금 내가 느끼고 있는 감정은 당연하다."

이렇게 감정을 관찰하고 인정하기! 오늘부터 꼭 매일매일 해보길 바란다.

세상에 나쁜 욕구란 없다

"지금 내 욕구가 해결되고 있지 않아. 비상이야! 빨리 해결해줘!"

감정은 마음이 우리에게 보내는 신호다. 내면의 욕구가 해결되지 않으면 감정이 표출되며 위와 같이 우리에게 비상 신호를 보내는 것이다. 빨리 욕구가 해결되지 않으면 불편한 감정(빨간 신호등)으로 표출된다. 반대로 욕구가 적절하게 해결되었을 때는 편안하고 즐거운 감정(초록 신호등)으로 신호를 보내온다. 모든 감정이 생기는 원인은 그 속에 욕구가 자리하고 있기 때문이다.

그러나 결혼하고 아이 키우면서 가장 힘든 것이 무엇일까? 다양한 부분이 있겠지만 가장 힘든 것은 욕구의 좌절 아닐까? 예를 들어서 기본적인 수면 욕구, 먹는 것에 대한 욕구가 있을 것이다.

더 나아가 인정받고 싶은 욕구, 성취의 욕구 등등 이런 자신에 대한 욕구가 계속 충족되지 못하는 것이다. 욕구의 좌절 원인은 몇 가지가 있다.

육아로 인한 욕구의 좌절

육아 때문에 발생하는 욕구의 좌절이 있다. 결혼 전에는 나 자신이 제일 중요하다. 퇴근하면 내가 하고 싶은 일을 하고, 주말이면 내가 가고 싶은 곳을 갈 수 있다. 기본적으로 저녁이 되면 잠을 자고, 배가 고프면 먹는다. 하지만 아이를 키우면서 욕구를 적절하게 해소하지 못하게 된다. 퇴근하면 내가 하고 싶은 일 보다는 아이들을 돌보고, 주말이면 가고 싶은 곳이 있어도 참아야 한다. TV도 내가 보고 싶은 걸 제대로 보질 못한다. 저녁이 되면 아무리 졸려도 아내와 교대로 우는 아이의 기저귀를 확인하고 달래야 한다.

아이가 신생아 시절에는 저녁에 잠을 못자는 것이 제일 힘들었다. 꼭 잠이 들락 말락 할 때 깨서 우는 아이 때문에 아내와 나 모두 수면의 질이 급속히 떨어졌다. 아이가 2시간씩 자고 일어날 때는 '제발 4시간만 이라도 자면 얼마나 좋을까?'라는 생각이 간절했다. 아이의 수면 시간이 조금씩 늘어나면서 더 욕심이 생졌다. 아이가 밤에 통잠을 잔다면 세상 바랄 것이 없겠다는 생각을 했다.

많은 부부들이 육아를 하면서 이런 이야기를 한다. “가끔 자신이 없어지는 느낌이 들어요.” 먹고 자는 기본적인 생존 욕구만 아슬아슬하게 채워지고 있을 뿐 기존의 ‘나 자신’은 없는 것이다. ‘나’라는 존재 대신 ‘아빠’ 또는 ‘엄마’만 있기 때문이다. 이렇게 육아를 하다 보면 욕구의 좌절이 계속 이어지게 된다.

나도 내가 뭘 원하는지 모르겠어

욕구의 좌절 원인 두 번째는 부모가 자신의 욕구를 인식하고 표현하지 못한다. 심한 경우에는 내가 뭘 원하는지 생각도 못하는 경우가 있다.

“오빠, 출출하지 않아? 뭐 좀 만들어 줄까?”

“아니야. 괜찮아.”

“그럼 사과 먹을래?

“괜찮아. 안 먹어도 돼.”

“진짜 안 먹을거야?”

“응. 괜찮아.”

"이번에 꿀 사과던데. 먹어봐."

"음… 그럴까?"

아내가 먹을 것을 권유하면 이상하게도 꼭 거절부터 했다. 뇌에서 생각하기 전에 자동으로 안 먹겠다고 말하는 것이었다. 그러다 세 번 이상 물어보면 그때 먹는다고 했다.

'내가 도대체 왜 이럴까? 먹고 싶은데도 왜 한 번에 먹는다고 안 그럴까?'라는 생각을 했다. 그래서 나의 욕구를 가만히 들여다봤다. 내 안에는 상대방을 번거롭게 하고 싶지 않은 마음, 미안한 마음이 있다 보니 내 욕구를 자꾸 감추게 되는 것이었다.

이렇게 나도 욕구에 대해서 세심하게 반응하지 못했었다. 그래서 평소에 가만히 나 자신을 들여다보니 근본적인 욕구는 이런 것이었다. '휴식과 잠, 여유와 편안함, 혼자만의 시간, 인정과 칭찬.' 이런 욕구를 생각하면 푸근하고, 홀가분하고 평화로운 느낌이 든다.

그런데 대부분 오늘날의 가장들은 어떠한가? 매운 음식을 먹고 싶지만 아이들과 함께 먹어야 하므로 참는다. 한적한 카페에 가고 싶지만 키즈 카페로 장소를 정한다. 누워 있고 싶지만 아이들과 놀아야 한다. 자신의 욕구를 솔직하게 표현하는 것은 조심스럽고 자주 포기하게 된다.

"어떻게 너만 생각하냐? 다른 사람도 생각해야지." 이런 말 많이 듣고, 또 써 왔다. 어렸을 때부터 항상 양보만을 강조 받았던 나이기에 욕구 표현에 대한 두려움을 가지고 성장하게 되었다. 그러다 보니 내 욕구를 소중하게 생각하지 않게 되었다.

대화법 등을 공부하게 되니 생각의 전환이 일어났다. 내 욕구를 표현하지 않으면 아무도 알 수 없다는 것이다. 내가 먹고 싶은 것을 말하지 않으면 누구도 모른다. 인간관계에서 내가 이 정도 선을 지키기 원하지만 표현하지 않으면 타인은 끊임없이 그 선을 침범한다. 다른 사람을 배려한다는 마음으로 내 욕구를 무시한다면 아무도 알아주지 않는다.

이렇게 욕구를 스스로 소중하게 생각하지 않는다면, 배우자나 자녀, 친구, 직장 동료, 부모도 그것을 소중하게 여기지 않게 된다. 지금 소리 내서 이렇게 3번 말해 보자.

"나의 욕구는 가장 중요하다."
"나의 욕구는 가장 중요하다."
"나의 욕구는 가장 중요하다."

자신의 욕구를 솔직하고 분명하게 말하지 못하게 되면 더 고통스러워진다. 사랑하는 사람을 위해서 나에게 중요한 것(욕구)을 부인하는 것은 사랑이 아니다. 자신의 욕구를 가장 중요한 걸로 인식하고 또 표현했을 때 정말 사랑하는 사람도 행복하게 해줄 수 있게 된다.

부모의 욕구, 나쁜 것이 아니라 당연한 것이고, 우리에게 가장 중요한 것이다. 그러니 속으로 억누르고 있지 말고, 표현해 보자.

욕구의 좌절을 좌절시켜라

내 욕구는 가장 중요하다고 강조했다. 그럼 이렇게 말하는 사람도 있을 것이다. "하고 싶은 것 다 하고 어떻게 사냐? 참고 살기도 하고, 그래야지." 맞는 말이다. 때로는 절제도 할 줄 알아야 한다. 반대로 욕구를 감추지 말고 표현도 할 줄 알아야 한다. 따라서 욕구의 좌절을 겪지 않으려면 꼭 해야 하는 것이 있다.

잘 자고, 잘 먹고, 운동하기

요즘 내가 뭔가 불안하고, 아이나 배우자에게 화도 잘 내고, 일도 집중이 잘 안 된다. 그러면 이 3가지 중에 하나 이상이 부족하다는 것이다. 잠이 부족하거나, 충분한 영양 섭취가 부족하거나,

운동을 안 했을 경우가 크다.

이것은 기본적인 것으로 이 세 가지 중 한 가지라도 부족하게 되면 몸과 마음의 기능이 떨어진다. 몸과 마음의 기능이 떨어지면 감정과 생각이 '불안'해지고, 그러면 불안한 '행동'으로 이어지게 된다. 불안하니까 자꾸 화내고 집중도 안 되는 것이다.

배우자와 상의해서 특정한 날에 교대로 푹 쉬게 해주는 것도 방법이다. 그리고 대충 끼니 때우지 말고 한 번 정도는 제대로 맛있는 식사를 해라. 조금이라도 몸을 움직일 수 있게 산책하는 것도 좋은 방법이다. 아이에게는 유기농이다 좋은 음식 먹이려고 하면서 왜 나 자신에게는 그렇게 못하는가? 나 자신도 아이에게 하듯이 그렇게 사랑해 주자.

쓸데없는 짓 해보기

잘 자고, 잘 먹고, 운동도 했는데 어딘가 뭔가 허전하고, 외롭고, 지치고, 피곤한 경우가 있다. 나의 경우 앞에 언급했듯이 자고 싶고, 쉬고 싶고, 혼자만의 시간을 가지고 싶은 욕구가 있었다. 그런데 잠을 아무리 피곤하고, 혼자만의 시간을 보냈는데도 무기력해지고 지칠 때가 있다.

이런 경우는 겉으로 보이는 욕구 더 깊숙한 무의식 속에 근본적인 욕구가 있는 경우이다. 근본적인 욕구를 해결해야 겉으로 보이는 욕구도 없어진다. 그 무의식에 있는 욕구를 어떻게 알아낼까? 지금 의식 차원에서 내가 원하는 이 욕구를 다 해결한다면 어떤 느낌이 들지 한번 상상해 보는 것이다.

내가 최고급 휴양지에 있다. 파도 소리가 들리는 바닷가 옆 고급 맨션에 있고 편안한 침대에 누워서 푹 잤다. 코스 요리로 랍스타, 스시, 스테이크 이런 음식을 매 끼니때마다 잘 먹었다. 산책하고 책 보고 놀면서 혼자만의 시간을 충분히 보냈다. 벌써 기분이 좋아진다.

몇 달 동안 또는 몇 년, 몇 십 년 동안 그런 생활을 했다고 상상해 보라. 이미 이루어진 것처럼. 내가 원하는 것을 다 하고 나면 그때 뭘 하고 싶을까? 나의 경우 뭔가 새로운 것을 해보고 성취해 보고 싶은 욕구를 발견했다.

두 아이가 태어나고 육아에 대한 경험을 글로 쓰고 싶어졌다. 그래서 새벽 또는 늦은 저녁에 글을 썼다. 그 날의 컨디션에 따라 글 쓰는 시간대를 조절했다. 쓴 글은 블로그에 올려 사람들의 반응을 살폈다. 반응이 생각보다 좋아 네이버 메인에도 여러 번 소개되었다. 그런 글을 모아 출간을 하게 되었다. 지금은 회사를 다니며 강연, 상담, 칼럼 등 새로운 도전을 계속 이어나가고 있다. 그러나 글을 쓰는 초창기 주변의 시선은 이랬다.

"일도 바쁜데 그런 거 써서 모하나요."

"아빠 육아? 그거 남자들이 싫어해요."

"회사 일이 편한가 보네요."

남들이 쓸데없는 짓으로 보이는 것일수록 나에게는 절대적으로 필요한 경우가 많다. 그러니 내 감정, 느낌, 욕구를 존중해 주면서 쓸데없어 보이는 행동을 해보는 것도 도움이 된다.

(관찰)부모는 감독이 아닌 진심 어린 관객이다

도대체 뭘 원하는 거야?

아이들과 자기 전에 항상 하는 절차가 있었다. 책을 읽고 간단하게 핸드폰 손전등을 이용해 그림자놀이를 하는 것이다. 손으로 만든 동물들과 이야기하며 놀이를 끝낸 후 핸드폰 손전등을 껐다. 그런데 갑자기 둘째 아이가 울기 시작했다.

"유준이 왜 그래. 무슨 문제 있어?"

유준이는 말없이 서럽게 울기만 했다. 다시 불을 켜고 아이를 꼭 안아주었지만 진정되지 않았다.

"룡~ 룡~ 아아앙!!"

"유준이 물먹고 싶어?"

유준이가 무슨 말을 하긴 하는데 무엇을 원하는지 알 수가 없었다. 아이가 고개를 끄덕여서 두 아이에게 물을 먹였다. 물을 먹고도 계속 울기만 해서 슬슬 화가 올라왔다. 아이를 빨리 재우고 나만의 시간을 가지고 싶은데 협조적이지 않을 때는 힘들었다.

"책 더 보고 싶어? 곰돌이 책? 공룡 책?"

"룡! 룡!"

주변에 있던 책을 하나씩 집어서 아이에게 물어보았다. 곰돌이 책을 집으니 더 울기만 할 뿐이었다. 다음에는 공룡 책을 집었다. 그러자 아이의 시선이 책에 고정되며 울음이 잦아들었다. 결국 공룡 책을 안 보고 불을 꺼서 울음이 터진 것이었다. 결국 공룡 책을 몇 번 더 보고 나서야 불을 끄고 잠을 재울 수 있었다. 아이들이 울 때는 무엇인가 불쾌하거나 부정적인 느낌만 있을 뿐이다. 때로는 아이의 행동이 답답하고 이해되지 않는 것이 많다. 그러니 아이에게 화가 나고 짜증이 난다. 그러나 아이는 나름대로 이유가 있고 원하는 바가 분명히 있다. 그것을 말로 표현할 수 있는 나이는 따로 있다. 그러니 아이에게 제대로 표현하라고 강요하기보다 '관찰'을 통해 무엇을 원하는지 찾는 것이 더 중요하다.

아이들을 보다 보면 유독 순한 아이들이 있다. 그래서 주변의 부러움을 사기도 한다. 아이의 선천적인 부분도 있겠지만 이런 아이를 둔 부모들의 공통점이 있다. 그것은 바로 아이들을 잘 '관찰'한다는 것이다. 아이의 심리가 어떠한지, 무엇을 원하고 싫어하는지, 언제 기뻐하고 짜증을 내는지 잘 알고 있다. 전문가라서 그런 것이 아니라 내 아이를 잘 관찰했기 때문이다. 일부 부모는 본인이 잘 관찰하고 있다는 사실을 모른 채 자연스럽게 관찰을 한다. 그래서 육아나 자녀 교육에 대한 박사나 전문가라도 내 아이를 잘 관찰한 부모만큼 전문적이지 못하다.

누구나 내 아이에 대한 관심이 많다. 그 누구보다 잘 키우고 싶고, 많은 사랑을 주고 싶어 한다. 그래서 인터넷과 책에서 쏟아지는 수많은 육아 정보를 접하고 내 아이에게 적용해 보려 한다. 그러나 부모들의 많은 노력에도 불구하고 뜻대로 되지 않는다. 수많은 육아 정보는 내 아이에 대한 관찰 없이 만들어진 정보들이다. 그런 정보들에 의지해서는 육아가 더 어려워질 뿐이다. 현대의 부모들은 바쁜 일상을 보내고 있다. 그래서 시간이 많이 걸리는 관찰보다 단편적인 매뉴얼을 원한다. 마치 공식처럼 '아이가 A 행동을 할 때는 B로 대응해야 한다.'는 해답을 바라기 때문이다. 문제는 그러한 해답이 100% 다 효과를 보는 것은 아니라는 것이다.

판단과 관찰의 분리

겨울이 되면 따뜻한 집 안에서 귤 까먹는 재미가 아주 좋았다. 귤을 한 상자 사다 놓으면 아이들이 자주 귤을 까 달라고 했다. 그런데 몇 개먹다가 여기저기 그냥 내버려 둔 적이 종종 있었다. 그러면 껍질을 까놓은 귤 표면이 건조해져서 딱딱해지기 일 수였다. 어느 날 3살 된 채윤이가 귤을 까 달라고 했다. 귤껍질을 까서 아이에게 줬다. 아이는 귤을 만지작거리더니 다시 나에게 돌려주었다.

"귤 먹지도 않을 거면서 까 달라고 하지 마."

아이는 울상을 짓더니 다시 나에게 귤을 내밀었다. 아이에게 받은 귤을 식탁 위에 놔두자 아이는 다시 귤을 가져왔다. 채윤이는 귤을 쪼개서 내 입에 넣어 주었다. 아이는 나에게 귤을 먹여 주려고 까 달라고 했던 것이었다. 아빠 입에 귤을 넣어 주고는 싶은데 자신은 귤껍질을 깔 수가 없으니 아빠에게 해 달라고 한 것이다. 난 아이의 마음도 몰라주고 왜 도로 주냐고 따졌으니 아이에게 무척이나 미안하고 고마웠다.

"아빠가 채윤이 마음 몰라줘서 미안해. 채윤이가 주니까 더 맛있네."

위 사례에서 보듯이 난 처음에는 관찰을 한 것이 아니라 섣부른 판단을 했다. 아이들이 귤을 먹다가 그냥 내버려 둔 경험을 통해 고정관념이 생긴 것이다. "귤껍질을 까 달라고만 하고 먹지 않는다."라는 생각은 나의 판단이었다. "귤껍질을 까 달라고 요청했고, 까 준 귤을 나에게 주었다."는 있는 그대로의 사실, 즉 관찰의 결과다. 부모는 판단과 관찰을 구분하는 연습이 필요하다. 상황에 대해 다시 한 번 객관적으로 생각해 볼 수 있기 때문이다.

잘 관찰한다는 것은 내 아이의 생각이나 욕구를 잘 파악하고 있다는 것이다. 아이가 이유 없이 칭얼대도 '심심해요. 저 좀 챙겨 주세요.'라는 아이의 마음을 볼 수 있다. 서럽게 울고 있는 아이의 얼굴을 보면서 '배가 너무 고파요. 얼른 밥 주세요.'라는 마음을 읽을 줄 아는 것이다.

자녀를 키우는 부모라면 관찰할 수 있어야 한다. 아이들의 모든 행동에는 저마다 이유가 있다. 이유 없는 행동은 없다. 아이의 숨소리, 눈빛, 표정, 몸짓 등 관찰하다 보면 아이가 왜 그런 행동을 했는지 이유를 알 수 있다. 아이들의 행동에 일일이 대응할 '해답'을 찾을 것이 아니라 관찰을 통한 '이유'를 발견해야 한다. 관찰을 통한 이해가 쌓일 때 부모의 불안도 줄어든다. 관찰은 아이에게 신뢰를 주지만 매뉴얼에 따른 해답은 잔소리만 늘어나기 때문이다.

관찰을 통해 아이들의 행동을 이해할 수 있으면 비로소 해석이 가능해진다. 이것이 가능하다면 이해를 통한 내 아이만의 대응 방법을 찾을 수 있다. 내 아이에 대한 고정관념, 선입견, 편견에 의한 판단을 보류하자. 부모가 아이를 관찰하면 아이도 부모를 관찰한다. 이렇게 생긴 상호 관계는 아이와 부모의 자존감 모두 높여 줄 수 있다. 더 이상 아이를 통제의 대상으로 바라보지 말고 진심 어린 관객의 눈으로 관찰해 보자. 보다 보면 예쁘고, 오래 보면 더 사랑스러워진다.

부모와 아이의 마음을 잇는 대화

초판인쇄 2022년 5월 12일
초판발행 2022년 5월 18일

지은이 이주연 외
발행인 조현수
펴낸곳 도서출판 프로방스
기획 조용재
마케팅 최관호 최문섭
편집 강상희
디자인 호기심고양이

주소 경기도 고양시 일산동구 백석2동 1301-2
넥스빌오피스텔 704호
전화 031-925-5366~7
팩스 031-925-5368
이메일 provence70@naver.com
등록번호 제2016-000126호
등록 2016년 06월 23일

정가 16,800원
ISBN 979-11-6480-208-1 03810